朔 风 林 涛

邹学君　著

中国言实出版社

图书在版编目（CIP）数据

朔风林涛／邹学君著． — — 北京：中国言实出版社，
2021.10

ISBN 978 - 7 - 5171 - 3893 - 8

Ⅰ．①朔… Ⅱ．①邹… Ⅲ．①长篇小说 – 中国 – 当代
Ⅳ．①I247.5

中国版本图书馆 CIP 数据核字（2021）第 192100 号

朔风林涛

总　监　制：	朱艳华
责任编辑：	史会美
责任校对：	王建玲

出版发行　中国言实出版社
　　　　　地　　址：北京市朝阳区北苑路 180 号加利大厦 5 号楼 105 室
　　　　　邮　　编：100101
　　　　　编辑部：北京市海淀区花园路 6 号院 B 座 6 层
　　　　　电　　话：64924853（总编室）　64924716（发行部）
　　　　　网　　址：www.zgyscbs.cn　E – mail：zgyscbs@ 263. net

经　　销：新华书店
印　　刷：北京荣泰印刷有限公司
版　　次：2022 年 3 月第 1 版　2022 年 3 月第 1 次印刷
规　　格：710 毫米 × 1000 毫米　1/16　17.5 印张
字　　数：205 千字

定　　价：78.00 元
书　　号：ISBN 978 – 7 – 5171 – 3893 – 8

自序

致敬，我井下的朋友

明媚的阳光洒在蓉岭苍茫的大地上，天空呈现蔚蓝色，使人有一种暖融融的感觉。行走在这方天地，我不由得想到在地层深处辛勤劳作，为祖国的矿山事业贡献一切的矿工们——他们被冰冷而坚硬的岩石包围，被寂静和黑暗裹挟，但他们无怨无悔。此刻，我心里有好多话要对井下的工人说，你们辛苦了，我向你们致敬……

矿产资源是人类社会发展的重要物质基础与保障，人类在向现代化大踏步前进的过程中，离不开矿产资源的开发与利用。然而，这样一种宝贝，却绝大多数贮存在大山的腹部，需要人类进入到黑暗的地层去掘取。多少年来，一代又一代，一群又一群矿工承受着粉尘、炮烟、冒顶、瘴气等巨大压力，活跃战斗在地层八百米深处、一千米深处、负千米深处，源源不断地采掘、输送着矿藏宝贝，为祖国的矿山事业和人类发展带来无限风光。

小说中，万古龙们这些来自大山深处的儿女，坚守着自己的理想，有着矿藏一样的坚韧品质。他们战斗在自己的岗位上，在保矿护矿和与矿霸斗争的风浪中历经过无数的凶险和磨难之后，最终迎来了属于他们的朗朗晴日。我尊敬万古龙们这样的钢铁汉，他们置身于深井之中，恪尽职守，浅吟低唱着一曲传承、奉献的赞歌。歌声里有执着的坚守、有进取的努力和对生活始终不渝的希冀。这歌声流淌在地层深处，给人启迪，催人奋进。

　　愿自己多挖掘出一些属于矿工的精神内核，创作出更多的好作品来。

　　是为序。

2022 年 3 月 1 日

目　录

凸峰览胜

蓉山矿工人业余剧作家万古龙，想写一部自己矿里的书，他在去观摩蓉岭凸峰景观的途中想到月底矿工会俱乐部要演出他创作的《护矿》话剧，兀地来了灵感，他欣然吟道：

蓉岭贯深井听流水犹如绝唱万重曲
竖井搂苍穹望飞岚疑似神话一座城

万古龙汗流浃背地爬过一座又一座小山来到了蓉岭顶峰。他本想选择夜里，因为蓉山脚下的那一片神奇的夜景很迷人，但他还是选择了傍晚。

他在一块绿茵茵的草地上坐了下来。

蓉山矿坐落在湘南古郡桂阳城郊东。它二十年前就已经是一个初具规模的中型矿山了。矿山主要有三条主路通向外界：一条是通往桂阳城硬化的大马路；一条是通往石岭即昔日通往临武、广州的古驿道；一条是通往桂阳锰矿的水泥马路。其余的几条路则通往本矿的一水泥厂和小蓉山。而早先另有的几条岔道，如今只剩下同它有关的这里那里残存的一点痕迹了。在后来的十来年里，矿上房舍开始稠密起来，尤其是后来的集资房，盖了一栋又一栋，且一栋比一栋高。这样对饱览自然风光、获得更充盈的阳光和空气就有了相对优越的条件。房改以后，私有建房的宽度与高度一家甚于一家，它们像压缩的液体一样膨胀起来，杂屋、煤房和水池一个劲儿地往外凸，使得空间越来越窄，有些公共场所和道路被截断了消失了；一些居家户丝毫也不顾及整栋楼宇的结构和设计的承受能力而任意地移墙改造，有些甚至还将厨房澡堂延伸出去以获得更多面积。

蓉山矿冶炼厂昔日的浓烟似乎不被人们所介意，那是人们的环保意识淡薄使然；但它一旦失去了原本被人们认为辉煌的日子，而成为休歇、冷寂和废弃状态之后，实质上一方面它已经完成了属于自己的使命，另一方面它也找到了属于自己的归宿。

二十世纪七十年代初，蓉山矿就已经形成了四个自然区域。每个区域都有自己独特的面貌、姿态、特点、习俗和历史。这四个区域是工人北村、工人南村、一千八和小蓉岭。从形态上看，矿区中间的南北两村就像其余两个区域的母亲。两个小区域就像两个小孩依傍着它们的母亲。它们模样各有不同：工人北村都是清一色的干打垒平房，一栋接着一栋，鳞次栉比。那个地盘是斜坡式的，一样高度的房子看起来后面的一栋总要比前面的高；工人南村没有跟随工人北村的步履，它摒弃了干打垒房子套绳的缠绕，以红砖墙的美观与耐用取代了干打垒的落后。到了二十世纪八十年代，工人南村出现了楼房，且一栋比一栋高，面积也一栋比一栋大。到了二十世纪九十年代，又出现了工程师楼、高工楼或以别的门类命名的楼宇。从那时候起，便开始形成了干部与工人、有地位的和没地位的、地位高的与地位低的人之间的隔墙。居住在一千八的职工及其家属的整体地位自然逊色于工人南村的和工人北村。而居住在小蓉山的又逊色于一千八的，工人北村的又逊色于工人南村的。这是因为工人南村是集市场、幼儿园、煤场、学校、派出所及矿办公大楼于一体的区域。还有一个让人羡慕的事实，就是工人南村的地理位置低。一到夏天闹旱灾，大多数居住户都能用上水，而矿区其他地方的人们只能摇头叹息。人们的攀比与失落产生出了另一种原动力。虽说居住在一千八和小蓉山的人当年大多数都是半边户，条件与南、北两村的人没得比，但他们也有自己的想头。他们拥有得天独厚的自然风光和土地优势。他们种菜喂家禽，自得其乐，聊以自慰。菜市场是他们的独立王国。在各类农产品丰收上市的季节，他们的脸上就会显露出骄傲和惬意的神色。

城区夜幕下的辉煌使万古龙看花了眼。现在他又回忆起这蓉岭和蓉岭矿的历史以及与从前桂阳古郡相关的一些事物来。

蓉山俗称蓉岭，这里矿藏极为丰富，盛产铅、锌、银、钼、铼、铋、铜、铁等多种金属，是中国汉代以来历代官家炼银冶铸的地方。古时遗留下来的众多老隆洞，更是一部千百年来蓉岭悠久的采矿史！哦，想起来了，这让万古龙兴奋不已。那次中央来了个与旅游相关的领导视察桂阳，万古龙作为矿报特约通讯员去参会、采访。那个领导兴致勃勃地说，上级非常赞同县旅游局的规划，同意并支持蓉山矿开拓为国家级地质公园。它将设有旅游服务区、井下探秘区、露采场景区、矿冶博览园区、子龙训练营区、矿冶文化风情园区、选冶工艺参观区等，世界最大的古铜币雕塑、色彩斑斓的孔雀石、晶莹剔透的冰晶针、刺激的矿井探险和5D电影都将在这里呈现；中国蓉岭现代化的两座竖井，更是为这处国家级地质公园增光添彩。这个旅游项目建成后，桂阳古郡将成为国际、国内闻名遐迩的旅游胜地。

这座城市建城历史源远流长。这座城市中的建筑由低矮潮湿的茅屋过渡到能排走污水的部落木屋，再过渡到土坯木板结构的建筑，再过渡到青、红砖钢筋水泥结构的建筑，再过渡到高耸入云的现代楼宇。照明方式从原始的秸秆、松明子灯，过渡到桐油灯，再过渡到煤油灯，再过渡到电灯，再过渡到遥控灯、声控灯……

万古龙坐在山边沿的草丛里，看过想过之后，把头低垂在膝盖上。他对物质文明的起源与发展以及消亡的过程感慨万分。

任何一个城市的外貌都不可能静止或凝固在某个时代，时间的风轮会碾碎一切。经年累月的侵蚀能使物质世界自然而然地走向残缺走向损毁，人类需要不断地去修葺它，尽管如此，原有的形态与风韵也只能尽可能地多延长些时日而已。世界是物质的也是精神的，梦想是否能抵挡住物质的消亡？当今人似乎很难回答这个问题。所以，万古龙清醒地认识到，对于旧貌换新颜的时代变迁，不要耿耿于怀，要乐于去接受欣欣向荣的新事物。

揭秘蓉岭竖井是万古龙魂牵梦萦已久的心事，想到这里，他下意识地摸摸自己的口袋，那包特地为观察竖井准备的相思鸟香烟并没有从口袋的漏洞中溜掉。他笑眯眯地拿出烟向大家敬过一圈之后，自己也点起一根叼在嘴上。在他眼睛的余光擦过他们那不屑一顾的眼神时，他心里兀地吃紧，一些人还用嘲弄的口吻向他问这问那。到后来，他干脆挑明来意，工人们这才想起他是矿里的剧作家，也就没打算为难他。

"你想看就看吧！"工人们淡淡地说。

说话间罐笼里跳出来七八个煤球样的面孔，他们不停地用衣袖揩着汗，有些人左右摇晃地拎着水壶倒水，让幸存的几滴水润润喉咙。

万古龙灵机一动，与大伙一起进了罐笼。忽地有人摁了一下信号启动开关，上面卷扬机启动了，他一个趔趄，匍匐在了另一个人的身上。他连连说着道歉的话。

"都是自己人，干吗这么说呀！"那个工人宽容地说。

万古龙依然说着："对不起，对不起！"

大伙开始向足有千米深的竖井下落。上面的灯光在他们的头顶上拉成了一条垂直的光束，像是流星笔直地向大地陨落。"吱——吱——"的钢丝绳下滑的摩擦声灌进了每一个人的心窝里。万古龙虽然来矿里好多年了，但这还是他第一回来竖井坐罐笼吊车。他感觉到身子在晃悠着往下沉，一种不适使他心里感到难受，他真想痛痛快快地呕吐一阵，但还是强忍住了。慢慢地，他蹲了下去，大伙觉得这书生真有些好笑，但终究没有人笑出声来。

"到了，快走，咱们得抓紧时间！"一个高个子中年人跨出罐笼催促道。

万古龙没有出来。

"还不快走，你们的人到前面去了。"下班的人以为他是新来的便提醒道。

万古龙还是没有动弹。

发话的人感到奇怪，这家伙昨夜是偷腥去了还是做贼去了？那人用手电一照，嚯，是万古龙剧作家，他来这里干什么？他使劲地推搡着他，才发现他的脸色煞白，像是生病了一样。

"不好，有人晕过去了。"那人惊呼道。

万古龙被两个人抬进竖井值班室，机运工区的领导接到电话，立马跟医务车前来急救。经医生救治之后，万古龙苏醒过来。

"谢谢你们啊！"万古龙流泪了。

"你来竖井干什么?"机运工区区长问道。

"为写咱们矿里的书搜集点资料。"

"哦，"机运工区区长说，"这样呀，那你尽管看好了，我们的车子等你!"万古龙激动的泪水流了出来，矿里的好领导好干部虽然很多，但他还是第一次受到这样的礼遇。

"不了，"万古龙有些不好意思，"别麻烦了，你们走吧。"

"写自己矿里的书这太好了，"机运工区区长久久地握着他冰凉的手，说，"有什么困难你只管说，我们一定支持你。"

万古龙望着医务车消失在朦胧的夜色里，心里禁不住好一阵激动。

在负责人的安排下，万古龙由技术员小马陪着观察竖井。其时，他那兴奋的心情，一如这蓉岭山上的林涛，久久不能平静。

这次观察竖井的收获他太满意了。

假若你想了解这座矿里向国家贷款近亿元、四年才竣工投产的蓉山矿的第一座竖井，那就请你在一个阳光明媚的日子或在一个明月当空的夜晚，爬上蓉山的竖井平台去亲身感受它吧。首先是竖井周围的情景会让你流连忘返：围绕着竖井塔楼的环形停车场轨道被矿车轮子碾磨出来的滑面，泛着耀眼的银辉，电机车的架线柱在轨道两旁像岗哨一样虔诚伫立，运输工及电机车随时准备迎接从千米深处被卷扬机提升上来的载矿重车和卸矿后的轻车。被提升出来的重车，一部分从465平隆出矿、排废；而另一部分废渣，被提升出斜井后用来填充和加固竖井塔楼的根基。等你转悠一圈回来，再观察竖井第一层，即地面层，这时候，你能看到两根直径一百六十五毫米或六根二十八毫米的主、副罐钢丝绳颤颤悠悠地上下，或重车被提出来，或轻车被放下去。副罐限载九人，一旦超重就挪向主罐。主罐有两层，每层装载两部矿车。一层由四个大方柱撑出一方空间，中间是垂直罐道，四周是护栏，垂直罐道中的平衡锤和重车一上一下，平衡锤下落，重车被提升；重车下落，平衡锤被提升。信号房在罐道旁边，对讲机和电话是这一层的指挥系统。对讲机粗犷地发出的鼻音和颤音，好像是从地球的另一边传过来的声音。相信你看了第一层绝不会放过第二层，乃至其他各层。行走在这有花纹的弹性钢板梯上，也许会让平日里少有锻炼或从事办公室工作的你双腿颤悠。再看看这个配电系统的本领多大：它由墨绿色的八个集装箱变压配电，能将一万伏的电压配成三百八十伏的电压；三楼是副罐电控系统，流淌着供应副罐动力的血液；四楼是电控系统的龙头老大，流淌着供应主罐动力的血液。直径二点八米的导向槽轮是一个巨大的铁轮，两边各六根直径二十八毫米的钢丝绳陷入轮盘的凹槽，铁轮将其中一边的六根钢丝绳挤向对面，形成符合罐道内钢丝绳之间的规范距离。铁轮旋转时，轮槽内的钢丝绳与轮槽面相互摩擦带动钢丝绳上下。当你眼花缭乱地观察完下面的四层，到了最后的第五层，你会明白为何从外部看来，竖井像一个倒立着的手榴弹，这是因为这一层的面积比下面各层的要多六十余平方米。这里是主、副罐的操作室，操作人员只要启动开关，通通电话，看看显示器，就可以稳稳当当地完成本班的提升任务。

总之，竖井的功用可用八个字来说明：提升下料、人行上下。整个竖井的情况可用五句话来概括：一层是它的大脑指挥系统；二层是配电系统；三层是副罐电控系统；四层是主罐电控系统；五层是操作系统。

当你观察完整个竖井的塔楼，返回地面层稍作停留，你就会听到由电机车的导电棒与架线通电时的吱吱声、矿车相互碰撞的咚咚声、信号的丁零声、对讲机的扩音声合奏出的气势恢宏的大合奏。最初各种声音只是单独奏响，并不与其他的声音相混合，待它们各自升腾到竖井第一层的顶棚后落下来，才会混合在一起。之后，悠闲地飘散在竖井的上空，飘浮、波动、跳跃、回旋在整个蓉山的上空。假如你将耳朵触向大合奏的最深处仔细聆听，你就能明确地分辨出这大合唱的各原音是从哪个部位传出来的。万古龙想，这山岭白天的喧哗声是竖井在乐此不疲地操练着自己的嗓门；夜里的声音，是竖井唱出的亢奋的高音。你说这世界上还有什么能比这曲大合奏更为吸引人的呢？

万古龙在工人们的帮助下总算圆了自己观察竖井的梦想。他在下山途中，心胸突然变得开阔起来，仿佛他心里装着的不仅仅是竖井，还有方圆数十里的蓉岭，甚至是整个世界。

返程的路上，万古龙又有了来时的心境。想到月底矿工会俱乐部要演出他创作的话剧《护矿》，便不由得哼起了平日里喜欢的桂阳小调。

激动的日子

矿产品市场行情的蓬勃发展给濒临破产的蓉山金矿带来了勃勃生机和热闹非凡的景象，千禧年的那个不同寻常的日子给人们留下了深刻的记忆。

对那一天的到来，人们在几天前就兴奋不已，高谈阔论。为引进新技术，那天，有那么一拨人马——以马正超为领队的中国冶金部快速掘进队，带着发展和振兴祖国矿山事业的重任来到了湘南蓉城城郊那块被人们称之为蓉山的圣地。他们的到来让邻矿矿霸范保保非常厌烦，因为他正在集结盘踞在矿上的和地方上的恶势力，以达到掠夺国矿资源的目的。

四月四日，那个后来被人们称之为"民众情绪激动的日子"，矿俱乐部张灯结彩鸣放礼炮，要演出文艺节目；中国冶金部快速掘进队要在陡峭的山崖下进行露天掘进表演。之前，矿属各基层单位都收到了矿办的通知。

城里人爱看新鲜，矿山人爱看热闹。一大清早，人们就从四面八方拥向指定的两个场所。他们此行的侧重点不同：有些人要去看文艺节目，有些人要去看耙岩机皮带运输表演。不过，人们大多数选择先看运输表演，而后去看文艺节目。

去往陡峭山崖的人特别多。那一天，人们要挤进现场观看可不是一件轻而易举的事。虽然它是在露天的山脚下，有一块偌大的长满了巴茅草和棘刺的开阔地，两侧是矮矮的小山丘，但还是很难容纳下城里、城郊和矿区前来看热闹、看新鲜的人们。假若你站在峭崖上往下看，正前方的下方和两侧黑压压的人头形成了一个巨大的半圆形。人流的浪潮不断高涨，冲击着那些小树、巴茅草和灌木丛。在通往矿俱乐部的那个路口，人潮在那儿分分合合。原在俱乐部的人朝路口涌来，看不见现场表演的人又往俱乐部里涌，两股人流汇合扩展成巨大的浪潮，灌木丛、棘刺窝被夷为平地。俱乐部不断涌出和涌进的人们的叫喊声、嬉笑声和脚步声，汇成一片巨大的声响，犹如万丈飞瀑落入湖泊。也不知过了多久，人流突然安静了，原来是县公安增派的警力赶到了。人们这才松了一口气。

矿俱乐部人声鼎沸，人们的头上是用泡沫材料装修成的天花板，工人画家在天花板上打上湖蓝色的底，再画上十二生肖的图案。人们脚下踩着的是用卵石、河沙、石灰搅拌成的三合泥铺就的地板。重新粉刷过的墙壁还散发着刺鼻的咸气，腰以下的墙壁刷着红褐色的油漆。在强烈灯光的照耀下，墙壁闪烁着亮光。人们屁股下面坐着的板凳，已被磨滑磨亮，有些幸存的靠椅还残留着被过去那场火灾烧过的伤痕。四周的墙壁挂着职工挥就的苍劲的书法，内容大多是名言警句。在大厅进出口处设有"Z"字形的护栏，出护栏来到小厅堂，是保安室和售票窗口，前面设有双道铁栅栏，已被磨得闪闪发光。

那天演出，县里主管文、教、卫的副县长，县委宣传部的领导及矿里科级以上的干部兵分两路：一路人马观摩陡峭山崖下耙岩机的快速掘进表演；一路人马观摩矿俱乐部的文艺演出。

矿俱乐部的舞台被金丝绒帷幔遮挡着，楼上的灯光射向帷幔，闪烁不停，播音喇叭以高分贝的音量播放着《北京的金山上》《执着》《我的中国心》等时代流行歌。矿工会主席和秘书时不时地在前台走来晃去。凡是这样的文艺活动，矿里都有周密的安排，矿俱乐部秘书之类的人物总要到场监管，一发现异样状况，立即向矿工会主席报告，由矿工会主席采取相应措施及早解决问题。

以往，票都发到各基层单位，再发到个人。这次与以往不同——不发票，敞开门让大家过把瘾。一方面是因为由各基层单位自编自演的那些文艺节目近年来都停滞了；另一方面，老百姓干枯的心田渴望喜雨。事实就是这样，往往一台文艺节目会让职工和家属兴奋三天三夜。

这次演出，入场不受限制，自然也没有以往维护秩序的验票人员，但毕竟要早到才能占着位置。这些爱看热闹的人在俱乐部大门没打开之前就心甘情愿地等待着。穿得单薄的人冷得浑身发抖，有些人还声称自己排了几个钟头的队，由于要解手又重新排到了后面，让人听了忍俊不禁。八点刚过，门口已聚集了大堆人，大家要求开门。管理人员少，在没来得及请示矿工会主席的情况下，只得将颤抖的手插入锁孔。大门豁然洞开，人们像猛涨的潮水一样涌了进去。其实离开演的时间还早着呢，但大多数人生怕自己的视线被前面的人挡了去，一直嚷嚷着往前挤。这样一来叫喊声不时响起，叫骂声连续不断。除此之外还有因长时间等待所引起的不安与烦躁。演出开始前，矿工会副主席龚林生忽然跳上台来，向黑压压的观众深深一鞠躬，对着话筒就说开了："同志们，父老乡亲们，大家好！由于上级领导的小车在路上抛锚，暂时还不能演出，请大家稍等片刻！"说完，疾步跳下台来。从这会儿起，大家先前躁动的情绪得到了抑制。一分钟、五分钟、十分钟、半小时过去了，人们再也忍不住了，埋怨声此起彼伏，一浪高过一浪，还有那不知疲倦的喇叭声，直灌人们的耳朵。总之，这情景使成群的捣蛋鬼、顽皮的学生和散杂在人群里的唯恐闹得不够的人大为高兴，他们用嘲讽和戏谑给不满的人火上浇油。

人群中还有一些恶作剧者，他们乱弹烟头，脱下衣服在空中乱舞，还有人从外面捡来小石头，砸烂了一扇玻璃窗，以示他们的抗议。趁着人们起哄的当儿，有些大胆的人就往前面留给那些有身份的人的位子坐去。其他人见状也一哄而上，顷刻间就把前面那些空位子塞得水泄不通。在拥上去的人当中，不时有人站起来转身面向后面的人，以胜利者的姿态来张扬和展示自己的大无畏精神。

"你来多久了？还这么有精神！"一个看起来有点儿滑稽的小伙子对先前引起人们发笑的那个大块头问道。

"我来了三个钟头啦！"连腮胡子陈明汉回答说，"看来今天的晚班要迟到挨批评了。"

"千万别迟到，要发狠呀！"一个认识连腮胡子的老大爷说罢欲走。

"老古董吵死了！"一个口里叼着烟的青年板着面孔嚷嚷道，"你孙子发狠了吗？他提干全靠吹牛拍马，像泥鳅一样滑。"

"你也别讲人家，在关系社会里，大家都彼此彼此，你能做好你自己就算不错了！"老大爷一离座，连腮胡子跃上前去一屁股坐下来帮老人打抱不平。

大家仰头大笑。

连腮胡子是矿开发公司总经理的堂侄，很多人不知情。他是个容易激动容易快乐的人。他人缘很好，但脾气大。他刚才的义举引起周围人的捧腹大笑，但他不明白，人们为什么要笑他。

"我这么说错了吗？人家是老人，也该尊重一点呀！"连腮胡子愤懑地说。

"狗屁哩，"那青年嘲笑说，"真是稍给点阳光他就灿烂！"

戏言越来越多。那老人又回来了，连腮胡子忙让座。老人一言不发，只顾使劲地吸烟，他想以此来摆脱四面八方向他投射来的异样目光。这会儿，他就像一只要钻进木头里去的楔子，但他的努力与克制使得他那由于耻辱与愤怒涨红了的脸庞在人群中更加显眼。

"不要胡说八道！"连腮胡子喝道。

众人停止了喧哗，面面相觑。

连腮胡子见把众人震慑住了，便用得意的目光扫视着大家，继而又叽叽喳喳地说开了："天地良心哪，去年年初，矿产品市场行情比上个月翻了一番；刚过了半个月，又翻了一番；到月底，竟涨到原来的五倍多。我们井下工人不分昼夜地干，工资也没见多拿一分，你们说是不是被狼叼去了？"

"说不定他们早就开始打埋伏了。"一个中年人接上话茬失落地说，"矿里已申请政策性破产，如果不留一手，还不傻呆呀！不过，真要强行破产，由外资控股，靠这块土地生存的职工家属可就亏大了！"

"怎么叫亏大了呢？"

"咱们矿既不是资源枯竭，又不是资不抵债，更不是无力还贷。现在市场行情这么好，将一只很有潜力的下蛋母鸡拱手让给别人，还不叫亏大呀？"

"你们在胡说些什么呢？"那个老人并不附和中年汉子，"刚建矿的时候，我们来这里住茅草棚，打赤脚下井挑矿，后来打斜井，全靠一担一担地挑上来，什么津贴也没有，工资也没有今天多，还不是挺过来了？"

"你们就没牢骚吗？难道你们是圣人？"另一个小伙子接过老人的话。

"那时，我们的井下工人个个都是硬汉子，谁都不言愁和苦，哪像你们，吃了点苦，就像吃了药一样！"老人想把他们的情绪引开去。

"照你这么说，我们现在的井下工人个个都是软骨头了？嗯？"连腮胡子的情绪有些控制不住了。

"我不是这个意思。我是想告诉大家，咱矿山人都是好样的。条件嘛，可以慢慢改善。至少，你们现在有房子住，脚下能有一条路走。从前，我们哪有。再说，现在矿产品市场行情这么好，你们在职职工一定会打个翻身仗。虽然钱重要，但是干井下嘛，把性命弄丢的都有，那是不能用金钱来衡量的。"老人忽然想起了年轻时候因工死去的妻子，但又不好意思说，只好发发感慨来掩盖对妻子的思念。

"是啊，干井下，死人的事在所难免。上个星期，我们班里的牛崽还不是走了！"

"他是安全员，安全事故偏偏出在他自己身上。"滑稽小伙子埋怨说。

"那由不得他，事情落到谁的头上都一样。"连腮胡子正色道。

"小伙子们别说了，我可要走了。"老大爷听不得死人的事，他拄起拐杖颤巍巍地向外挤去。

"老人家，你不看戏了吗？"有人问道。

"不了，先去外头看看热闹，看看耙岩机皮带运输是什么样子的。"

"那有什么好看的！"

"如今呀，掘进机械化，比过去强多了。"

老人一边走一边嘀咕着。很快老人的背影消失在人群里。

"连腮胡子，你知道吗？刚才那个老人曾经可是个游击队长，后来当了老师，他老伴是被矿石砸死的。"坐在连腮胡子背后的一个老人拍着他的肩膀说。

"我哪知道这些嘛！"

"其实他的事我也有点不好说，那年，他摔断了我的腿。我记恨他一辈子。"

"为什么事啊？"

"他太过分了。"

"怎么讲？"

"当年，我们清理队有个叫周莉的女职工，长得好漂亮，爱与大伙开玩笑。有一次，我们坐在斜井口吃饭。我说着笑话，那姑娘笑得倒在我怀里，我不知道如何是好。这时候，斜井有一连串的咣当声传来。他出现了，用一只手拽起那姑娘朝洞室甩；另一只手扯起我往石壁上撞。这时斜井出事了。井口放下来的轻车钢丝绳插销脱了，矿车滚了下来。"

"你得感谢他才是呀，怎么又……"

"他如果轻些拉，我的腿就不会摔断了。虽说他救了我，但却又害了我。"

"这叫害你吗？"

"怎么不叫？"老人有些脸红了，"原本那姑娘蛮喜欢我，但从那次以后，她就喜欢上了他，不久就成了他的妻子。可到头来，那姑娘还是死在他手里。"

"怎么回事啊？"

"那天上午，他妻子不知道是感冒还是其他毛病，向我请一个钟头的假去医院看病。我批准她去了，他在井口碰到她，说是任务压头，叫她挨一挨，等中午吃饭休息的时候再去。结果就出事了。这笔账不应该算到他头上吗？"

当年，老人的妻子硬是挨到中午才去看病。抄近道途经磅房时，看见轨道上掉了一块大岩石，她刚弯腰去捡，电车就出来了，司机在慌乱中急刹车，她的头被车上掉下的大岩石砸个正着，当场毙命。

"你与他是上下级关系吗？"

"没错。我是队副，他是队长。"

"哦，是这么回事！"

正在这时候，工会主席走上台来。

"啊，开演了！"人们异口同声地喊道。

人们骚动起来，咳嗽声和哈欠声响成一片。人们手忙脚乱地调整着各自的坐姿和站姿，然后伸长着脖子，张大嘴巴，将目光射向舞台。现在都十点了，可工会副主席还在向大家打马虎眼说领导们一路辛苦，演出还要稍等片刻，请大家安静。

人们又等了半个钟头，可什么人的影子都没见着。这时候人们的愤怒再一次燃起，起先人们还都极力压抑着，"怎么还不开演啊！"人们轻声地嘀咕着，黑压压的人头晃动着。到后来，井下运输工连腮胡子陈明汉发出了第一记雷电。

"开演呀！开演呀！"他第一个跳上台去，拳头举过头顶，有节奏感地一下一下向上举着。

一阵暴风雨般的掌声在大厅里回荡。

"开演呀！开演呀！"

连腮胡子跳下台来振臂高呼："让工会主席向大家解释，好不好呀？"

"说得好！"接着又有人嚷道，"莫让他们溜了。"

一片嘈杂声席卷而来。工会主席和副主席吓得面如菜青色，他们不得不赶忙逃遁。

"追呀，别让他们逃了！"大堂内喊声四起，震耳欲聋。

这时，人们看见从台上的金丝绒幔后面走出一个人来。

"大家安静，安静！"

此人大汗淋漓，心中像烧着一团火。他哆嗦着将话筒递到嘴边，可是没能停留，话筒随即又徐徐落下，他举起一只手向观众示意后，才再次将话筒举至唇边。

"同志们、家属们，"他说道，"我们矿十分荣幸地请到了上级领导前来观看我们的节目。其中话剧《护矿》已参加了市里复赛演出，被选送到省里。剧中的主角风枪手由我扮演。由于上级领导一路颠簸受了风寒，矿领导陪他去了医院，戏还是要演的，请大家多多包涵，再等等吧！"

说来也怪，他一出场就像给人们吃了镇静药似的，大堂里竟出奇地安静下来。他是矿上的滑稽演员和井下风钻工罗成佑。大家似乎不愿意把怒气撒在这个演员身上。于是，安静下来，耐心地等待着上级领导的莅临。

过了一袋烟工夫，工会秘书悄悄地向工会主席禀报了这一情况。主席容颜大悦。从那一刻起，安抚大家的罗成佑成了矿里文艺宣传队的副队长。

当工会副主席挤进人群探头朝台上望去的一刹那，他吓得浑身直冒冷汗。捣蛋鬼连腮胡子在台上恶作剧似的向人们连连鞠躬，滑稽演员却不见了，他感觉似乎又有了麻烦。正想躲回办公室，一个急转身却与罗成佑碰个满怀。

"你哪儿去了？赶快上去呀！"

"有人把我叫去那边了，说是耙岩机皮带运输掘进表演也要等矿领导他们到场才开始，人们吵得耳膜穿孔。我去后用了同样的办法才让大家安静了下来。这不，我又回来了。"

"赶快上去呀！"

"等等，"罗成佑说，"我在下面看看再说吧！"

"刚才我已宣布你是矿文艺宣传队的副队长了，上不上你看着办吧！"

工会副主席丢下那句话怒气冲冲地走了。

罗成佑对工会副主席刚才说的话简直丈二和尚摸不着头脑。他觉得自己这会儿已经成了一个让人讨厌的癞子头。

剧作家担心的事

不知道连腮胡子是哪根神经被触动了，他神情激动地发表着言论。人们以为他是在仿效滑稽演员罗成佑来安抚大家的，不料根本不是那回事，他的声音立马就引起了人们的欢呼。

"好，好，你说到了我们的心坎上！"有人尖着嗓子嚷道。

"马上开演，再也不能拖了！"又一个清亮的高分贝叫喊声在人群中蹿起。

"拖延时间，就是犯罪！"人们的叫喊声一浪高过一浪，"快演吧，要不然我们就要工会主席出来解释！"

看到这一场面，连腮胡子脸色煞白。他还真有些担心由自己弄出来的一场骚乱不好收拾，会挨堂叔龙文斌的骂。连腮胡子正要下台，罗成佑匆匆地递给他一张字条，他在台前极不自然地、断断续续地念道：

下面……如果……有比我们更勇敢的人……愿意站出来承担……责任的话，马上就可以……开演！

听罢，人们交头接耳，窃窃私语。不过，这一招还真灵验，由于谁也不肯站出来拍胸脯，大堂里又恢复了原来的安静。

过了两分钟，终于有一个身着破旧灰哔叽，眼睛炯炯有神的中年汉子从中间的第六排款款走上台去，掀开帷幔直往里走。

俄顷，从后台出来两个人，一个是宣传队长刘长庚，另一位当然就是那个刚进去的中年汉子了。

宣传队长一脸愁苦，他那左右为难的样子，让大家心里难受。

"马上开演吧！"中年汉子向宣传队长请求说，"满足观众的愿望吧。我负责与工会主席交涉，行吗？"

一脸惊慌的宣传队长匆匆走下台去。

"同志们、家属们，大家等辛苦了。现在领导有事不在场，我自告奋勇担起这个责任，向大家宣布：演出马上开始！"

"癞蛤蟆！"有人戏言道："我们向你致敬！"

被工会主席即兴任命的宣传队副队长罗成佑也赶忙跳上台去放声喊道："同志们——咱们为演出喝彩吧——"

"好啊——好啊——"

人们使劲鼓掌，台上的连腮胡子、罗成佑，还有那个一身是胆的中年汉子，他们三人手拉着手，大踏步地跨进帷幕。人们的欢呼声久久地在大堂里回荡。

演出还未开始，那个中年汉子悄然回到了他原来的座位。他的左右各坐着一位气质不凡的年轻女孩。

"我想让大家早点看到我写的话剧。"中年汉子说。

"你写的话剧？"左边的姑娘满脸狐疑，"你就是《护矿》的作者吗?"

"正是。"

"你是干什么工作的?"右边的姑娘问道。

"井下清理工。"剧作家有些不好意思了。

"你在井下上班,哪还有时间和精力搞写作?"左边的姑娘问道。

"时间全靠挤出来!"剧作家不无骄傲地回答道,"班中工友们休息的时候,停电的时候,下班后休闲的时候,便是我爬格子的时候。"

"停电你也能写呀?"右边的姑娘质疑道。

"井下停电是最佳的写作时间。找个安全的洞室,将石头一垒,木板一架,电瓶灯一照,就成了创作室。"

"啊,还真让人惊讶哪,"女孩儿说道,"还不知道你的尊姓大名呢?"

"前面有人叫我癞蛤蟆。"

"那可是骂人的话呀!"左边的姑娘提示说。

"癞蛤蟆想吃天鹅肉,有什么不好吗?"

"你这人真有意思,"姑娘说,"别人骂了你还说好?"

"那又有什么?"剧作家说,"别人认为你一个地位低微的井下工人想写出名堂来,是癞蛤蟆想吃天鹅肉罢了。对我有这种看法的人多了去了,加上井下工人心里藏不住话,慢慢儿就叫开了,于是'癞蛤蟆'成了我的代名词。"

"我觉得没什么呀,"右边的姑娘说,"你给矿里写剧本,让大家受到鼓舞不好吗?"

人们也许会注意到,从宣传队长悄然离开舞台,到工人剧作家归来，这中间已经过去了一段时间。

"怎么还不开演啊！"忽然，剧作家右边的那位姑娘嘀咕着。

难道又有变数吗？罗成佑不是答应开演吗？剧作家正疑惑间，一个头戴礼帽身着天蓝色连衣裙的窈窕姑娘手执话筒款款来到帷幕前。

"下面请欣赏话剧《护矿》。作者，一工区职工万古龙。"

顿时，人们的眼睛亮了！姑娘那身段，那彬彬有礼的气质，那窈窕淑女的风韵，那天真烂漫的笑容，那胸有成竹的自信，那清纯甜美的嗓音，把全场所有观众的倦意都赶跑了，人们像沐浴在五月的阳光里被清新的晨风吹拂着那样舒畅。

一阵悠扬的歌声从后台漫过来，帷幕徐徐拉开。人们首先看见的是井下工人作业的场景：底幕上标出了东南西北的方位。在东边的作业面上，一个身材魁梧的汉子在打风钻，他身着雨衣，矿帽上水流如注，湿漉漉的雨衣银光闪闪，抓风枪的双手颤抖着，摆动着。钻进岩石里旋转着的钎杆被前面掌握方向的人的一双空心拳掌着，并用双手不断地拨正钎杆，使其保持垂直。从风枪气孔里喷出来的乳白色雾气弥漫开来，一片模糊。在被雾气包裹着的昏暗灯光的照射下，整个作业面只有朦胧的影子在晃动。

万古龙屏气敛声，演员们再现了他笔下的场景，他为此而深感震撼。矿工们在高分贝的喧嚣声中，在潮湿，充满泥浆、烟雾的环境中，在松石随时都有可能塌方的险境中，日复一日，年复一年，一代接着一代地耗尽青春、耗尽体能、耗尽智慧。

人们惊讶地看见这一鲜为人知的井下作业场面被搬上舞台，心中不知有多少感慨！

"井下工人真是在那种环境中干活吗?"坐在万古龙右边的姑娘诧异地问道。

"是呀,"万古龙说,"还不止这样呢,你继续看说不定还会以泪洗面呢,我担心观众会受不了的。"

"那么恐怖吗?"姑娘又说,"我胆小,你可要提醒我。"

"胆大点,有我呢。"万古龙安慰说。

在象征巷道的纵横两条激光射成的直角的交汇处,用数块三合板搭成的掌子面那儿,两班人马正在隔墙打风钻。

火马乡场矿东面的那班人马在紧锣密鼓地清理现场,两个爆破工正在装置炸药……

"……我们蓉山金矿的职工还在打炮眼,而大马乡场矿的矿霸已装好了炸药,若是点上火,将会带来怎样的后果!"

解说员的声音有些颤抖。

"那里的炮不能点呀!"台下有人扯起喉咙喊道。

演出之前万古龙一直在为台上的布景具有局限性,演员不能把剧本的寓意准确地传达给观众而担心,而今听到这突如其来的叫喊,他又为场面混乱会影响剧情传递的效果而担心。

"不能点哪,人命关天啊!"有人站了起来。

"别嚷嚷,这是在演戏呢。"万古龙站起来提醒观众。

"好好收拾他们!"

"保矿护矿是我们矿山人的职责!"

"把矿里的内奸揪出来,打倒地头蛇!"

"打倒向他们提供地质资料的恶棍!"

"矿领导干什么去了，人家在捣毁咱们的家园，为什么还不动手还击呀！"

"大家行动起来，保护国矿资源！"

"打他们呀！打呀……"

这时候有人愤怒地冲上台去，给了拔腿就跑的点炮人一顿拳脚。

还好，动武的人被剧作家万古龙拉下台来。他耐心地解释说这是在演戏，那人才不好意思地重新回到自己的座位上去。

"演得太逼真了，是我对不起那个演员。散戏后，我会向他赔礼道歉的！"那个冲动的年轻人对剧作家万古龙检讨说。

大堂短暂的混乱之后又重新恢复了平静。

看着自己写的剧本被搬上舞台，此刻再没有谁的眼睛、耳朵比万古龙更专注的了，再没有谁的心跳得比他的更快的了，也没有谁的脖子伸得比他的更长的了。因为他太兴奋，才有了前面两次跳上台去与观众打照面的经历，现在他第三次离开了自己的座位，还到处游走钻进人群中去倾听、观察。现场的掌声久久地在他的耳朵里回响，尤其是刚才的剧情竟达到了以假乱真的程度，这让他感动得偷偷地抹过好几回眼泪。

剧作家万古龙并没有跌入自我陶醉的蜜罐里多久，让他最担心的是大堂的秩序。他努力穿过人群，回到了那个胆小姑娘的身边。

"别怕，姑娘，要真怕，就别看了。"万古龙提示说。

姑娘此时却沉浸在这紧张的气氛中想看个究竟。她忽然听见台上"咚"的一声巨响——台上的三合板隔墙被炸成了碎片。顿时，舞台上巷道里的滚滚浓烟漫成一片，又被风撕扯成一缕缕、一条条，争先恐后地涌出洞口。烟雾渐渐地稀薄下来，朦胧中她看见作业人员横七竖八地躺在碎石堆上，乱石堆的左边露出来一个耷拉的脑袋；右边的那个被埋了半边身子的人，一只手还抓着风枪；还有一个人倒在水沟里，头搁在边沿上，似乎还能动弹……

整个事故现场惨不忍睹。

出乎剧作家意料的是，人们看见这种场面，情绪竟然没有先前那般高涨，只听见嘤嘤的哭泣声在大堂里盘旋……

这时，剧作家感觉到有人在扯他的外衣。

"大哥。"姑娘对万古龙亲昵起来，她把头轻轻地歪在他的胸前，她甚至忘记了近在咫尺的好友会对她的这种举止产生出一种怎样的反应。

"别怕，"万古龙说，"这是在演戏呢。"

"现在我已经不怕了。"姑娘撒娇似的问道，"大哥，他们还会演下去吗？"

"当然会！"万古龙答道。姑娘这样问似乎有些让他不悦。

大堂里的唏嘘声、抽泣声很快传到了副队长罗成佑的耳朵里。他在心里吃着醋，好一个万古龙！他想他一定要指挥好下一幕的演出。

善良、直率、执着的万古龙非常珍视与观众的沟通。因为他知道，职工及家属非常热爱自己的矿山，虽然大家的日子过得有些紧巴，但都对未来充满信心。其实，大家都是哑巴吃汤圆——心里有数：多少年来，自己的家园遭到了地方上矿霸的蹂躏，但他们相信鲜血绝不会白流，相信国家很快会出台新的政策，加快对国有矿山秩序的整顿。而万古龙希望通过舞台剧，将场面表现出来，从而让领导重视，让人们看到前途和光明。

当观众从悲伤中走出来，情绪不断迈向豪放、迈向坚毅、迈向高

六、迈向激昂的时候，我们从前的滑稽剧演员、今天的话剧演员罗成佑用洪亮的嗓音朗诵起美妙的诗句来：

> 日子艰涩地滑落在
>
> 矿山人的脚下
>
> 一个哈欠之后
>
> 东方那轮鲜红的太阳
>
> 又冉冉升起……

罗成佑朗诵完诗，剧情即刻转至下一节的奋斗篇，帷幕迅速地合拢来。

先前大开的侧门不知什么时候被人关上了，也不知道又过了多久，门忽地嘎吱一声被打开，一行西装革履、红光满面的人来到了观众的眼前。欧阳矿长一边点头示意一边大步流星地跨上舞台，节目主持人赶忙递给他麦克风。他向观众行完鞠躬礼，用沙哑的声音说："同志们、家属们，我们热烈欢迎省领导莅临我矿指导工作。领导们一路辛苦，饱受风寒，他们只观看了一小会儿耙岩机皮带运输表演，就匆匆朝这儿赶。接下来，请领导们欣赏由我们矿自己创作演出的话剧《护矿》，并请提出宝贵意见，以便匡正。"

原本开演了的话剧只好又从头开演！

连腮胡子陈明汉

　　演出继续进行着，当剧情进入高潮的时候，忽然从后面站着的人群里挤出来一个体魄健壮、高大威猛的男子。这汉子身着邋遢的工装，蓬头垢面，穿着一双齐膝的长筒靴，人们一看便知道是出晚班还没睡觉的井下矿工。安保人员见他朝欧阳矿长旁边空着的位子坐去，便以迅雷不及掩耳之势跨步上前拦住他。

　　"喂，你不能坐这儿！"安保人员的吼声引来了很多人的目光。

　　安保人员拉他，他一把猛推过去。

　　"坐这儿怎么啦？"邋遢汉子怒目圆睁，两眼像是要射出火来。

　　"你是哪个单位的？"

　　"井下四工区。"

　　"叫什么名字？"

　　"陈明汉，怎么了？有人叫我连腮胡子，也有人叫我蛮牛。"

　　安保人员犹豫起来。对于这个人他有所耳闻，是井下有名的犟牛。他这一坐，刚才出去透气的省领导回来了怎么办？

"这儿不能坐。"安保人员再次强调。

犟牛根本不理会安保人员，稳稳地坐了下去。一会儿，他就架起了二郎腿。难闻的气味从长筒靴里蹿出来。

欧阳矿长被臭气熏得坐立不安。井下矿工陈明汉，也就是还未演出之前的那个出夜班未睡觉的年轻人，他后来把位子让给了一个抱孙子的老太婆坐了。这会儿他看见前面还有空着的位子，才有了前头的那个小插曲。

连腮胡子陈明汉傲气地看着演出，他觉得他们才最有资格坐到前面。观众们一定也有这种想法。事实上在矿里，人们对陈明汉的尊重比对矿领导还要多三分！这是因为带领全矿职工家属团结护矿背着钢钎冲在前面的不是他欧阳矿长，而是陈明汉，210米平窿穿水时在井下奋战五天四晚抢救一百多号性命的人也不是他欧阳矿长，还是陈明汉。

忽然，大堂里出现了一片嘈杂声。人们看见一个矮墩墩、胖乎乎、圆滚滚、满脸像抹了炭末子似的黑影人夺门而入。他径直朝前面空着的位子蹿去，安保人员疾速去阻拦，黑影人一个趔趄，栽倒在地，他的头与舞台的墙撞个正着。前面的人们看见这一幕，都呼啦站了起来，有些人干脆站到座位上去。后面的人们不知道发生了什么事，也都连锁反应似的从座位上弹了起来。欧阳矿长对安保人员道："快把他请出去！"

"不能动，他已经晕过去了！"连腮胡子像被钢针戳了屁股一样弹跳起来吼道。

"他是你什么人？"欧阳矿长从口袋里掏出五十元钞票递到蛮牛手上，说，"由你负责把他送到医院看看。"

"不行，"蛮牛说，"你矿长的五十元钱能买下一个人的性命吗？万一他死了呢？再说，要送他去医院，也只能由责任人送。"他炯炯的目光直射向那个肇事的安保人员。戏还在演，人们不知道是在看台上的戏还是在看台下的戏。

欧阳矿长看见那个黑影人动也没动，便急忙走到黑影人跟前，将手伸向他的鼻翼。这下他放心了，又一次郑重地说："他还有气，陈明汉你带个兄弟送他去医院看看。"

欧阳矿长担心省领导回来，把事情弄大了吃不消。蛮牛迟疑了一下。他没回答他可以，也没回答他不行。只见他撇下欧阳矿长，两手叉开往地下一匍匐，给黑影人做起了人工呼吸，还用双掌压他的胸脯。渐渐地，黑影人苏醒过来。蛮牛把他扶起，问他是不是认得自己，黑影人却说不认识。蛮牛愕然。欧阳矿长十分高兴。他靠近蛮牛坐下，问道："他是你什么人？"

"是我的朋友。"

"你的朋友？"

"是啊，"蛮牛说，"那一次井巷淹水，我拼死爬出井口，可还是倒下了。当时，他正在井口捡废品，可是我并不认识他。我对他说你能帮我个忙吗？他说你是工人阶级，还要我一个捡废品的帮忙呀？我把井下发生的事告诉了他，他二话没说，就跑到矿里报信去了。要不是他，问题可就大了。后来，我到处找他，想请他吃一顿饭，感谢他的帮忙，可从那以后，再也没有看到他。"

欧阳矿长沉思着，似乎有些感动，他从口袋里摸出来一百元钱塞到蛮牛手上，说："今天就由你代表矿里请他的客，如果钱不够，开张发票来，我给你签字报销。"

这时候蛮牛才想起前面欧阳矿长递给他的那五十元钱。可他掏遍了所有口袋，都没有找到，那五十元钱不翼而飞了。

那钱是蛮牛自己不小心弄丢的，虽然每月只有五百多元的工资，但他还是决定那五十元钱由他自己来还。一场闹剧刚结束，省领导回来了，直到这一刻，压在欧阳矿长心头的石头才落了地。

臭气越来越大，那大出来的部分当然非黑影人莫属。

这会儿欧阳矿长却没感觉到臭。

黑影人可得意了。他左顾右盼，看见人们都捏着鼻子。他好想笑，却忍住了。他不知道矿里的人怎么会对他这么好。平时他走到哪里，哪里的人都会嫌弃他捉弄他，要他滚蛋！工人阶级到底觉悟高，他在心里笑了。

一高兴，黑影人便忘乎所以了。他一边看着戏，一边把双脚跷得高高的。这种任性、随意的举动，人们起初并没有注意到，他们都全身心投入到剧情中去了。可是他呢，除了知道自己一身脏臭没被别人赶走，还知道自己的口袋多了点收获。蛮牛陈明汉看见黑影人看戏很天真的样子便友好地拍拍他的肩膀，两人的脸上都现出高兴的样子。

蛮牛同那黑影人交谈起来。每当黑影人一兴奋就站起来手舞足蹈，引起人们哄堂大笑，蛮牛不得不站起来摁他坐下。两人的影子投映在舞台前的侧墙上，就像早期的无声电影一样。

大堂里人爆满，除了前五排的位子外，几乎再没有能让人单独坐的位子。先前，前面坐着的都是些有地位有身份的人，穿着也比后面的人讲究一些，后来状况有了些许的变化。由于人们长时间饱受闭塞、闷热、疲惫的煎熬，秩序开始混乱。叫喊声、口哨声、响指声此起彼伏。

由于没有空隙，人们想出去解手都难，他们宁可尿裤子也不愿意挪动半步。这让维持秩序的安保人员占了便宜。可是在大堂的尽头帷幔的后面，演职员们如同行尸走肉一样没有表情，这让剧作家万古龙心生懊恼。

自从欧阳矿长一行到来，万古龙就一直隐隐担心。其间，他基本上没有心情在自己的座位上欣赏自己的作品，于是离座跑到幕后去——谁让他自作主张差不多提前演出了五场呢？

眼看这演出有全军覆没的危险，万古龙做出了有生以来最大胆的一个决定：告诉欧阳矿长先前已经演了差不多五场的事。事后如果追究起来，火气肯定要小些。他这样想着，便走到欧阳矿长跟前，结结巴巴地向他说明了造成现在这个局面，是由于戏提前演出了一大半，而提前演出主要是迫于观众的呼声。欧阳矿长听后没有发脾气，保持了他的绅士风度。万古龙暗自庆幸。不过，他当着省领导的面也做了自我批评。坐在欧阳矿长身边的省领导笑容可掬地对万古龙说："你的做法只要能得到群众的拥护，就错不到哪儿去。"他沉思了一下对矿长说，"新党呀，这戏还是跳一跳接着前面的演吧，这样比较符合民意，你看呢？"

欧阳矿长愉快地接受了上级领导的指示。

"队长，"欧阳矿长喊道，"把戏跳一跳，接着前面的演吧！"

台上的演员又重新振作起了精神。万古龙为能够让观众欣赏到戏的后半部分而松了一口气。要不然观众坚持不住，还不演砸呀？

戏剧还在接着演。

万古龙看见人们又在继续欣赏他的话剧，他乐了，便又挤回到了两位姑娘的身边。"我的戏终于有救了。"他在心里暗自庆幸，可这希望就像泡沫一样很快又消失了。突然，蛮牛不知道为什么站了起来。他趁戏剧换装转场的空当，一下蹦上了舞台。强烈的灯光打在他的脸上，蓬乱的头发像落荒深山的人。他一直想寻找一个替老百姓说话的机会，今晚有上级领导在场，他觉得是时候了。不吐不快啊！于是，他扯开喉咙用最大的声气说："全矿职工和家属同志们，也许有人认为我没有资格站在这儿说话，甚至被认为是在出风头，是在胡闹，可这样想就错了。下面我要讲的两件事，每年在矿职代会上都有提案，可就是得不到解决：一是工人二村环矿路路边的公共厕所要倒了；二是全矿职工及家属两万人，连个停尸房都没有，死了人在家属区闹丧，使得三班倒的职工常常彻夜难眠。现在矿里效益好了，趁在破产之前，老百姓的基本生活设施也应该改善一下，这样的好日子我们盼望好多年了。可如今那么多的钱，也不知流到哪儿去了。矿里既然不关心我们工人的疾苦，那咱们就自己救自己吧！今天是个好机会，咱们成立捐款小组，大家从嘴巴里省出点来，把这两件事情办了。大家看这样行不行？"

矿领导对连腮胡子在公共场所发表的言论本想阻止，但考虑到有上级领导在场，更考虑到这蛮牛的拗劲，怕弄出更大的乱子来，也就闭嘴当哑巴了。

"好好，我们支持你，全矿人民支持你！"

"蛮牛，你说的话我们听，我们支持你！"

万古龙本想上台说几句表示支持的话，但由于连腮胡子触动了他愤怒的神经，于是把想说的话又咽了回去。蛮牛是全矿人民心目中的英雄，矿领导不去碰他是明智的，虽说在口头上不承认他，但在心里还是很有些分量的，更何况有上级领导在场。

"别往心里去。"坐在万古龙身边的姑娘见他脸色难看，便安慰说，"你为矿里写剧本，为大家做好事，他也一样。不过，你是得到了组织上的认可，而他却没有！"

"意义都一样！"万古龙说。

"好啊，"那姑娘又说，"那我也会支持他。"

姑娘说这话的时候，眼睛放着亮光。

"你谈朋友了吗？"左边的那位姑娘问了这样的问题后，觉得有些不好意思，脸唰地一下红了。殊不知她所触及的恰恰是万古龙最敏感的神经。

"从前谈过，但性格合不来。"万古龙说。

"怎么合不来？"

"她把业余时间全泡在牌桌上了，所以……"

"啊，是这样。"姑娘面带羞涩，低下头傍在他的耳际轻轻地说，"明天你借我本书看，行吗？"

"行啊！"万古龙爽快地答应道。

捐款现场惊现杨贵妃

蛮牛突发奇想的倡议竟得到了不少观众的赞同。

捐款事宜很快准备妥当。捐款地点选择在俱乐部大堂出口右边的售票室。那小屋里的窗玻璃有些朦胧，没有玻璃的窗格结着蛛网。桌子上的茶色玻璃积着厚厚的灰尘。

由蛮牛负责的募捐组很快投入了工作：蛮牛负总责，并由他维持排队的秩序；矿团委书记韩来书负责登记名字和捐款数目；四工区团支部书记收钱；还有井下一工区、五工区的几个团支部委员负责监督。

蛮牛有序地指挥着。在人们排队拥挤的当儿，蛮牛要大家遵守秩序，大家都应诺说是是是或好好好。一部分人陆陆续续从人堆里挤出来看热闹。留下来的都自觉排队，没留下的有些摸摸口袋，显出为难的样子。

从前，这小厅也风光过。看电影相互慷慨请客，屡见不鲜。那时伙食便宜，单身职工在公共食堂买份红椒炒肉，也就花上四角钱。矿区市场的蔬菜便宜得让职工和家属提着菜篮子一路笑哈哈。

捐款开始了。可爱的人们，你们知道第一个捐款的人是谁吗？他就是捐款总负责人蛮牛自己。他把手伸向口袋摸出来一百五十元钱。见鬼了，欧阳矿长前面给的那五十元，怎么又回兜里了？

捐款的人们一个接着一个，大家表情严肃，不像人们购买电影票排队时那样笑声迭起。一连串的面孔出现在小窗口，团委书记有认识的，也有不认识的。还有捐五分钱、一角钱的小学生，这让团委书记感动。总的来说，矿内的人捐五元十元的多。

捐款的队伍从小厅堂一直朝大门外延伸。人们似乎不捐上几元钱脸上就挂不住。后来，人们都很兴奋的样子，好像在参加一项开心的娱乐活动。几个年轻的工作人员正手忙脚乱的时候，突然出现了一声尖叫："哎哟，你踩到我的脚了！"接着就是一片嘈杂的嚷嚷声。

"快点，我尿急了！"

"快点，动作快点！"

"你先帮我登记，我回去拿钱！"

"增开一个点，不就可以了？"

"吵死了，我的脑袋都要炸了！"

大堂与小厅的人穿梭来往，摩肩接踵，像赶集一样。很多人的脚被踩，很多人的身子被撞，很多人的汗水甩到了别人的脸上，很多人像捉迷藏似的往人缝里钻。这种异乎寻常的热闹场面，使人们感到异常兴奋。

至于一直守候在大堂里的剧作家万古龙，他在全力以赴营救他那场尚未演完的戏剧，这情形有点像病入膏肓的人在挣扎。他在舞台的侧面走来走去，像丢了魂儿似的。他甚至也想去捐款那边看看，虽然父亲治病还欠着医药费，大不了借十块钱打肿脸充一回胖子，让自己重新体味一下那种仗义豪气的快乐。但一想到自己写的戏都熬不住了，演职员还能熬得住吗？文学艺术自然有它的魅力，但这个世界最能带给人们热情的是新鲜事物。可他仔细想想，似乎又有些不大对劲。就算捐助活动再怎么吸引人，他现在也绝不能离开演出现场。他倒要看看，人们把钱掏出去的魅力大还是他的戏剧魅力大！他相信：人们去捐款凑热闹，是由于前面长时间的等待导致精神疲倦想借此活动筋骨。然而他在判断上出了差错！这次捐款是蛮牛抓住了长期以来矿里某些领导不关心群众需要，全矿职工、家属甘愿用凑份子的办法来解决问题的这一契机。凭万古龙的觉悟和思想水平，他应该能明白这一深层面的原因，可在这种乱哄哄的情形下要求他非常理性地对待，期望值是不是太高了点？

情形还真有些不妙了！观众差不多让他看见的只是背影。"戏还没演完呀！"他差点叫出声来。

他用目光努力搜寻着他先前所坐的位子。他惊讶地发现坐在他左右的姑娘也都不见了影子。

万古龙把目光收回来，落在唯一的一个观众的脸上。他被深深地感动了，于是忍不住从舞台上跳了下去。

"领导您还在坚持看呀！"万古龙感激地说。

"我会把它看完的。"省领导认真地说。

"谢谢领导的鼓励！"万古龙激动道。

"你去吧，导演很辛苦。"省领导说。

"您怎么知道我是导演？"万古龙说，"我只是临时的，真正的导演病倒了。"

"你们的戏排了好久了?"

"半年了。"

"是第一回演出吗?"

"对矿里而言,应该说是。"万古龙谦虚地说,"您见多识广,请提出宝贵意见。"

"很不错嘛!"省领导想了想说,"要是把地方上矿霸抢矿的背景交代得更详细更清楚一些就会更好。好好干吧,你的戏还是很有前途的。"

万古龙点点头默认。突然,一阵哄闹打断了他们的对话。

"好样的,还真看不出来哩!"

"了不起啊,那只黑熊捐了一千块!"

"人不可貌相,海水不可斗量!"

"怎么回事啊?"有人大声地问道。

万古龙忍不住想看个究竟。他打招呼说:"领导,您看吧,只要还有一个观众,戏都要演完。"

万古龙匆匆来到售票小厅堂,只见黑压压的一大堆人将黑影人抛上抛下。

"放我下来呀!"黑影人发出的声音时断时续。一时间,他被人们弄得上气不接下气。

"不能这样,万一失手了,会出人命的!"万古龙的心绷紧了,说,"大家行行好,他根本不适应这种热情、宠爱和友好的方式。要不然,他怎么会那么难受?"万古龙上前制止,人们才把竭力挣扎的黑影人放下来。

全场人都兴奋起来,奔走相告:"黑熊捐款一千块!"大家奋力往小厅里钻。群众中自发地形成了护驾队，把黑影人团团地围在中央，护着他慢慢走向大堂，那不是仪式的仪式隆重得像皇帝进宫一样。这时若论及人们对黑影人的惊讶与赞叹，简直达到了疯狂的程度。

黑影人走起路来的样子让人忍俊不禁。他走在人们围拢的圈子当中，驼着的背和隆起的胸像两座小坟冢，两条腿朝前甩着半圆圈，每走一步不超过二十厘米，他的手臂永远靠不拢腰，像是雏鸟儿的两个刚起飞的翅膀。他的模样虽然丑陋，但他今天却得到了别人没有得到的荣誉和爱戴。

黑影人又来到俱乐部大堂。因为捐款小组成员商议在戏剧演完之后，让他上台讲几句话。鉴于他对矿里的贡献，蛮牛等人想让大家认识他、记住他。

万古龙又喜又忧。喜在观众们又回来了；忧在人多嘈杂，影响那些还想看戏的人。

黑影人真的上台了。很多人立刻认出了他。顿时，大堂犹如涨潮似的波涛翻滚。

"他是黑怪，黑怪呀！"

"他是妖怪，妖怪呀！"

"他是垃圾王，垃圾王！"

"他是吃垃圾长大的！"

"九十年代初，他就来捡破烂了！"

"他是矿里的清洁夫！"

"是我们矿里的破烂养活了他！"

人们越喊越来劲，还有些捣蛋鬼尖声喊道：

"吓死人了，阎王爷都不收他！"

"他赚了不少钱，少女们更要当心！"

"他不晓得讲话，只晓得傻笑呢！"

"算了算了，让他讲！"

剧作家万古龙注意到了，大家高兴非凡，拼命鼓掌。

黑影人任凭人们怎么议论他，他依然歪着头望着观众傻笑。

这时候，学生中出来一个调皮鬼，跳上台做鬼脸看他。突然，他身子一扭，斜里一个搂腰，双手往前一抛，那个中学生就被甩到舞台下了。

这一幕把人们惊呆了！还好，那个中学生马上又爬了起来。他要上台报复，却被蛮牛拉住了。

在大家的催促下，黑影人终于开口说话了。他说他本来也是矿里子弟，但他选择了离群索居的生活，他还说他并不是一个好人，而是一个扒拐子。他说自从他记事起就有人笑话他，印象最深的是同学们起哄笑他，甚至连老师都笑，看不起他，因此他只读完小学二年级就没读书了，从此就在外面混了，主要靠捡破烂养活自己。后来大约十岁了，就跟着别人在火车上、公车上、轮船上、码头上和车站里专干那事。

黑影人的话，引起了观众浓厚的兴趣。这黑影人也真是怪：他模样怪，说话的声调怪，在大庭广众之下揭自己的短就显得更怪。

"那种事今天我又干了。蛮牛把我当朋友，是他救了我，而我却扒了他的钱。不过，我又还回去了。刚才我捐款一千元，大家一高兴把我当活宝耍，使我心里怪难受的。今后如果有人看见我再干那事就把我的手剁了！"

说完，他又像前面那样站着傻笑。

一阵雷鸣般的掌声在大堂里响起。

省领导觉得新鲜有趣，他问蛮牛陈明汉："你不是说他对矿里有贡献吗？"

"是呀，前年井下放炮，老窿穿水，信号断了，要不是他帮我向矿里报告，少说也有四十条性命完蛋！"

"这事应该宣传宣传让全矿人都知道哇。"省领导提示说。

蛮牛立即跳上台去高声大气地把黑影人如何帮他向矿里报信救人的事迹说了个明白。于是，雷鸣般的掌声又一次在大堂响起。

"不是那样的。"黑影人说，"我怕跑不快，给了一个学生五块钱，是他帮我报信的。"

"好样的！好样的！"

"你好聪明！"

这一刻，大堂里满是赞叹之声。

万古龙着急了。看来，转场空当的时间要延长了。他想还是顺从民意吧！这当儿，他忽然听见外面又一阵响亮的欢呼声传来。

"连腮胡子，蛮牛呀，"一个光着膀子的青年尖叫着，"快去外面看啦，古代杨贵妃转世了！"

"你说什么？"连腮胡子腾地从座位上弹起来，双手拨开众人，像穿山甲一样往前面钻。所有的人都站了起来，人浪朝后面涌去。

"杨贵妃转世了？扯淡！"万古龙摇着头朝舞台走去。

"没戏啦，演员们都到外面看杨贵妃去了！"万古龙的头再也摇不起来，他傻在那儿了。

雪白的灯光打在舞台上，正好圈着黑影人。他还站在原地一动不动，依然傻笑不止。

人们差不多再一次走光了，大堂里剩下的只有一些上了年纪的老人。

"你怎么还不走呀？"万古龙问黑影人。

"我的朋友连腮胡子蛮牛还没叫我走嘛。"

"他不会来了，那你下来坐一坐。"

"不，我想再站一站。"

"为什么呀？"

"我长这么大，从来没上过台。"

"啊！"万古龙终于明白了。

他俩对话的当儿，外面的人终于走了过来。

万古龙看见人们像先前簇拥着黑影人那样围着一个身材窈窕、长发飘逸的姑娘来到大堂。

"难道杨贵妃真的转世了？"万古龙不由得踮起脚尖一边嘀咕着，一边焦急地喊道，"开演呀，快开演呀！"

大家都围着那姑娘欣赏，似乎忘记了还站在台上傻笑的黑影人。只见那姑娘没停下脚步，径直走向舞台。黑影人惊呆了，吓得连连后退。

"别怕，"那姑娘说，"黑影人，我可找着你啦，你不认识我了吗？"

所有的人都一脸愕然。

黑影人摇摇头，他说他不认识她。

"那次在火车站，是你救了我呀！"

黑影人这才想起来。

"想起来了吧，咱们走吧！"姑娘拉起黑影人的手走下舞台，慢慢地移向大堂门口。

人们没心情再回座位看演出了。所有人的目光都蕴含着惋惜和嫉妒，一直看到一高一矮，一白一黑两个影子消失在正午的阳光里，人们才若有所失地渐渐离去。

戏还是演砸了。大堂里还剩下最后两个观众：一个是省领导，另一个是剧作家万古龙自己。

欧阳矿长呢？

今天他遇到的像是小朋友看七色镜似的。万古龙绞尽脑汁想了半天，可怎么也没想出个头绪来。

瓜田李下

　　四月的夜晚还有些微冷。万古龙胃出血，医生批了他半个月的病休假。近日来，他心乱如麻。天黑了，他似乎感到要比白天好。他行在矿区的林荫道上，他要让自己展开想象的翅膀，让哲学的良药为文学家、剧作家疗伤。

　　他快步如飞地来到公园，找到了一隅四周有绿色屏障、空地上有成茵的草丛歇下来。今晚他不知道去哪儿投宿——楼下又是闹丧夜。哦，也不知道由罗成佑负责的停尸房要什么时候才能完工？他百无聊赖地斜躺在草地上望着铅灰色的天幕。他的戏的效果原本会出奇地好，然而一场意外，使之没有收到应有的效果。虽然是在矿里，但他还是不敢也不好意思去欧阳矿长那儿要剧本创作辛苦费或叫采访生活补贴费，去还父亲在农村合作医疗站治病的钱。草地上还是太冷了，他决定去烤面包的食堂遛一遛，说不定上夜班的女同志知道他是剧作家会免费送给他两个面包吃，能使他节省一元钱。至于今晚投宿何处，他可以去井口不远处的值班室，那里有一条又宽又长的木板凳，虽说简陋了一点，但热了有铁风扇，冷了有烤火炉，倒是一个可以暂时栖息的好去处。

当他正要穿过十字路口的时候，他突然看见黑影人正朝前方走。莫非他也是去那儿过夜吗？矿里的那次演出，就是因为他的突然出现，使万古龙的自尊心受到了极大的伤害，于是万古龙掉头就走。相当长一段时间以来，他对那场戏的演出还耿耿于怀。为了减轻自己的伤痛，他尽量避免联想那些与戏剧相关的一切事物。否则，他那尚未完全愈合的伤口就有可能被感染发炎、流血，甚至坏死。他得小心着点。

人世间不经意就能碰上的事太多太多，你想回避，但除非你不生存在这个地球上。他一抬头，矿俱乐部高楼的黑影兀自出现在他的面前。他一想到那场演出，心里就有一种厌烦感。刚想侧身溜走，一股呛人的亚砷酸钠气味扑面而来。该诅咒的冶炼厂！多少年来矿区被地方上的几个冶炼厂贴身包围着。环保部门、公安部门和政府几次联合行动要取缔，但最后不了了之。如是一来，由于污染肆虐，周围农田的庄稼、山上的植被一大片一大片地枯黄。矿区人民的身心健康遭到了严重的损害。矿区每年死于癌症和心脑血管疾病的人数居高不下，且年龄趋向低龄化。这叫万古龙动了恻隐之心。他曾想写篇矿区环境被严重污染的报道，但考虑到矿里与地方上的关系，也只好作罢。

"辨清风向再溜达。"万古龙在心里嘀咕着。但他还是逃不过矿俱乐部对他的刺激。在路灯的照耀下，他从地上拾起几片树叶抛向空中做风标。这会儿他决定朝东走，再朝北拐。前面是一片新建的楼宇，供那些有钱人平时上班住。但一到双休日、节假日，他们就逃也似的飙回到县里、市里的豪华居所。万古龙发现这地方非常幽静，要用脚步丈量完它，至少可以消磨掉半个小时。这样一来，好让选矿厂的球磨声、井口的鼓风声和他楼下闹丧的喇叭声、锣鼓声从他的听觉中消失，从而使他的耳根得到清静。不一会儿，他的脚像踩到了什么东西，将他绊了个四仰八叉，他呻吟着爬起来，看见了一堆钢管参差地堆在路旁。这是矿维修队白天在这一带安装水管剩下的材料。维修人员对于公共财物，就这样撒手不管吗？幸好没被小偷发现！庆幸之余，他又有些不忍了。于是，他决定自己动手，把阻塞道路的几根钢管整理一下。不料，正碰上因井下停电提前下中班的三个矿工。

"谁在偷钢管？抓贼呀！"万古龙吓了一跳！为减少麻烦，他急忙闪向南面的瓜棚躲藏，却被他们逮了个正着。"我没偷！"万古龙恼怒地嚷道。

"捉奸拿双，抓贼拿赃，还说没偷？"

"没偷，就是没偷，我在做好事。"他申辩道。

"算了，"其中一个人说，"我认识他。他是咱们矿里的才子，矿里演出的剧本都是他写的。相信他吧！"

"不行，"一个高个子说，"把他交公安分局吧！"

"也好，"另一个说，"把事情弄清楚，对他有好处。"

仨矿工押着万古龙敲开了公安分局值班室的门。万古龙后悔莫及，要不是他请病假，要不是他神经衰弱，要不是他辨风向，要不是他情绪低落，今晚这些被人误会的事就不会发生在他的身上了。路上，他想起"风萧萧兮易水寒"的诗句来。这会儿，他原本冰凉的心被这萧瑟的寒风吹得快要僵硬了。万古龙从公安分局出来，仨矿工连连道歉。"算了，你们也是为保护矿里财产嘛！"万古龙宽容地说。

"瓜田李下的好事做不得，还是剧作家呢，连这也不懂！"高个子矿工提醒说。万古龙觉得高个子小伙词汇还挺丰富，用得也还算准确，于是问了他的姓名，说不定他俩还能做朋友呢。

万古龙无奈地接受了这个误会。他撇下仨矿工径直朝通往古郡蓉城的路上走。到了过磅房，想了想，他又朝左拐，朝靠城边的小蓉山进发。把城际的居民楼和二三八队扔在背后，沿途上坡，行走在泥泞的小径上，泥水一直没到他的脚踝。他来到小蓉山西头的制高点，久久地俯视着建矿初期搭建的油毛毡工棚。这片在中国版图上找不到位置的职工家属区，在零星路灯的照耀下，犹如一个黑堆。了不起的蓉山人啊，你们是好样的！你们穷尽毕生精力为国家挖出来的是金子。而我自己呢，一个井巷的清道夫，一个三流的剧作家，一个受人误会的小羔羊，一个咧着嘴笑向人借钱的穷瘪三。不过没关系，感谢上苍赐给我这样的夜晚！

突然从一片漆黑里传来了一声鱼雷的巨响，将他从遐想中震醒。他看见远处山下的水塘被零星的手电光照出来的几个黑影，在泛着银光的水面上晃动。他知道有人在山矿里炸鱼。

万古龙摸索着来到水塘边，他的倒影在水里晃悠。这时候，他忽地起了一个大胆的念头：跳下去，兴许也能碰上一条白鲫或一条青带。那样，明天就不需要去食堂排长队了。捞鱼的人把水弄得哗哗响。他们要上岸了。"谁?"有人喝道。"我，万古龙。"他答道。

"水很深，当心淹死你！"万古龙一时兴起，竟忘了自己是病体。正要脱衣，听这么一吼，便打消了先前的念头。"哦，你是写剧本的万老师呀?"又一个声音问道。"你是……"万古龙受宠若惊。

"我是连腮胡子蛮牛呀！"万古龙不愿意再听到他的声音，一瞬间，他又想起了戏剧被演砸后带来的伤痛。那次的悲哀，除了领导迟到的因素外，与蛮牛和那个一直在他眼前晃动的谜团一样的杨贵妃有直接的关系。现在，人家已叫到自己的头上了，他还能说什么呢？

"蛮牛老弟，"万古龙碍于情面，支支吾吾地说，"……我要……回去了。"

"到我家里消夜去，有鱼呢！"蛮牛拉起万古龙就走。

"可你不住在这附近。"

"我早搬来小蓉山了。"

"是不是那边的单身宿舍闹鬼呀？"

"这里离城里近些，泡妞方便。"

"看你这张没遮拦的嘴……"

万古龙喝够了吃饱了，抹着嘴出来，一边欣赏着蛮牛送给他的一串烤鱼，一边哼起了《酒干倘卖无》。这时候他把一切的愁和苦通通扔到了山塘里。他决定玩它个通宵，玩到城里去，玩到新修建的欧阳海广场去，因为他有足够的热量来抵御寒冷；当然，还有他手中的烤鲫鱼。

广场惊魂

　　拖着病体的万古龙借着酒力迷迷糊糊踉踉跄跄地走了四里地，体力差不多消耗殆尽。他突然感觉很冷，便把脖子缩起来。进广场的路口有一个没门的简易岗亭，他瞅了一眼，没人。这下他高兴了，何不进去避避风寒，或放眼广场，再一次感受一下这糅合着古代与现代文化氛围的休闲胜地。

　　对于广场他再熟悉不过了。

　　欧阳海广场规模宏大，要游览完整个广场，至少得花上半天工夫。如果远远眺望，它能给你一种宽广的舒展感。广场四周环绕着县府机关、汽车站、商场、超市、医院、学校及娱乐场所。广场中心的欧阳海镀金塑像，白天金光四射，夜里银光闪闪。据说这个塑像出自中国著名的塑像大师之手。整个广场为园林式艺术造型。从广场周围通往欧阳海塑像的条条路径，都用麻石铺就。层层梯田式的花圃，以原生的小山丘为基础，高的地方略做移方处理。爬满青藤的文化长廊，盘旋迂回；喷泉假山林立，泉水叮咚；莲花吐瓣，水柱昂扬，蔚为壮观。

万古龙放眼望去，看见欧阳海塑像正对面黑压压的人群聚集在一方白色的帷幔前。夜幕下那方白色帷幔不停地发着白光。他感到新奇，挪动着并不怎么稳健的步子朝扎堆的人群走去，他想去看个究竟，观察生活嘛，就要不断地为自己寻找机会。当他走到近前才知道是在放电影。

再走近一些，万古龙一眼就看见了那天出现在矿俱乐部大堂的那个杨贵妃姑娘。这会儿，她正在机旁操作。她是一名电影工作者吗？她的模样比电视电影里的美人儿还好看呢。

哪有这么多人啊！万古龙激动之余又疑惑起来。从前，他也有过同样的经历：看着看着，自己也成了陆陆续续离场人中的一个！今晚他来到岗亭那么久，未见一人往回走。他从那儿走过，也没碰着一个人影儿。真是奇怪了！蓦地，从他脑海中跳出来一个奇怪的判断：能坚持把电影看完的只有一部分人；那另一部分人呢，一定是冲着看杨贵妃这美女来的！这会儿，万古龙的脸颊有些红红的了。他又看了那姑娘几眼。

万古龙看见那姑娘即便是在工作也没有忘记把微笑带给观众。她那乌黑的大眼睛扑闪扑闪的，她的气质与柔情让所有见了她的人都喜欢。他真想不顾一切地冲上前去拉着她的手，哪怕一路上刀山下油锅，他都愿意。

突然，那方白色的银幕黑了下来——放映机出故障了。杨姑娘以极优美的动作调试着。她原先站在右边，现在站到左边来了。她玉手一拨一摁，一折一挠，银幕画面又清晰了。奇怪的是，她在调试当中，竟然没有一个人抱怨，人们都耐着性子，像是原本就应该这样似的。万古龙看到那些人神态的专注和对这位姑娘的崇拜，竟使他产生了恼怒的心理。他甚至越来越觉得这姑娘带有某种神秘的色彩。广场是一个灯火的海洋，它与银河之星遥遥相望。明晃晃的灯光闪烁在人们的脸上，现出那姑娘的脸蛋儿生动极了。

在众多人的目光中，似乎有一双目光更加专注地注视着这位姑娘。那人的面孔像木乃伊，干瘪的鼻子像粘贴在脸上一样，两只鼠眼骨碌碌地转动着，但神情严肃、平静。他约莫四十岁，几根长发耷拉在前额。万古龙知道自从他到来的那一刻起直至现在，那个人的一双眸子就没离开过那位姑娘。当他看到所有人的目光都胶着在她身上的时候，他就觉得她离他的梦越来越遥远了。间或也有一丝微笑挂在他脸上，但他的叹息让微笑蒙上了压抑的阴影。

"可爱的猫女呀，"木乃伊喊道，"放完电影后，你唱几支歌让父老乡亲乐呵吧！"

"行啊，干爹！"姑娘朗声答道。

即刻，就有清脆嘹亮的歌声在欧阳海广场响起，回荡在城郊的夜空。人们一阵喝彩，暴雨般的掌声让木乃伊陶醉不已。

"女儿呀，"木乃伊又吩咐道，"来一个魔术，让父老乡亲更高兴吧！"

姑娘顺从地取出一把雨伞利索地撑开来，又立即把它收拢。她一边走着柔美的步子，一边扭动着腰肢，雨伞在她手上晃来晃去。她又把前面的动作重复一遍。她告诉大家，天老爷马上就要下雨了，要求大家脱掉外衣罩在头上，并要求大家把眼睛睁大点观看《雨中情侣》的魔术。

她将雨伞高举着，晃几下，真的就有雨落下来。她把伞撑开旋转着，突然，喊一声："我的夫君出来吧！"于是，雨伞下真的有个年轻男子。他俩在毛毛雨中悠闲地散着步，也不知道这英俊的小伙子是从天上降下来的还是从地底下钻出来的，人们被惊呆了。

"父老乡亲，看得过瘾吧！"一个傍在木乃伊身边的高大猛汉扯起喉咙叫喊道。

万古龙转过身去，再次看见了木乃伊那张冰冷的脸。

"大哥，"那个猛汉说，"要她来一段更精彩的，干脆来个《铤而走险》，让父老乡亲开开眼界！"

"行啊，"木乃伊说，"照你的意思办吧！"

猛汉吩咐下来。那姑娘迟疑了一下，说："行行好吧，我感到累了，下次行吗？"

"不行，"那猛汉说，"大哥凭什么养着我们？你必须得演。"

姑娘好看的脸上洒满了泪珠儿，她转过身去抹了抹，将一副凄楚动人的模样呈现在大家的面前。

这一次，她要仰躺在一排锋利的刀刃上，让那个猛汉举着个半大男孩从她的身上踩过。人们都为姑娘捏了一把汗。

这时候万古龙突然看见黑影人出现在杨贵妃的面前。

紧张的时刻到了。杨贵妃拍一下黑影人的肩膀，就闪电式地倒下了，那个猛汉将那个双脚叉开的男孩托起骑在自己的肩膀上，调整好姿势，一只脚踏向了仰卧在刀上的姑娘的小腹上。紧接着，人们看见猛汉要继续向前的那只脚在空中颤悠，伫立在原处的那只脚像暴风雨中的秸秆那样抖动。因为小腹绵软的缘故，猛汉差点摔下来。"运足气呀，怎么搞的？"猛汉发火了。这时候，姑娘的脸已憋成了青紫色。眼看猛汉后面那只脚要落下去，在这千钧一发之际万古龙一声厉喝："不能再玩了，会出人命啊！"他吼着蹿了过去，一掌将猛汉推倒，男孩被甩出去老远。猛汉恼羞成怒，将万古龙死死地摁在地上，万古龙的脑袋咚咚地在冰凉的麻石地上被磕得山响。顿时，殷红的鲜血染红了他的衣服，染红了猛汉的双手，染红了身子下面的麻石地板。

姑娘号啕着呐喊着，泪眼蒙眬地跪在木乃伊脚边求饶。她见木乃伊不置可否，愤怒之下抓起刀冲向猛汉，手起刀落，猛汉倒在了血泊之中。

说时迟，那时快，被人们称作怪物的黑影人赶忙扶起万古龙往自己肩上扛。三人心急火燎，仓皇而逃。木乃伊早已麻木，像在看一场恐怖片。

万古龙失踪

欧阳矿长得到了省领导指示：抓紧修改《护矿》剧本，改后由省里相关部门推荐到中央话剧团去。这可急坏了欧阳矿长和四工区的领导。他们去找万古龙，可连他的影子都没见着。于是，欧阳矿长吩咐下来，限四工区在两天内找到万古龙。

四工区领导发动全体职工、家属，从矿区至县城进行地毯式搜寻；矿里增派了人手，还动用了安保人员。人们找遍了矿区、县城所有的犄角旮旯，连公厕、山矿、水库，甚至井巷垃圾场都搜遍了，就是不见万古龙的影子。

欧阳矿长彻底失望了。

"那天的演出，对他的打击太大了！"有人设身处地地说。

"医生也有责任，为什么要批他半个月假呢？"也有人帮着找原因。

"他爱喝酒，莫非醉死在哪个山上或是路边的草丛里了？"又有人朝坏处想。

矿里依然发动群众日夜进行寻找工作……

一个黑咕隆咚的夜晚，万古龙来到人海如潮、灯火如织的欧阳海广场。

一阵奇妙的充满柔情的歌声飘进了他的耳朵。他走近了些，看到是杨姑娘在歌唱呢。

他赶忙躲闪到一旁欣赏起来。

万古龙侧耳聆听到的歌词，似乎有一种替穷人们祈祷的哀婉情结：

> 天边的晚霞织成了红袍，
>
> 那是玉帝给新娘准备的嫁纱；
>
> 穷人的女儿你别掉泪，
>
> 你伴着郎君听着牛背上的碰铃声回家。

万古龙听着杨姑娘哀婉的歌声，觉得他就是那个落泪女儿的郎君，而落泪女儿正是唱歌人。

姑娘的歌声锁住了万古龙的心，他迷迷糊糊地听着，忘记了从前，忘记了今天，忘记了一切，他太多的心里负荷得到了释放。

但这种时刻太短暂了，他的遐想和姑娘的歌声突然被木乃伊打断了。

"你唱的什么鬼歌呀？"木乃伊吼道。

"你们给我住嘴！"万古龙抬起头来大声嚷道，"你们这些傻鳖哪懂音乐？"

"快呀，替我们经济场抓住那个杂种！"

"莫让他跑了！"

　　万古龙一闪，拔腿就跑，直至后面的脚步声消失了，他才回过头来松了一口气。

　　万古龙来到自己矿区465平窿与火马乡经济场场矿交界的地段。他真想躺下来歇会儿。在这漆黑的夜晚，让自己躺在草丛中享受那份平日里享受不到的静谧，也是一种难得的美好。

　　突然，黑暗里传来了咳嗽声。他警惕地侧立身子伸长脖子，看见一排亮光在夜幕下晃动，偶尔听见有轻轻的说话声。

　　万古龙纵身一跃，躲到了土堆的后面。他从上往下看，一长溜黑影从下面的土坎晃过，手电筒照着他们泛着白光的长筒靴。

　　他们怎么在碎石场停下了？靠里坎是一个打着棚子的蓄粪池，这里他太熟悉了。万古龙顿生疑窦。他匍匐着向前爬，近了些，定睛一瞧，刚才的人一忽儿都不见了。真是活见鬼了？他看看天幕，又看看自己所在的位置，淡淡的星光下凸现出来的是一座坟冢。他不由得打了一个寒战。他大着胆子走向蓄粪池棚子，可竟然没闻到半点儿臭气，这就奇怪了！万古龙掀开靠里坎的挡墙编织袋，巷道的洞口在远处微弱灯光的照耀下显得阴森可怖。他扒开地下的掩体，竟是一条通向碎石场老虎口的轨道。此刻，他明白是怎么回事了，他想溜进去看个究竟。一抬头，看见前方有人走出来。他怕被他们发现，忙不迭往外走。他刚封好洞口，一转身，却与外面刚到的另一队人马撞上了。

　　"是谁叫你来的，嗯？"万古龙被推搡进巷道饱受一顿毒打之后，审问的人问道。

　　"我自己。"万古龙说。

　　"为什么？"

"不为什么，只是出于好奇。"

"好奇什么？"

"我以为我碰上鬼了，前面的人怎么一会儿就没了呢？"

"碰上鬼了还不走开，你不怕鬼掐死你吗？"

"这世上哪有死鬼，只有活鬼！"万古龙理直气壮地说。

"你知道这是哪儿吗？"

"465平窿，我们蓉山金矿的地盘。"

"我们可以开采吗？"

"不可以，国有资源不能流失！"

"国营职工可以流失吗？"

"同样不可以，国营职工要为国家工作。"

"来人呀，"审问的人火了，"咱倒要看看国营职工流失了又能怎么样？"

万古龙望着头顶上那块被粗麻绳吊着的约二百斤重的石块，万念俱灰。接着又听见一声吼："炮筒子，把吊绳松开！"

……

万古龙一声惨叫，醒来才知道自己在做梦。

万古龙一觉醒来已是第十天了。他在杨姑娘的精心治疗和护理下，竟然逃出了鬼门关。

"你终于醒来了。"陪伴在他身边的杨姑娘说，"十天前的夜里，你为了帮我，遭遇了矿霸的毒手。"

"啊！"万古龙想起了那天夜里发生的事，"那些家伙后来把你怎么样了？"

"没把我怎么样，只是你的头……"杨姑娘抽泣起来。

"是你救我的吗？"

"还有黑影人。"杨姑娘说，"那天晚上他也来看我唱歌了。"

"你一个姑娘家还那么勇敢，真了不起啊！"万古龙说，"你为我治伤弄药，就不怕走漏风声吗？"

"我们非常小心，"杨姑娘说，"从那天起到现在，全是黑影人一人跑来跑去买药品和食物。"

"他就不怕被人跟踪吗？"

"在人们的眼里，他只是个捡破烂的乞丐，谁也不会去注意他。所以，一直平安无事。"

"啊，"万古龙感叹说，"我得好好感谢他。"

"你见不着他的。"

"为什么？"

"他每次送药品和食物来，都在夜里。东西一送到，立马就走人，留也留不住。"

"怎么会那样？"

"你猜猜看！"

"他肯定吃醋了。"

"没错。"

"可是他……"

"吃醋归吃醋，钱还是照样花，事情照样做。"

"好人啊！"

"你也是好人哩！"杨姑娘赞扬说。

听了杨姑娘的话，万古龙不知道是紧张还是激动，只见他额头上的汗珠大颗大颗地往下掉。

万古龙挣扎着要坐起来，杨姑娘不让。假若他有气力的话，他一定要紧紧地拥抱她。可是，劫难消耗了他所有的力气。

"真是辛苦你了，还让你担惊受怕！"

"别这么说，"杨姑娘说，"这是缘分啊！"

"你的声音真好听，"万古龙说，"你快告诉我这是哪里。"

"这是个山洞，是乞丐们住的地方，很少有人知道它。"

"这山洞远吗？"

"这儿离欧阳海广场并不远。这一回，我又重复了一次乞丐的经历。"

"乞丐的经历，你有过吗？"

"我曾经在这溶洞里当过乞丐王。你愿意听我的故事吗？"

"非常愿意！"

"不过，你得先吃点东西。"

"行啊。"

万古龙一边吃着杨姑娘喂的稀饭，一边迷迷糊糊地听她的传奇故事……

姑娘说完自己的故事陷入了沉思。

"啊，真难以置信呀，"万古龙说，"你还留恋那种生活吗？"

"不了。"

"为什么？"

"因为认识了你呀！"

"姑娘，"万古龙兴奋地说，"你还没告诉我你叫什么名字呢。"

"杨贵妃。"她认真地答道。

"杨贵妃?"万古龙惊讶道。

"有什么不对吗?"

"只是……"

"只是什么呢?"

"你怎么叫这个名字?"

"这名字是被别人叫出来的。"

"不是你爸妈取的吗?"

"我从小就没爸妈，是孤儿院的阿姨叫的。"

"真不幸啊，"万古龙脱口而出，"我可爱的爱佛罗黛蒂!"

"什么爱什么蒂嘛，"杨姑娘嗔道，"我听不懂。"

"听不懂算了。"万古龙说，"你怎么跟着范保保那伙人混呢?"

"好多年了，"杨姑娘说，"是他们供我吃供我穿，还……"

万古龙明白了她未说完的话，脸瞬间涨得通红。

"你生气了吗?"

"我当然生气啦。你这么漂亮，难怪人家叫你杨贵妃呢，你不应该走这条路的。"

"我还能走哪条路? 你知道他是谁吗?"

"他是谁?"

"他是城郊乡经济场的场长兼场矿的矿长，权势大着呢。"

"有多大?"

"他们有很多钱，钱多关系多，条条路都通。"

"他们的钱是怎么来的?"

"他们打着集体名义的幌子,与你们矿里开发公司的头头相互勾结,他们买来你们矿里的地质图纸,打巷道抢你们的矿。"

"我把这情况向上面反映,救你出来,行吗?"

"没那么容易。县妇联曾经救过我,可是……"

"你跟黑影人是什么关系?"万古龙突然转换话题试探着问道。

"我与他是患难朋友。那年,是在昆明火车站认识的。"

"你们都干些什么呢?"

"当扒拐子。"

"很赚钱吗?"

"赚也是替别人赚。地头蛇给你多少就多少。"

"你不可以自己要吗?"

"自己要了脑袋就不保了!"

"所以你就不干了?"

"是呀,那年我想单独干,差点被班长打死。后来是黑影人救了我。他送我回桂阳来,花光了他所有的积蓄。"

"干那行当,你们还有班长呀?"

"当然。"

"那年你用了黑影人多少钱?"

"具体我也说不上来。"杨姑娘回忆说,"反正他很大方。他还邀请我旅游观光,我不想花他太多的钱,他说他愿意为我死,还怕花钱呀!"

"你喜欢他吗?"

"为什么这样问?"

"因为他长得太丑。"

"谈不上喜欢。不过，我欠他的太多了。"

"他对你有什么出格的举动吗？"

"没有，"杨姑娘语气低沉地说，"只是我心里难受。"

万古龙觉得自己有些过分，这会儿，他感到自己的脸面有些挂不住。

"从那以后你就没出去过了吗？"

"我一回到桂阳，范保保就来找我了。"

"是那个经济场的场长木乃伊吗？"

"没错。"

"他有妻儿，你怎么跟……"万古龙说不下去了。

"场矿招聘放映员，经熟人介绍我去他那儿打工，他就……"杨姑娘也说不下去了。

"于是，你成了他名义上的干女儿？"

"没错。"杨姑娘愤懑地说，"还有比这更出格的事哩！"

"怎么说？"

"他还想把我送给你们矿里开发公司老总龙文斌。他曾经跟我说过一回，他让龙文斌在长沙为我买栋别墅，帮我解决户口；如果想要工作，可以招聘我去你们矿里开发公司上班。"

"这事怎么没成呢？"

"你怎么知道？"

"因为你还在范保保身边呀！"

"哼，这些臭男人，我是看透啦！"

过了一会儿，她说她累了，想睡觉。

杨姑娘靠着石墙，很快进入了梦乡。而万古龙却愤恨得咬牙切齿，难以成眠。

外面的风声一定很紧，范保保会放过她吗？那天晚上范保保不追她，是他相信她跟着穷秀才万古龙混不下去了，她会回来找他的。

万古龙已经出来十天了，也不知道单位是否在找他。他是四工区的清理班长，现在无法与副班长取得联系。井下北部和西部的斜井里废石成堆，早该清理了。如果运输道的废渣积多了，会引起重车跳轨翻车，后果不堪设想，他得设法溜出去！因为杨姑娘是绝对不会让他离开这儿的。他知道杨姑娘是一片好心，担心他的伤被感染，更担心范保保会报复他。再说他要回矿里去，欧阳海广场是必经之路，万一暴露了，他与杨姑娘都得完蛋。矿霸的心比豺狼还狠。他突然感到自己的胃一阵痉挛，缓了一阵，又睡过去了。

护矿揭秘

万古龙醒来后，在冬暖夏凉的溶洞里又度过了三天有杨姑娘陪伴的快活日子，杨姑娘对他无微不至的照料使他的精神面貌焕然一新。他一兴奋就叫杨姑娘端坐到他跟前来："让我好好看看你！"每每在这种时刻，杨姑娘总会答应他的要求。起先还真的让他看，慢慢地，她的脸蛋儿会越来越红，接着就羞答答地低下头。

万古龙的整颗心像泡在蜜罐里一样。

"你心里有事就说吧！"杨姑娘看出了他的心思。

"我想得到你更多的帮助，行吗？"

"你说。"

"我想去火马乡场井下巷道看看。"

"那儿可不是观光的地方。"

"所以才请你帮忙嘛！"

"我常为他们送饭，熟悉倒是熟悉，不过……"

"不过你这次砍伤了场矿的副矿长有危险是吧！"万古龙干脆把实质

性的问题挑出来说。

"我没从这方面去想，只是范保保知道我俩在一起，说不定会剁了你。"杨姑娘担心地说。

"不可莽撞，只能智取。"

"我不能一下子答复你。你让我好好想想，看有没有好的办法，行吗?"

"行啊，你就慢慢儿想吧!"

杨姑娘说她出去一下，她站在洞口的下面看了看，黑咕隆咚的。她侧着身子掀开头顶上的掩体出去了。站在下面的万古龙听见乱石和荆棘丛的响声消失后才转身回到铺上去。

整整一宿了，也不见杨姑娘回来! 万古龙在床上翻来覆去，苦苦地遭受思念的煎熬。杨姑娘啊，你得平安归来呀! 他在心里祈祷。

杨姑娘一夜未归，万古龙难以成眠。天无疑是亮了，要不然，洞口不会筛下阳光来。正当他一筹莫展的时候，他忽然看见一束亮光像瀑布似的从洞口落下来。

杨姑娘疲惫地站在万古龙面前。

"可把你给盼回来了!"万古龙激动地说，"事情怎么样啊?"

"还好……"杨姑娘把情况复述了一遍。

"好吧，明晚咱们在中、晚班交接班的空当儿溜进去……"

翌日，万古龙忐忑不安，好不容易熬到天黑，要不是有杨姑娘陪伴在他的身边，恐怕他会一刻也耐不住。

"时间过得真慢啊!"万古龙说。

"你莫性急嘛!"杨姑娘安慰说。

重要的时刻到了。按照杨姑娘的要求，无论发生什么状况，他必须听从她的指挥，同时他只能跟在她的后面，并拉开一定的距离。

万古龙觉得再没有什么事比跟在一个美丽的影子后面更富有幻想的了。

到达地点，他借着皎洁的月光远远地看见杨姑娘在对一个矮胖人说着什么。他走近了些，看见一个高个子跟着那个提着小竹篮的矮胖人走进了碎石场的棚子里。杨姑娘侧身打着手势示意他跟上。

"他们是岗哨吗?"万古龙追上杨姑娘疑惑地问道。

"高个子是的，矮的那个是黑影人。"

"是你安排的吗?"

"是黑影人的主意。他说让那个岗哨给他些废料，他请他吃夜宵，还备了几个下酒菜。"

"哦，你的意思是说黑影人会把他灌醉?"万古龙似乎明白了些什么。

"嗯。"杨姑娘轻轻地点了一下头。

杨姑娘加快了脚步，万古龙若有所思地跟在她的身后。

"她不会让自己失望的。"万古龙想， "如果万一……谁知道呢……"

在他的心里，无论是凶险还是浪漫，他跟着的都是一个自己喜欢的姑娘。

正当杨姑娘进入主巷道约五十米远的地方时，万古龙突然听见说话声，他吓得毛骨悚然。他看见右边停车场的水沟旁有一溜未使用过的新矿车，就几大步跨了过去，躲在后面大气不敢出。

"这个月的进度太慢了，要不然，富矿油水横流，我们也好沾点光。"

"是呀，吃富矿和吃贫矿就是不一样！"

"也不知道怎么搞的，我们中班照理说应该是有水的，怎么就没了呢？"

万古龙听到这里，见后面的那个人用手电到处乱照。手电光晃过他的头顶，他一下趴到了水沟里。水浸没他身子的咕咚声传到了他们的耳朵里，他们异口同声地发出惊呼："谁呀？"

万古龙把身子全没进水里了，就像小时候在溪沟里与玩伴们捉迷藏一样，他感觉到手电光还在水沟和废料堆以及矿车边扫射，他本来就冰冷的身子这会儿已经变得有些僵硬了。他快要崩溃了，他不想这样不明不白地死，求生的本能终于使他把头浮出了水面。此时，他听见脚步声正朝巷道深处逼近。

万古龙迷迷糊糊地意识到他们在追赶着掩护自己的杨姑娘。不行，要是她暴露了，他的计划将全部落空。虽然现在他的头脑一片空白，但他也知道绝不可以鲁莽行事，他只能待在原地，以不变应万变。

正在他焦急的时候，前头追赶杨姑娘的那一拨人又返回来了。

万古龙纵身一闪，照样躲回到原来的地方。

"梅崽，"一个公鸭嗓责怪说，"先前一定是你耳朵听错了，哪有女人在里面唱歌呀？"

"我骗你是王八。"梅崽坚持道，"我听到的歌声确实是从里面传出来的。"

"其实，我也听到了。"

"那就怪了，莫不是真见鬼了！"

"巷道上面山里尽是坟墓，鬼怪能穿云破雾，还钻不了洞呀？"

"莫说了，大家还是小心点好。"

出来的那拨人从万古龙跟前一晃而过。

他回过神来，把原来断了的思绪又重新接上了。那是因为杨姑娘的影子老在他眼前晃动，他似乎感觉到她在向他招手，希望在前头，秘密待揭晓，他得奋力赶上。

他又走了几条巷道，忽然有一股呛人的炮烟味和石腥味扑鼻而来。出现在他面前的是一个巨大的采矿场！他用手电照了照顶棚，头忽地疼痛起来，他知道与自己的脑部受伤有直接关系。

他在凹凸不平的矿石堆上摇摇晃晃地走，紧接着就倒下了。他被浓烈的石腥味和炮烟味包裹着，喉咙似乎还有淡淡的甜味。他曾经做过五年的采矿工，知道是吸入了高浓度的炮烟与粉尘的缘故。他自己心里明白，他已不能动弹，将面临生与死的搏斗……

杨姑娘被追了一路，如今爬上了一个废弃的天井，她已顾不了自己娇美的容貌，摸索着下来，抹了满身的黑浆。她确定那帮人已经走了，才心急火燎地去继续寻找万古龙。一小时过去了，非但未见他的踪迹，而且还把早先黑影人交给她的大门钥匙弄丢了。她绞尽脑汁才记起来在开锁的慌乱中忘记取下钥匙了，她惊得全身冒冷汗。

交接班的时间到了，万一他们被晚班的人碰上，只有死路一条。正当紧要关头，她看见一团黑影向她跑过来。

"贵妃妹子，"黑影人见煤黑子似的杨姑娘问道，"你这是怎么啦？让人心疼！"

　　杨姑娘听出了这个熟悉的声音，赶紧拉他拐向了西线的老巷道。

　　"你怎么也进来了？"她惊讶地问道。

　　"我听见有人在大门口吼叫，说是谁把大门钥匙忘记取了，"黑影人说，"我知道肯定是你了。如果你们出不来，那一定很惨，我就把高个子的钥匙第二次扒到手。"

　　"第二次扒到手？"杨姑娘说，"那第一次呢？"

　　"第一次扒到他的钥匙后才有了你的那一把呀！"

　　"是你自己锉的吗？"

　　"当然。"黑影人骄傲地说。

　　"要是高个子酒醒了呢？"杨姑娘担心地说。

　　"他今夜莫想醒来了。"他肯定地说。

　　"有人告他的状，他能吃得消？"

　　"这回值班的是雷高子，是范保保的亲外孙，谁告状都没用。"

　　杨姑娘悬着的心终于落了地。

　　"让我牵一下你的手好吗？"黑影人突然说。

　　"你想牵，就牵吧，不过……"

　　杨姑娘想，这黑影人咋就突然变了一个人呢？

　　"不过，"黑影人接上杨姑娘的话茬激动地说，"我问你，你现在有了万古龙这个新朋友，就不要你从前的老朋友了，是这样吗？"

　　"哪里话，这地方不合适嘛！"

　　"才不是哩，别人又看不见。"

　　"你从哪儿学到这些的？牵一下手我不会在意的。"

　　"那好吧，这样我就满足了。"黑影人声音有些颤抖，说，"我从电视里看到从前的公子哥拉小姐的手，想拉又不敢，只要拉了第一回，两人很快就好上了。不过，我又不是公子哥，你就尽管放心吧！"

"别说这个，行吗？"杨姑娘说，"咱们得分头去找那个书生，你愿意帮我的忙吗？"

"好吧。"

黑影人依依不舍地离开了杨姑娘。他朝西面巷道走，杨姑娘朝北面巷道行。

杨姑娘走了好一阵，忽然有一股刺鼻的炮烟味和石腥味扑鼻而来，她知道前面就是采矿场，猜想中班就在这儿作业。她有些胆怯。

"怕也得去啊。"杨姑娘在心里为自己壮胆。

杨姑娘站到高处用手电来回地照。突然，她看到了倒在不远处的万古龙，她赶忙上前把他背到一个既隐蔽又通风的老巷道，然后给万古龙做起了人工呼吸。她想，哪怕他的生命线断了，她也要试着接一接。大约半烟袋工夫，奇迹出现了，万古龙"嚯"的一声，将快要落下去的那口气又提了上来。

万古龙醒来了，杨姑娘却哭了。

杨姑娘把苏醒过来的万古龙紧紧地搂在怀里。他那干涩的眼里滚动着泪花，滚动着他对生命的渴望，也一并滚动着他对杨姑娘的爱意和对新生活的憧憬。这些信息是杨姑娘从他嘴边挂着的那一丝满足的微笑中捕捉到的。杨姑娘激动起来，她把沾满污垢的脸贴在了他的脸上。万古龙微闭双眼，享受着这一刻的美好……

万古龙睁开眼忽地看见一个黑影晃悠着朝前面走去。看那走路的模样，是黑影人无疑。

杨姑娘撇下万古龙箭一样地射向他。

"黑影人，刚才你看见什么了?"

"我什么也没看见。"

"你撒谎。"

"你们亲热了，行了吧!"

"你恨我?"

"不恨。"

"为什么?"

"只要你们快乐。"

杨姑娘激动得说不出话来。

"你拉我的手吧!"杨姑娘大方地说。

"不了。"

"你怕了?"

"我怕对不起万大哥。"

"先前你怎么又想……"

"只是想试试你嘛。"

杨姑娘流出了感动的热泪。

"还是我拉你的手吧。"

杨姑娘拉起他那只胖乎乎的手走了好一段路，根本没顾及跟在他们后面的万古龙。

黑影人停住了脚步，甩开杨姑娘的手，愧疚地伫立着。

他们三人会合了……

侦查任务圆满结束，现已临近晚班时分，他们急速朝洞口跑去。

停车场右边一溜新矿车依然在静静地候着他们的到来。三人都听见了开铁门的声音。不好了，进晚班的人提前上班了，他们只好赶紧躲藏。杨姑娘以靠里墙的那一堆备用支护木作掩护，万古龙仍然蹲在那一溜矿车的后面，黑影人钻进了一堆旧风筒布里。

杂沓的脚步声一路响来，夹杂着他们对井巷闹鬼的议论。

"今晚咱们碰上鬼了，而且是个女鬼。"

"按理说应该全是男鬼才对。"一个高嗓门的家伙数落说，"大家不会忘了吧，前年上半年东边巷道乌炮炸死一个；下半年南面巷道电机车天线触电又死一个；去年北部采矿场炮烟中毒死一个；今年又是东面重车翻车压死一个。"

"他们全是自己人，应该不会吓我们的！"

"哦，对了，"又一个大嗓门嚷道，"一定是山里的孤魂野鬼在作祟。三年前，这洞子的上面不是葬了一个非常漂亮的姑娘吗？她叫什么来着？"

"竹叶青。"那个高嗓门答道。

"竹叶青是好酒，怎么人会叫酒的名字？"

"竹叶青好喝，竹叶青姑娘好搞嘛！"

"扯谈，她是被范保保欺侮吊死的，姑娘被安葬到这块风水宝地，是她家里人的主意。"

"范矿长怎么能那样？"

"哦，想起来了，"又一个低沉的嗓门说，"竹叶青一走，他又认了一个更漂亮的而且多才多艺的干女儿。"

"你说的是杨贵妃？"

"当然啦，还有谁能比得上她？"

"没错，她比古代的杨贵妃还招人喜欢。"

"你是不是在暗恋人家？"

"我保证，没人能逃过她的吸引。"

"要是我能搞到她，我死也……"

杨姑娘听得心惊肉跳。

不知道从哪儿弄出的水响声传到了走在最后那个人的耳朵里。

"有鬼呀，有鬼呀！"那人尖叫起来。

一听说有鬼，这些被井下死人吓怕了的汉子们立马抱作了一团。不过，他们中似乎也有胆大的。

"兄弟们，鬼不会跑远，一定躲在这附近，咱倒不信邪，今天非要见识见识不可！"

那人第一个走向矿车后面，扑了个空。原来，万古龙故技重演，又把身子潜进了那条又宽又深的主水沟里，但杨姑娘被抓了。万古龙实在憋不住，他担心着杨姑娘的安危，情急之下，蹦出水面，蹿过去把那个大汉撂倒，接着又撂倒一个，虽然他会点功夫，但毕竟寡不敌众，他俩双双被擒……

智斗矿霸

一路上，他们在黑暗中推推搡搡，押着万古龙和杨姑娘朝火马乡场矿进发。

然而百密一疏，他们仗着人多势众，放松了对万古龙和杨姑娘的警惕，夹在队伍中间的杨姑娘故意绊倒在地，后面的人傻立着，没有人去扶她，前面的人都回过头来用手电照着。万古龙趁机朝侧面拔腿就跑。一时间人们都慌乱了，后来还是他们的班长恢复了镇定。

"前面只有三条路，"班长说，"他没有手电，肯定跑不快。陈明洋你带两人去中间这条路，颜喜山你带两人去左边的那条，周清贵你带两人去右边的这条。听清楚了吗?"

"大哥，"一个非常壮实的汉子请缨道，"我也去吧!"

"不必了，"班长说，"人多了反而会打草惊蛇。好啦，咱们走吧!"

杨姑娘喊脚痛赖着不起，还说最好拿担架来。工人们平时非常怕她，原因在于她是场长的义女。于是，班长只好依了她，叫两人回去取担架。

　　万古龙拼命跑了一阵，跑过几条街、几条胡同以及几处十字路口。他想从农贸市场那些曲里拐弯的小巷中选择一条通往欧阳海广场，去自己疗伤的隐蔽溶洞。但他现在迷失了方向停了下来。他的手电被缴，黑暗里他快成了瞎子。他吃力地辨认着。四周在他看来，尽是些错杂的油毛毡棚子和死胡同。他犹豫起来，这些黑压压的玩意儿怎么比迷宫还令人恐惧？他的忍耐力已到了极限。他自言自语道："这是什么鬼地方，简直是荒野的散坟冢！"但是，他还得走啊。

　　他迷迷糊糊地摸过一条弯弯曲曲的小巷。先前下过一场雨，地面泥泞。他的身子在倾斜，感觉就要倒下去，赶紧用手扶住了墙壁。这时候，他似乎感觉到后面有成群的人在跟着他。

　　万古龙又摸索着走进一条差不多的巷道，他侧耳倾听，那些脚步声似乎比原来少了许多。瞬时，他的紧张感少了一些，但身子却比先前抖颤得更厉害了。他放慢脚步刚走出巷口，迎面正碰上三个衣衫褴褛的乞丐。

　　"老大爷，行行好，给个馒头钱吧！"

　　"好大爷，帮帮忙，我们饿了两天了。"

　　"老爷爷，有钱别小气，今天你帮别人，等于明天帮自己嘛！"

　　万古龙没理睬他们，只顾着自己走。他们三人跟着他走到一盏不算明亮的路灯下，万古龙靠着电杆溜下去坐定，把自己所有的口袋翻了个底朝天。乞丐们期盼的眼神顿时消失了，一个个的头晃得像拨浪鼓。

　　"原来你也是乞丐呀！"

　　"烂货都凑到一起来了！"

　　万古龙这才看清了。他们都比自己强壮，衣裤都翻过来穿着，一双双光着的脚被冻得通红。他下意识地看看自己，如今，他已沦落到与乞丐为伍，他现在比他们还凄惨！

他觉得他已经甩不开他们了，这种被他们缠着的境况不知道还要持续多久，他想早点去溶洞休息，把衣服烤干，喝水压压惊，刚想加快脚步朝别处走，他们也快步跟了上来。

"你想把我们甩了吗？"他们异口同声地问。

"没那意思，"万古龙争辩道，"我只是太冷了。"

"太冷了？"其中的一个乞丐说，"你偷东西被人追赶落水了吗？"

"我……"万古龙语塞了。

"咱们都是苦命人，"另一个又说，"这样吧，你跟我们一起走，保你吃香又喝辣。"

"大哥，"前面的那个又说，"我们还是到老地方吧，那里的保安爱睡觉。"

"原来这帮家伙白天是乞丐夜里是小偷啊！"万古龙在心里说，"我得多长个心眼，设法逃掉。"

万古龙装着滑倒的样子，一只手撑地上，他就势抓起一把碎石甩向前方，屋顶上的水泥瓦就有了一片响声。三个乞丐同时回过头去看，他侧身就跑，正好撞上一条死胡同，再转过身来，后路已被他们堵得严严实实。

"你们想干什么呀？"万古龙准备进攻了。

"在同一条烂路上走就要走到底嘛！"

"好，你们走前头，我跟着走吧！"

"不行，你走前头，我们跟着走！"

万古龙越发觉得自己缠上了麻烦。

其中的大块头麻子又出了个主意，要万古龙走第二，走出胡同。他们来到一处宽阔平坦的地方。这儿有数十成百的亮光在幽暗的天幕下摇晃。万古龙停下来摊开双手说，他感到累了，如果不让他放松放松，他就不会再走，并要同他们拼个鱼死网破。说着就从地上拾起来一块木柴佯装往自己头上砸，他认为只要地方一宽，就一定能够有办法逃掉。

他们怕万古龙做傻事，就答应让他放松放松。

"这是哪儿啊？"万古龙故意转着圈问道。

他们用一片笑声来回答。

其中一人突然嚷道："别跟他磨蹭，带他去见场长！"

"场长？"万古龙莫名其妙地问道，"什么场长？这里是畜牧场吗？"

"走呀！"有人推搡着他。

这时候他才感觉到问题的严重性，明白过来原来那三个是伪装成乞丐追捕他的人。

万古龙傻眼了，他还是没能逃出他们的魔掌。

乡经济场的人推搡着万古龙朝前方缓缓移动，他磕磕绊绊，一连跌倒三次。他还没反应过来，就来到了令他既陌生又害怕的地方——经济场地下室。

一踏入门槛就有一股逼人的寒气向他袭来，那砰的一声封关铁门的巨响使他毛骨悚然。

这里摆设了一些粗制木头的架子、黑黝黝的铁锅、大火盆等。他才发现原来这是一个地下刑场。

这会儿端坐在太师椅上的就是那个臭名昭著的火马乡经济场场长兼

場矿矿长范保保。

一个追捕者把万古龙推到范保保面前。

"快报上名来。"场长一脸的严肃，但声音还算平和。其实，他是认识万古龙的。

"你回答呀！"傍在万古龙身边的高个子麻脸催促道。

"哑巴了吗？"场长又问，"你叫什么名字？"

"万古龙。"他咬文嚼字地解释说，"千秋万代的万，古代的古，龙王爷的龙。"

"那么，"场长挖苦道，"你是千秋万代的龙王爷了？"

"这可是你说的！"万古龙嗤笑道。

"你敢戏弄本场长？"

"不敢！"

"你还强词夺理，不正面回答我的问题。"场长吼道，"你与杨贵妃私自去咱们井巷是什么目的？嗯？"

"还不从实招来！"站在他身边的刀疤脸赶紧插进话来。

"为了修改剧本，实地勘察。"

"是为了向检察机关举报吧，"场长语气回到先前，说，"你想端掉我们的饭碗没那么容易！"

"唉，"万古龙叹息一声说，"我可没那么大本事，我只是一个矿工，业余写剧本的小老百姓。"

"够了，"范场长不让他把话说完，又说，"事情再明显不过了。你这一捅娄子，咱们整个经济场，还有咱们的场矿都得完蛋。如今你死到临头了，也不妨实话对你说吧，是的，我们在你们矿的地盘上已开采了好多年了，也没有谁敢把我们怎么样！如果你要跟我较劲，我会让你死得很惨。来呀，鱼驼子，我命令你先扒光他的衣服，让他喝口酒，送他去见阎王爷！"

万古龙打了一个寒战。

"场长英明，场长万岁！"一个叉腰站在范保保身边的打手兴奋地捧喊。

"场长大人，"万古龙冷静下来装作诚恳地说，"人之将死，其言也善。难道你不想让一个要死的人把话说完吗？不然，你是怕了吗？"

"好，"场长爽快答应道，"有话快说，有屁快放。"

"听说你是'文革'时期咱们矿造反派头目林革新的儿子？"

"是又怎么样？"

"我们矿里开发公司经理龙文斌的肥手一直伸在你们的油锅里，是这样吗？"

"是又怎么样？"

"你们场里用我们矿里的资金进原材料，又卖给我们矿里，是这样吗？"

"是又怎么样？"

"你与我们矿的原矿部部长勾结，把掺废石的矿当富矿拉到选矿厂，赚取大把大把的钞票，是这样吗？"

"是又怎么样？"

"你们场里每年数百万元的餐费都是矿开发公司领导签单，再各返百分之十，是这样吗？"

"是又怎样？"

"你家里建别墅，从我们矿里拉钢筋、河沙、水泥等建筑材料，是这样吗？"

"是又怎样？"

"矿里长期遭污染，包围矿区的四家冶炼厂都有矿开发公司和你们的干股，是这样吗？"

"是又怎么样？"

"每年抗旱，你们村子里的人砸烂矿里的水管灌田，完了之后又让我们的工人去抢修，也是你的杰作，是吧？"

"真聪明！"

"我们矿里的职工、家属用水用电收全费，可你们场里人照明包括家属用电煮猪潲，却分文不取。这是为什么？"

场长听得不耐烦了，吼道："你还有什么要说的吗？你这短命鬼，知道的事情还真多！"

"杀了我不过是你一句话的事情。"万古龙用诈术道，"不过，我在逃跑的路上已把消息带出去了，你若鲁莽行事，绝不会有好下场！"

范保保愕然，不知所措了。过了一会儿，他性子又起："你还有什么要说的吗？我会尽量满足一个快要死了的人的要求。"

"还有，你们是怎么弄到矿里的地质资料的？重金收买的又是谁？"

"有必要告诉你吗？"

"你与杨贵妃是什么关系？"万古龙突然转换话题问道。

"杨贵妃？"他哈哈大笑起来，"她向你说什么了？我知道你喜欢她，可她名花有主了。"

"是矿开发公司龙文斌吗？"

"是又怎么样?"范保保想了想,又说,"不过,如果你愿意归顺于我,让你做我的干女婿也不是一件很难的事。"

"真的吗?"万古龙想将计就计。

"这……不过……"范保保把想说的话又咽了回去。也不知道他对这个已落在了他手里任凭他宰割的死囚还有什么好顾忌的。

"不过,"万古龙顺藤摸瓜,悉心揣摩他的心理,蛮斗不如智取,就故意说,"假如我愿意与你同道,结果会不会发生变化?"

"今晚你已经迈出了第一步。"范保保没有直接回答,他以为抓住了万古龙的把柄,说,"你说你是为民鼓与呼的剧作家,为何竟与白天是乞丐、夜里是强盗的人为伍?"

"我被人追捕,"万古龙说,"那都是你们的人,我能逃脱吗?就像我现在落在你手里一样!"

"你堂堂一个国家工人,"范保保讥讽说,"你为了躲过对自己的惩罚,竟与强盗为伍,给伟大的工人阶级脸上抹黑,你知道你在干什么吗?"

万古龙脱口而出:"好,就算我当了一回乞丐、强盗。别忘了,荷马当过叫花子,伊索当过流浪汉。当时我只是饿了,只好顺其自然地跟着他们走,可到头来并不是那么回事,最后还是落到了你们的网里。"

"你休想用一些让人听不懂的东西来搪塞我,看来你是不想活了。"

"我当然想活啦,"万古龙拐弯抹角地说,"我还真想成为你的干女婿呢,因为我爱杨姑娘,这你是知道的。不过,临死之前,我还有话想说。"

万古龙用尽心思与他周旋,想尽量拖延时间。

事实上，万古龙的声音完全被门外狼狗的吠叫声盖住了。

"叫得好，叫得好！"范保保听见狼狗们的噪吠，兴奋至极，他歇斯底里地喊道，"鱼驼子，替我宰了叫得不够凶的那一只！"

这时候就有一个猛汉从高台上的火堆旁跳下来，顺手从屏风上取下钢刀，闪到那条夹着尾巴的狼狗旁边，手起刀落。狼狗的头被猛汉高高地擎起。他自豪地跳上台来，走到傲气万丈的范保保身边。

万古龙明白过来，范保保在杀鸡给猴看呢。

"听着，"范保保从高凳上嗖地一下跳下来，他又重复着先前说的话，"你这短命鬼知道的事情太多了，不过，如果你顺从我们的意愿，就能恢复自由。你愿意成为我们当中的一员吗？"

"我非常愿意，因为我还年轻。"他想看看范保保还要耍什么花招，于是假装同意道。

"你是不是还要回矿里去？"范保保问道。

"不回去了，就留在你这儿吧！"他佯装诚恳地说。

"你还要问这问那吗？"

"不了。"

"即使是这样，"范保保的脸色突然又变得凝重起来，"可你还是免不了一死！"

"你说话不算数吗？"万古龙激他。

"不过，"范保保泰然道，"看你态度还算诚恳，我不想让你死得难堪，因为你毕竟是个剧作家，我又特别看重文化人；还有一点理由，因为你还是我义女杨贵妃的朋友。"

"你把她怎么样了？"万古龙焦急地问道。

"你还是多关心一下你自己的狗命吧!"范保保警告道。

"我会的。"万古龙又故技重演,与他继续斡旋。他说,他会珍惜自己的生命,只要他能活下来,绝不会再捅娄子,也不再向他问这问那。他还一本正经地答应范保保,说一定要成为他们当中的一员,一辈子听从范保保的使唤。他还说他是一个业余剧作家,他可以为他们场矿写剧本,自编自导自演,激励大家为范保保卖命。至于他的要求并不高,只要多给他发些奖金就 OK 了!最后他还神秘地说,如果你范矿长知道哲学家头脑里的奥秘,就会对我感兴趣的。

"什么鬼东西呀?"范保保皱起眉头说,"什么哲学又什么头脑呀,听得我吃力死了。"

"听不懂算了,"万古龙欲擒故纵说,"我还是把嘴巴闭紧为好。"

范保保突然转弯道:"这么说你真的愿意为我们效劳了?"

"当然!"万古龙挺了挺腰板。

"这还不只是说说就行了,"范保保说,"你得拿出你的看家本领来,为咱们矿写出鼓动职工献身矿山的剧本。"

"现在就写吗?"万古龙探问道。

"不急,"范保保甩掉烟头,"在写之前,还得证明你有为我们牺牲的精神。"

"场长大人,"万古龙忧郁地说,"说来说去,你还是要我死啊!"

"怕了吗?"范保保说,"狗杂种,老子还没叫你死呢,你就变缩头乌龟了?"

"你以为我怕了吗?"万古龙又挺了挺胸部,"砍头只当风吹帽,转世又是英雄汉。"

"好个英雄汉，"范保保喝道，"将他拉到绳子下面去！"

狗日的来真的啦！长痛不如短痛。万古龙甩开那几个推搡他的人的手，径直朝那儿走去。

刀疤脸赶紧搬过来一个摇晃着的四方独脚凳放到吊绳的下面。大厅里所有的议论声戛然而止，人们面面相觑，只有范场长嘴上叼着烟不屑地抬头向上看。

"迟死也是死，何不爽快点，"范保保下令道，"上去！"

万古龙试着把一只脚踏上去，头和胳膊摇晃了一阵，第二只脚踏上去才平衡了重心。

范保保眯细了双眼，说："现在你可以把脖子伸进活结绳口里去了，然后踢倒凳子，算证明你有了献身精神。"

万古龙说："那样，我很快会死掉的。如是一来，又不是为场矿的利益而死，叫什么献身精神呀？"

范保保的头一阵摇晃。

"你这一死，娄子没人捅了，保住了我们场矿的利益，难道还不算吗？"

万古龙说："如果这样，你前后说话不是很矛盾吗？"

"你真想知道这是为什么吗？"

"当然想啦！"

"因为你的话太多。"范保保说，"还从来没有人能拖延这么长的时间。我呸！"

万古龙说："既然要我死，还怕听完一个将死之人的话吗？"

"即使你说了，也还得死！"范保保命令道，"现在你要按照我的要求去做了，要不然，你会死得很难堪，而且全尸不保！"

万古龙说："要是我那样做了，脚下的凳子不倒，可否算我过关？"

"当然可以，"范保保说，"不过，我可以告诉你，还从来没有人能逃脱过，当然，你也不会例外。假如你真有那本事，我同意你同我们场里任何一个愿意跟你的女人成亲，在这里生儿育女，成为我们当中真正的一员。"

在这种毫无退路的情形下，他决定要搏一搏。

"你说女人，什么女人呀？"万古龙故作惊讶地激将道，"可你说话总出尔反尔。"

万古龙想拖住他，同时也心存侥幸，要是真那样了，说不定会出现奇迹呢。

"你瞎说什么呢，"范保保爽快地说，"我答应你。"

"这么说我可要上去表演啦！"万古龙在这个时候，都还没有忘记自己的幽默。

"给你两分钟时间，凳子不倒算过关。"范保保咧嘴喊道，"黑鹰刘，赶快替他量好高度！"

那个从屋里出来的人，鼻梁上架副眼镜，一副知识分子的模样。他用钢卷尺量好万古龙的身高，利索地调整好活结绳口的高度，便走开了。

万古龙发抖了，但他并没有放弃求生的欲望。他在抖颤中为自己积聚力量。

万古龙用手抓住绳子荡起了秋千，待到自己的身子与脚下的凳子垂直后，就试着踮起一双脚尖徐徐往下滑，要尚未完全落定，才能够把头伸进活结绳口。他现在还非常清醒，记得运用力学中的一些原理。他开始深呼吸，觉得差不多了，猛吸进一口气憋住，然后把头伸进去，一双手垂下来，由于承重的关系，独脚凳开始晃动，幸好还没倒，否则他就玩完了。

一分钟过去了，万古龙憋红了脸，他感到脚下的力不平衡了。他尝试着缓缓吸气，慢慢调整重心！他脸上的汗珠大颗大颗地往下掉，他的双眼一直紧闭着，终于两分钟时间到了。

这时的万古龙，白沫子溢出了嘴角，脸涨成了猪肝色，嘴唇寡白若鱼肚，呼吸相当微弱。范保保急了，呼地蹿下台来。

"两分钟到！"范保保脱口而出，"好样的，算你交上了桃花运，是女人们让你不死的，哈哈……"

屋子里的一片嬉笑声使万古龙在迷糊中清醒过来。他隐隐约约地听到说时间已过，便双手向上一伸，脖子和下颚朝后一退，谁也没能悟出是怎么回事，万古龙就掉地下了，而那独脚凳居然没倒！

"你说话可算数？"万古龙缓过气来，盯着范保保问。

"好啦！"范保保又回到他的宝座上去了，吆喝着说，"金钱豹，你去把那些女人一个一个都叫来，看有没有人愿意跟他。如果没有，哈哈……"

看来假戏要真做了。万古龙原以为范保保只是闹着玩儿的，而现在真的来事了，又叫他愁肠百结。

金钱豹去了，过了一会儿回来，却没有一个女人跟着他出来。

"都没人要他吗？"范保保挺了挺腰杆，威严地嚷道，"隔壁的女人们听着：我数三下，如果没人自动出来……"

范保保喊过之后，依然不见有女人跨出门槛。

范保保歇斯底里地吼道："万古龙你死定啦！"

高个子金钱豹陆水跃、刀疤脸杨明翔、大胡子龚宾生听见老大的吼声，一拥而上，来到了万古龙的跟前。

这时候屋子里忽然响起："杨姑娘到！杨姑娘到！"

万古龙不敢相信自己的耳朵，他抬起头来看到了杨姑娘，此时的杨姑娘镇定自若，她就是在欧阳广场冒死救出万古龙的杨贵妃。

看情形，杨姑娘也同样失去了自由。这一点，万古龙是从她那阴郁的脸色看出来的。她好像受过皮肉之苦，那样疲惫，那般憔悴，走路犹如踩软索一样。

"杨姑娘！"万古龙亲昵地呼唤道。

"我要他，"杨姑娘说，"干爹，你不会反对吧？"

"你与他是绝配，"范保保说，"他能成为我的干女婿，天助我也！我怎么会不赞成呢？不然，我还能给他这么好的机会吗？"

"看来，这是你有意设计的啰！"

"当然。"

"你考验他，还算满意吗？"

"当然。"

"谢谢干爹！"

听了他们父女俩的对话，万古龙感觉就像在做着一个梦。他在心里祈祷，祝愿自己好梦成真，但却又觉得对不起杨姑娘。

"你能过来一下吗？"万古龙朝杨姑娘招手说。

杨姑娘顺从地走了过去，她好看的脸上现出了羞涩。

"你是认真的吗?"万古龙问道。

"嗯。"杨姑娘点了点头。

这时候,范保保说:"好啦,干女儿,干女婿,你们抓住了最后的机会,我代表大家祝福你们。你们也累了,歇着去吧!"

万古龙搂着杨姑娘的玉腰,慢慢地走了。

逃离魔窟

万古龙怀着好奇的心情与杨姑娘跟着刀疤脸来到另一间地下室。刀疤脸环顾四周后伫立在原地，目不转睛地望着杨姑娘好久，似乎没有离开的意思。他拍拍床，箩筐大的屁股坐下去，床铺发出嘎吱嘎吱的响声。

"好香啊，"刀疤脸弯下身子嗅了嗅，说，"你们莫淹死在爱河里啊!"

终于，刀疤脸盯着满脸绯红的杨姑娘不情愿地退着出了门。

万古龙这才透过气来。

"杨姑娘，"万古龙开口说话了，"你坐呀。"

杨姑娘在房间里走来走去，她没听清他在说什么。这会儿她似乎在凝神望着墙上的那幅蝴蝶图。

万古龙像是受到了杨姑娘的感染，他那深邃的目光也落在蝴蝶图上。万古龙想起在井巷和溶洞里与她厮守的一幕幕，他相信她不会离他而去。今晚，他为自己非常意外地成为她的丈夫而感到欣慰。至于结果如何，他豁出去了。现在他以丈夫的身份向她走过去，杨姑娘莫名地后退着。

"你想干什么？"杨姑娘问道。

"我想干一个丈夫应该干的事。"

万古龙充满激情，连说话的声音都变了。

"我不知道你在说什么。"杨姑娘说。

"这之前不是你自己说的你要我吗？"万古龙越发不解了。他在说话之间就搂住了她。

杨姑娘掰开他的手来到窗前。

"请收回你的心思。"杨姑娘的头定格在距离砖墙一厘米远的地方，"你快答应我呀，要不我撞墙了。"

万古龙战栗了，他呆立不动，用疑惑的目光看着这只美丽的精灵变成叮人的黄蜂。

万古龙愤然道："你为何要这样对我？"

"原来你并不怎么勇敢，尤其面对死亡！"杨姑娘怒吼道。

"是你答应做我妻子的！"万古龙反诘道。

"难道继续让他们玩游戏把你的性命玩完吗？"杨姑娘睁大眼睛严肃道。

"你只是为了救我，难道没别的成分吗？"

"还有什么？"杨姑娘逼近一步，说，"你还没答应我呢。"

"好吧，我收回对你的贪恋和欲望，我向你保证，不得到你的应允绝不靠近你半步。"万古龙想了想又说，"不过，你要考虑清楚，千万不可走以前的老路。"

"你是说范保保撮合我与你们矿上开发公司老总龙文斌那事吗？"

"正是。"

"不会了。"杨姑娘冷静下来。

"那么，你考虑做我的……"万古龙没有勇气说下去了。

"做你的情人吗？"杨姑娘噘起嘴，"你敢这样对我？"

"那我做你的朋友呢？"万古龙接着说。

"朋友？"杨姑娘刨根究底地说，"是男朋友还是普通朋友？"

"由你选择吧。"万古龙说。

"现在只能做普通朋友。"

"那将来可以做男朋友吗？"

"你认为呢？"

"我不知道你喜欢哪种类型的男人。"

"应该是表里如一的勇敢的男子汉。"

"难道我不是吗？"

"你还不够勇敢。"

"一个曾经差点儿被死神夺去性命的人还能活生生地站在你的面前，还不算吗？"

"除了这回，还有吗？"

"有，几年前在井下作业就有过。那不算吗？"

"说来听听，我会分辨出来的。"

"你听好了。"万古龙重又坐回到床头，眯细了眼回忆着曾经发生在他身上的那惊险的一幕。

三年前的一个星期天，他上中班，在采矿场漏斗矿池里打大岩。斗

▽

池里碎石不多了，他想，下班的时间快到了，晚班车运班要拉矿。他急了，在岩粉飞扬的矿池里挥舞着五十磅的大铁锤。结果死滞的空气和高浓度粉尘的肆虐，使他头昏眼花。他踉跄数步，身体重心失去了平衡就倒下了。

"我快窒息了，绵软的肢体被拥挤的碎石和大块岩紧紧地包裹住往下溜。"说到这里，他盯住杨姑娘的眼睛，像说相声抖包袱似的说，"突然，我的身子被卡在漏斗口了。"

"那是怎么回事啊?"

"斗门垮了。"

"怎么会呢?"

"年久月深，木板朽了。"

"那后来呢?"杨姑娘担心地问道。

"是那三块大岩，撑起了一个小小的空间，才没让我命归黄泉。当时，我晕死过去了，醒来之后，想试着转动一下身子，可全白搭。事实上我哪还有可供消耗的气力呀，于是，只好听天由命了。"

"什么时候才来人救你的?"杨姑娘的眼睛里满是疑问。

"上中班的人来了，他们听见斗口有微弱的呻吟声。"

"天哪，那有多危险啊!"

"后来，矿里来了好多人。我看不见他们焦急的样子，但是我感觉到了。"

"你还没死呢!"

"前三天我还清醒，我告诉自己，沉着镇定也许能救我的命。如果干着急，必死无疑。"

"一连那么多天，你不吃不喝，能撑得住呀？"

"那回你救我，我一连十天不吃不喝不也撑住了吗？"

"那回与你现在说的不同。那回你是休克过去了，什么也不知道，而你现在说的这回，你的神志是清醒的。"

"后来也不清醒了。"

"矿里人是怎么救你出来的？"

"矿里请来了专家，再加上矿上的工人，整整花了五天时间才将我救出来……"

"你被救出来的时候还有知觉吗？"

"没有，整个人像死了似的，住院输氧抢救一个月才醒过来。"

"好险啊！"杨姑娘感叹道。

"从那以后你换工作了吗？"

"没有。"

"真的没换？"杨姑娘质疑道。

"没换。"

"你真的就不怕吗？"

"不怕。那工作后来我又干了三年，直至今年春节后，四工区领导让我当清理队队长，才与那工作拜拜！"

万古龙这一路道来，情绪跌宕起伏。最后他还是没有忘记追问杨姑娘："我还算是男子汉吗？"

"嗯！"杨姑娘重重地点了一下头。她又重新增加了分量，说："我只能爱一个既勇敢又能保护我的男子汉。"

"能保护你的男子汉究竟是谁呀？能告诉我吗？"

"无可奉告。"杨姑娘晃晃脑袋。

"黑影人是怎么逃脱的?"万古龙突然想到了另一个男人。

"他的运气比我们好。他很机智,也很勇敢。"杨姑娘若有所思地夸赞说。

"难道……你相信他能逃脱吗?"

"会的,他还会设法营救我们的。"

"你怎么知道?"

"我对他有信心。"

"那他的本事可大啦!"

"不算大,但也不算小。"

"你把我搞蒙了。"

"不是我,是你自己把自己搞蒙了。"

万古龙沉默了,他不知道杨姑娘在说什么。

两人好一会儿没说话。万古龙不安地看着杨姑娘灵气四溢的脸庞;杨姑娘的目光又回到了墙上的那幅蝴蝶图上,凝视良久之后就有动听的歌声从她的喉咙里飞出来:

　　　　当腊月的寒梅经受住风雪的洗礼

　　　　颤抖在山崖边的骨朵很快又迎来春天……

她的歌声兀地打住了,她看见他的眼眶里滚动着晶莹的泪花。

"你在为自己今晚的软弱忏悔吗?"杨姑娘问道。

"不!"万古龙吼道,"这是权宜之计,我不会与他们同流合污的。"

"你得证明你自己。"

"我已经在证明自己了，难道你不相信我?"

"我们已被关在地狱里了，与外面失去了联系，你还能做什么呀?"杨姑娘分析着情况愁苦地说。

"你不是说有黑影人来营救我们吗?"

"也不知道他的情况怎么样了，他是否已经脱离虎口。如果真像我们希望的那样，要端掉这个黑窝还是有可能的，但这种情况毕竟有些渺茫。"杨姑娘心情沉重地说。

"你的担心不是没有道理。"万古龙试探地说，"万一得不到外面的营救，咱俩还是把戏演下去吧，然后……"

"然后生儿育女，老死在这儿吗?"杨姑娘生气的脸蛋儿依然美丽极了。

"难怪人们叫你杨贵妃!"万古龙感叹着说，"你生气的样子都那么好看，我好想亲亲你。不如这样吧，咱们像兄妹一样睡会儿吧，还有个把时辰就要天亮了呢。"

"你睡吧，"杨姑娘说，"我坐一坐就行了。"

"你不睡我也不睡，"万古龙说，"咱们一起坐。"

"哎，"杨姑娘说，"记得在溶洞里我告诉过你我的身世，你的身世我还不知道呢。"

"你说黑影人曾对你说起过我，"万古龙说，"那只是我来矿里当工人的一些情况。我家世代都是农民，一九五九年，父亲成了香花岭矿的一名国家工人；一九六六年，父亲被调来蓉山金矿建矿，改革开放以后，他当了井下值班长，在一次值班中因公殉职，当时我还不到十六岁，刚好初中毕业。矿里同意我顶职，让我在矿职工医院打杂，第二年矿里有委培指标，我进了省华工机电中等专业学校。两年后，我成了一名井下机电技术员。如果我当年不爱好文学，也许还可争取继续深造。后来我为了写剧本、写小说体验生活，主动请缨干过井下最艰苦的运输工、爆破工、风钻工和支护工四大工种，此外，我还做过采矿工和松石工。"

"你那么肯干，却没升职，你的社会关系是不是太差？"

"我不喜欢攀关系，更不喜欢串门，只喜欢看书写东西。"

"于是，你就离不开写剧本了？"

"写剧本是我的爱好。"万古龙说，"业余时间我只迷恋写作，它有一股牵引我的力量。其间，苦乐与我做伴，它使我的意志不摧，数十年笔耕不辍。可走文学这条路，犹如成千上万的人过独木桥一样。我一次次跌倒，又一次次爬起来。我曾先后在省级以上的刊物发表文学作品百余篇，多次荣获省级以上的文学创作奖，其中剧本《井巷不言愁》荣获国家话剧创作二等奖。这次的剧本《护矿》得到了省委宣传部的高度评价，并成为全省调演的优秀节目之一。想到这些，我这些年的执着与努力总算没白费，但也遭受过许多误解。"

"我为你所取得的成就感到高兴。"杨姑娘打了一个哈欠，盯着万古龙说，"我师傅曾对我说过，只要一个人心里无邪，在想到自己的同时也想到别人，那便有了社会意义。即使你一时被人误解，那又有什么关系呢？"

万古龙觉得杨姑娘认识深刻，不由得点了点头。"可我还是让你失望了。"万古龙歉疚地说。

　　"你别自责，"杨姑娘敞开心扉说，"我曾经是一个被拐卖的孤儿，一个草医的学徒，一个社会的流浪姑娘，一个傍着男人过日子的坏女孩。自从我遇上了你和黑影人这样的好朋友，你们让我感到开心，你们给我带来了希望，可现在却又……"

　　说着说着，杨姑娘泪水涟涟了。

　　"虽然现在我们身处逆境，与矿霸耗上了，"万古龙分析说，"鉴于你们的关系，他们暂时不会对我们下毒手。我们要有足够的耐心，等待时机。"

　　"那要等到猴年马月啊，不行，咱们得想办法逃出去。"

　　"那好吧，"万古龙说，"要是你愿意的话，去过属于咱们自己的新生活。"

　　杨姑娘微微点着头，若有所思地望着天花板。

　　"那这样吧，等刀疤脸或大胡子送吃的来，我们就使劲吵架，你还可以打我。"

　　"你不是在说胡话吧?"万古龙如坠云里雾里。

　　"那证明咱俩走不到一块。"杨姑娘说。

　　突然，万古龙和杨姑娘同时听见开锁推门的声音，他俩立马大吵起来。

　　"你这不要脸的臭男人!"

　　"你这个泼妇!"

　　"你们吵什么呀?"来人却让杨姑娘和万古龙大吃一惊。

　　"黑影人，怎么会是你呀?"杨姑娘腾地扑了过去。

　　"嘘，"黑影人压低声音，说，"外面那几个短命鬼让我摆平了。"

"你是怎么弄的呀?"杨姑娘问道。

"我用这玩意儿!"黑影人从口袋里掏出来一个小瓶子亮了亮——那是迷魂药。

"好样的。"万古龙赞扬说。

"咱们快走吧!"杨姑娘催促道。

▽

一路上,万古龙看见倒在地上的"看门狗"像得了猪瘟似的趴在地上。

在黎明前的黑暗里,他们小心地逃离了那个鲜为人知的魔窟。

决定大事

　　万古龙、杨姑娘和黑影人为端掉火马乡经济场矿霸长期掠夺国矿资源的巢穴，从省城上访归来，人们对万古龙的各种传闻和议论纷至沓来："矿里已作出决定，对万古龙以旷工论处，开除。""万古龙非法同居，有严重的生活作风问题。""万古龙是情报间谍。""万古龙白天是关公，夜里是强盗，往工人阶级脸上抹黑……"

　　一天，有人拦住他问道："你还没走呀？"

　　"我能走哪里去？"万古龙说，"我的魂魄一辈子都在矿山！"

　　"哈哈……"问他话的人一路笑弯了腰。

　　他从欧阳矿长的办公室出来，就证实了人们对他的传言并不是空穴来风。

　　也好，他现在终于有观察井下全貌的时间了。父亲当年因公殉职的那个地方，险些也叫自己命归黄泉的那个斗口，他都想再去看看；还有被工人们开拓出来的巷道、天井、采矿场、储矿仓等，他都想去实地勘察。在过去的十五年里，他也曾经动过这个念头，但要徒步勘察完所有的地方，少说也得十天半个月，最终他还是打消了这个想法。

"杨姑娘，"万古龙现在的心情反而趋向了平和，他看向杨姑娘灿烂的笑脸，"我想替自己干一件大事，你能与我同行吗？"

"你不是才干完上访的大事吗？"

"那是为国家干，为全矿职工及家属干。"万古龙说，"这回不同，为我自己。"

"为你自己？"杨姑娘疑惑地说，"什么大事，说来听听。"

"我想对蓉山金矿井下做一次全方位的勘察。"

"你天天下井，还没看够吗？"

"没有。"万古龙说，"我们作业能涉及的地方很有限，洞子里就像迷宫一样，如果不带罗盘仪恐怕进去了就出不来。"

"说得那么吓人，"杨姑娘说，"我就不信有那事。"

"咱们就当旅游吧！"万古龙兴致勃勃地说。

"我也去。"黑影人抓住时机说。

"你就免了吧！"万古龙阻止说。

"这……"杨姑娘想了想，说，"不过，我可有言在先，万古龙你得守规矩呀！"

"好吧！"万古龙爽快地答应道。

"咱们得准备好干粮。"杨姑娘沉思着说，"可水的问题不好解决哩！"

"井巷里有的是水，"万古龙说，"我们矿井里的水是上好的矿泉水，有时七八月份闹旱灾，咱们就抽井下的水饮用。"

"那好，"杨姑娘说，"咱们明天就……"

"不了，"万古龙说，"今晚就出发，在井下，是不分白天和晚上的。"

"可是没地方睡觉呀！"杨姑娘说。

"我会保证你睡得舒舒服服的。"万古龙得意地说。

"井下还有床呀？"

"有，"万古龙说，"我们井下的木板随处可见。"

"会冷死人的。"

"不，"万古龙胸有成竹地说，"井下冬暖夏凉，你亲自体验一回就知道了。万一冷，烤个照明灯，万事大吉！"

"行了行了，知道了。"黑影人有些吃醋了，"你们要安全上来，夫妻双双把家还！"

"死黑影人，"杨姑娘的拳头落在他的肩膀上，说，"你等着，等我一上来，就收拾你！"

"哈哈……"

会救人的女鬼

万古龙与杨姑娘的工矿旅游并不像他俩商议的那样天天吃住在井下，而是隔三岔五出来一趟，分段式进行。

这一回万古龙的爱情虽然还没有达到他自己理想的境界，但他觉得自己还是幸运的。有好几次，两个灵魂的碰撞差点儿冒出了火花。一次是当他俩来到万古龙当年被困的 137 北线漏斗口的那个地方，他又向她叙述当时的险情。杨姑娘听到他讲述车运班的人进来放斗时把他的呻吟当成了厉鬼的哀鸣，吓得一个急转身久久地搂着他的脖子；另有一次他向她讲述井下四工区男女职工的趣闻逸事：马寅祥打掘进过烂山，未婚妻替他送饭，他向未婚妻夸下海口，说当班他要拿下三槽炮的纪录。未婚妻不信，以她自己做赌注，说他如果做到了，她立即嫁给他。虽然是二人世界悄悄话，可后来却成了美谈，还是马寅祥被评为全国劳模后在巡回报告演讲中公开的这一秘密。当时杨姑娘深受感动，情不自禁地倒进了万古龙的怀里。他俩越来越亲密，她用她滑嫩的脸颊厮磨着他干涩的脸颊，舌头率先伸进了万古龙的嘴里，万古龙喘着粗气柔声说："对不起，等我平反昭雪的那一天，就是咱俩结婚的日子，好吗?"杨姑娘感动得泪流满面。

过了一会儿，杨姑娘说她想休歇一下，然后去天井看看。于是万古龙选择了一处有流水的地方，那里有一挂非常漂亮的瀑布。那种景致激发了杨姑娘唱歌的兴致。那欢乐的歌声灌满了八百米的斜井:

天上的雄鹰盘旋在雨后的天穹，
灿烂的阳光梳理它淋湿的翅膀;
精神抖擞的皇鸟瞄准着另一个制高点，
它不再贪恋地上的雏鸡而奋力腾空云霄。

万古龙和杨姑娘的心也飞向了井巷的每一个角落。半个月的井巷游，他们除了没有攀爬天井外，差不多走遍了每一条巷道，察看了全部采场，观看了所有电力和水力系统工程，有些设备杨姑娘还用手去触摸。她尤其对耙岩机、电机车和水泵感兴趣。她边看着这些有趣的家伙，边向万古龙问这问那。

"它的力气真大啊!"她指着电机车说。

"你的力气也不小呀。"万古龙打趣地说，"刚才你的手勒得我出粗气。"

"别逗了,"杨姑娘说，"这洞子挖得真好，你也挖过吗?"

"当然。"万古龙说，"这都是用机械挖的，靠风钻、爆破、运输和支护等工序来完成。就像女人十月怀胎一样，好不容易才能把孩子生下来。"

现在他俩正在爬一个天井。脚下的木板嘎吱作响，万古龙爬在前面，已在杨姑娘的头上了。杨姑娘虚踩一脚，咚的一声掉了下去。几乎在同时，万古龙也掉了下去。幸好脚下全是烂泥，还有一堆废弃的风简布垫着，要不然，他俩真要合葬了。

"井下工人真不容易啊！"杨姑娘感叹道。

"工人们摔断手脚、砸破脑袋是常有的事。"万古龙说，"只要人不死，伤好了又照样干。"

"这我知道，"杨姑娘说，"去年，你们矿里有个工人，还有一个全国劳模，都是被火马乡场矿的矿霸炸死的。这里离那儿远吗？"

杨姑娘无意间提起的话题，触及了万古龙的伤痛。

"我创作的话剧《护矿》就来源于这个事件。"

"你的剧本唤醒了大家，上级会重视的。"杨姑娘说，"什么时候才能看到演出呀？"

"你还说！"万古龙对她那天的突然出现所引起的混乱，最终导致把戏演砸了的事至今还记忆犹新。

"你这是怎么啦？"杨姑娘见万古龙满脸愠怒，惊讶道。

"你那天拉走黑影人导致我们蓉山矿一片混乱。"

"哦，"杨姑娘说，"对不起了，我不是故意的。"

"算了，"万古龙说，"那都是过去的事了，你还要继续上天井吗？"

"当然啦！"

"糟了，"万古龙突然惊呼道，"我的记录本落在你唱歌的地方了。"

"咱们回头去找吧！"杨姑娘提议道。

"太远了，"万古龙说，"你也走累了，你在这儿等我，我马上回来。"

"也好。"杨姑娘说，"一路小心，快去快回。"

万古龙走了。忽有叫喊声传来。杨姑娘用手电朝前照，只见一伙人在那儿急得团团转。

一个面色煞白的年轻人倒在地上，身子不停地抖动，乳白色的唾沫从嘴角溢出来。

这是怎么啦？他们发生什么事了？杨姑娘急匆匆地跑上前去。

工人们毛骨悚然。这黑咕隆咚的井巷里哪来这么个漂亮姑娘？不是厉鬼就是女妖！工人们吓得连连后退，躲进了黑暗里。

人称半个赤脚医生的杨姑娘打开急救包，利索地抢救起病人来。这是细心的她为自己与万古龙预备的，这会儿正好派上用场。她不慌不忙地往病人的口里塞进几粒药丸，又悉心地检查着病人的脖子和太阳穴。她掐完了病人的人中之后，接着就将嘴唇压了上去，做起了人工呼吸。

大约十分钟光景，病人发出了一声低沉的呻吟，睁开眼，以为是女鬼附身了，他发出"啊"的一声，然后用双手蒙住眼。杨姑娘闪电般地回到了原地。

工人们在黑暗里目瞪口呆地看着"女鬼"抢救病人的那一幕，又眼睁睁地看着"女鬼"飘然而去，他们又惶惑地来到病人的身边。

"瘪口嘴，"有人责怪道，"你有病，还下什么井呀，真是的!"

"你交桃花运了，'女鬼'与你接吻了!"

"哪有？"瘪口嘴抿了抿嘴唇笑说道。

病人这会儿又活蹦乱跳了，他摸了摸自己的嘴巴。

"说来也怪了，这井下哪来的'女鬼'啊?"

▽

"一定是那个好多年以前被砸死的漂亮女工显灵了!"

"就是当年那个被两个老工人争抢的女工吗?"

"她叫什么来着,哦,叫周莉。"

"胡扯,都这么多年了!"

"那你说是怎么回事?还有这么多人看见嘛!"

"百闻不如一见,我们真的看见'女鬼'了。"

"看见了又怎样?"瘪口嘴还在摸着自己的嘴唇得意地说,"像聊斋里一样,鬼晓得救人……"小伙子的脸唰地红了,他有些不好意思往下说。

"胡扯,哪有什么鬼,打死我也不会相信!"

"既然不是鬼,何不找找看!"有人提议道。

于是,为揭晓谜底,大伙结伴而行去寻找那个既让人恐惧又让人心动的倩影。大家走了好长一段路,竟然没见着,他们怀揣着千万个疑虑打道回府。于是"女鬼"会救人的故事被传得沸沸扬扬,莫衷一是。

杨姑娘与万古龙会合后,抄近道去了他老爸当年遇难的地方。

这一天是他俩游览矿井的最后日程。万古龙怀着十分沉重的心情缅怀了父亲,杨姑娘替他擦干眼泪。之后,万古龙大步流星地朝前走,杨姑娘默默地跟在后头。

井巷感言

　　游览着蓉山金矿蛛网一样的井巷，万古龙不免感叹。

　　这会儿，他想到了 250 斜井，设计坡度为三十四点八度，见证了矿工们的辛酸与血汗，也见证着历史的变迁。井口钢轨中间的那个无数次被卷扬钢丝绳磨损而不断更换的滑轮，它滚动着时间的步履，形成了井巷成果的年鉴表；连接运输对象而上下卷扬的钢丝绳将工人们的理想凝结在一条线上，然后再释放出去，将绽放的亮光渗入人类的光芒之中；卷扬机系着矿工们的安危，它向人们奉献的是一颗忠肝义胆的红心，它日复一日年复一年歌唱着梦想的童谣，而工人们则是演奏家。

　　万古龙打开记忆的闸门，365 洞口的粗犷轮廓便呈现在他的眼前。洞口两边护坡的石砌水泥粉墙"高高兴兴上班来，平平安安回家去"的苍劲魏体字是他根据充填工区秦区长的指示，泼墨挥笔书就的。两个硕大的蓄矿池里的碎石、河沙等充填用料，源源不断地被电机车运往井巷深处。这里原本荆棘丛生，犹如一个蛮荒的孤岛，经秦区长带领矿工们不分昼夜的治理，它竟由从前的黄毛丫头变成了豆蔻少女！昔日热火朝天的场景，至今仍留在万古龙的脑海里。

万古龙带着杨姑娘，带着他的梦想在井巷里转悠了两个星期，他感觉到在地面的任何地方都难以找到与大山肚里相比拟的工程。井巷延伸或横扩的任何烂山，都用钢筋水泥划砼成拱；井巷两边渠道的水，或清冽或浑浊，一年四季悠悠流淌；废弃的铁轨和支护木时常变换着充当新的角色。纵横交错的巷道，上下贯通的天井静静地等候着工人们的光临：它们喜欢看到劳动者们那青筋暴起的臂弯和双腿；喜欢看到他们挥汗如雨、泥沙抹面的脸庞；喜欢看到他们光着膀子在挡头面扒矿石时蜷缩如弓的样子；更喜欢看到他们偶尔嬉戏打闹唱着粗俗的歌谣开心的面孔。

万古龙想尽量试着写出自己对井巷的感觉，井巷的各个工程年久月深实在繁复，他似乎很难一一将它们具象化。建矿数十年来，采矿与掘进形成的巨大工程，可以说是一部规模宏大的石头交响乐。井下的这些工程既简单又复杂，它是各个时期力量的奇特产物，它们蕴含着二十世纪六十年代肩挑手提的影子，七十年代电力风钻创工效的威力，八十年代电机车多拉快跑的高效，九十年代把岩机皮带运输的技术提升，二十一世纪程控电脑操作的神奇。

然而，随着探矿技术的日益精进，采矿技术的越发先进，零米以上的原矿体逐渐变少，现在只剩下团矿、点矿和线矿了。而那些岩层深处丰富的矿藏，只能等待时间的挂历翻到新的一页了。这一页，必须要靠矿产品行情起来抑或要以积聚和珍惜自身内力为前提，并积极开拓引进重组，形成足以能够揭开旧页的强力。这种强力，也许是技能的脊梁和经济的杠杆的结合，用它们铸成铜头铁腕，与浅层矿产资源枯竭的老矿山摩擦出新的火花来。

蓉山金矿所有的人都期盼着有一片前所未有的火花出现，而万古龙则盼望着有一股改制的新风刮来。希望这股风能摒弃从前的恶习，摒弃过去置人生死于不顾的沉疴，摒弃谋私钻营的腐朽，摒弃一切人们深恶痛绝的东西，让广大干部、职工梦寐以求的夙愿成为现实。

被遗弃的肉坨坨

　　过去的事物在记忆的版图上，一部分被时间的尘埃所淹没，一部分又因某种气氛或联想被重新勾勒出来。

　　十五年前隆冬的一个傍晚，呼啸的北风拂山而过，飙风把从蓉山金矿210平窿洞口冒出来的浓浓炮烟卷成一股巨大的黑旋风，沿着陡峭的山崖扶摇而上。一个五官拥挤在一起且手脚粗而短的肉坨坨，斜里栽倒在储矿仓里，奄奄一息。这个快要死了的小男孩正对着选矿厂维修队的大铁门，当时正是晚餐时间，屋里空无一人。前来围观的人多半是上了年纪的妇女。

　　站在最前面一排的六个女人，从她们黑色的头巾、褴褛的衣服、胸前吊着的化肥袋，一眼就可以断定她们是周围乡里前来捡矿或偷矿的游民。

　　像这样的游民群体，矿里很难对付。她们不用挑不用抬不用车子运，只在胸前挂个烂袋子就行。她们将矿石一小袋一小袋地挪到山上一人深的荆棘丛里。她们钻山比穿山甲还快，行动像蛇一样自如。

　　平日里，这些人对于热闹场面应该是顾忌的，那天傍晚她们却公开露脸，不知是因为她们胸前的口袋是空的，还是久违了的好奇心致使她们忘乎所以。起初，也许是由于她们的情绪太激动，说话的速度太快，在场的工人们根本没听懂她们在说什么，慢慢地才听出些端倪来。

　　"他是饿坏了才来吃矿泥的，要不然，唉……"一个精瘦的村妇感叹说。

　　"听说他是被他养母捡来的，真可怜！"一个高个子中年妇女说。

　　"他养父每天要他捡两百斤原矿，"精瘦的村妇说，"完不成就不让他吃饭，他被赶出来好几天了。"

　　一个梳着辫子的姑娘说："他也就是七八岁，还是个残疾人。"

　　"周婆婆怎么捡来这么个怪物？偏偏她去年又死了，唉，也是前世造的孽啊！"又一个胖村妇叹息道。

　　"是不是因为他长得太丑，他的养父才这么狠心的？"

　　"还是工人们可怜他，"那个高个子村妇说，"他每天都来这里捡，要是工人们见了我们，就用石头砸。"

　　"你眼红呀，"那个精瘦的村妇戏言道，"你答应把女儿嫁给工人师傅就好啦！"

　　"那个钳工师傅与婆娘离婚了，你又没丈夫了，你去呀！"高个子村妇回击道，"你们就领养这个可怜的怪物做儿子吧，老天爷会保佑你们的。"

　　"你坏，你坏，"精瘦的村妇拍打着说，"你良心好你就领他回去吧，给你做上门童养婿，也生个丑八怪孙子，好传递香火。"

　　"你不要有人要，这么一个大矿山，职工家属两万人，到时候你可莫后悔噢。"

"你们还争个屁呀，那小家伙快不行了，没看见他在喘粗气呀！"有人责备道。

"天气这么冷，烂衣服又穿得那样少，不冻死才怪呢。"

"秋把子——"突然有人喊道，"你儿子是医生，快救救他吧！"

"废话，"秋把子说，"你这没心肝的，我儿子昨天还为你家的母猪打针，兽医也能给人治病呀？"

"他还没畜生长得乖，你行行好，就当是救一只怪物好啦！"

"你这黑了心肝的把人当畜生，小心你下辈子生儿子没屁眼！"

"别假慈悲了，你是救还是不救？"

"要是我儿子真救了他，我儿子名誉不保。"

"你这臭婆娘，还要名誉呢，上回你偷矿，被矿上的人抓住关了三天，打了个半死，那怎么不讲名誉了？"

"你还好意思说我，你深更半夜来偷矿，以为我不晓得？"

"不要血口喷人，姑奶奶我今天要和你拼了！"

"自己就莫掀起屎来臭自己了，救人要紧呢。"还是那个高个子女人有同情心。

高个子女人回头看了看，她拨开众人，径直走向维修队的值班室。

不一会儿来了好几个工人，后面的一个端了盆炭火放在小孩身边。工人们在口袋里摸索了一会儿，掏出来些十元、五元和零星的角票扔在孩子身边。

大家都没说话。那意思再明显不过了，由他们带头捐点钱，然后让好心人去救他。

于是就有人仿效前面的人陆陆续续地掏出钱扔过去。

炭火的温度使孩子的体温得到了恢复，小男孩竟然动了一下。

"还没有死呢。"有人嚷道。

站在前排的那六个村妇同时睁大了眼睛，不知道她们是在看那孩子还是在看那堆票子。

这时候矿办那个高大魁梧的秘书孙亦成打这儿经过，他一只手拿着地图册，另一只手挽着他年轻美貌的妻子王英小姐，很有些春风得意。

他走上前去注视了那可怜的孩子一会儿，说："这不是那个偷矿的肉坨坨吗?"

"你认得他呀?"王英小姐问丈夫道。

"认得。"孙秘书说，"自从肉坨坨的养母死后，他继父油皮子又陆陆续续收养和买来了几个孩子替他专干这事，矿里拿他也没办法。"

选矿的一位工段长倾听人们的议论已经好一会儿了。他侧着身子挤进人群来到快断气的小孩身边，蹲下身子伸出手来摸了摸孩子的头。

"我收养这个孩子。"工段长突然说。

他把肉坨坨裹在自己潮湿的满是污垢的工作服里带走了。旁观者用惊讶的目光追随他走了好远好远，直到他们消失在那道大铁门后的值班室里，人们才回过神来，却发现站在前排的那六个村妇不见了，地上那堆纸币也不翼而飞了。

回到家里工段长才仔细地察看那个可怜的弃儿。肉坨坨的面庞像炭一样黑，手脚短得出奇，酷似黑熊猫一样，他差点儿给他取名为黑熊猫。但他觉得这名字与动物相联系不妥，于是脑海里跳出来一个形象的词儿：黑影人。自此，这个名字和早先人们冠以他肉坨坨的奶名同时被叫开了。

蓉山脚下流浪人

到了上学的年纪，肉坨坨被他养父带到学校。当肉坨坨第一眼看到老师那种惊恐的目光，他自己被吓得连连后退到他养父的屁股后面躲起来，而老师问他话的时候，肉坨坨只是一个劲地摇头，不停地扯他养父的衣角示意要回家里去。后来学校报名的新生越来越多，孩子和大人们一起围着肉坨坨转悠，像在看猴子耍把戏一样摇头晃脑却又不愿离去。

学校的校长闻讯赶来，把他们父子俩请到他的办公室，并把门窗关起来做思想工作。

"龙工呀，"校长语重心长地对他养父说，"我知道你是世界上最好的人，当年的事情我们也略知一二。你小孩上学的事是不是再考虑一下，要么拿书回家里去你自己教他识字吧！"

"不嘛不嘛，"肉坨坨这会儿比先前胆大了许多，他哭闹着说，"我要上学，我要和小朋友一起玩嘛！"

"你这死崽，"龙工嗔骂道，"先前老师问你话的时候你不讲，猫胆子一样。"

"你也别怪孩子了，"校长动了恻隐之心，说，"既然孩子自己想上学读书，那就让他试试吧！"

"还不谢谢校长啊！"龙工对儿子说。

"还不谢谢校长啊！"肉坨坨也学着父亲的口气鹦鹉学舌般地来了一句，惹得校长开心地摸着他的大脑袋眼泪都笑出来了。

肉坨坨在学校里苦苦挨了两年漫长的时光，最终还是不想上学了。

"崽啊，"龙工把不想读书了的儿子叫到跟前，"你小小年纪不读书能干什么呢？"

"做事呀！我捡破烂还不行吗？"肉坨坨一双浑浊的小眼睛盯着他爸。

"你还这么小呢，"龙工心疼了，"你就在屋里待着吧；要不，我每天教你认字好吗？"

"不好，"肉坨坨说，"我要到外面玩。"

"你不是说你要去捡破烂吗，那怎么叫玩呢？"

"捡破烂就是玩呀，可以到处玩。爸呀，你没看见捡破烂的人到处玩呀？"龙工无言以对。是哩，捡破烂的人从东窜到西，从南跑到北，在孩子的眼里那不是玩又是什么呢？

"不行！"龙工用起了家法，手里捏把竹帚条训斥道，"没满十八岁以前，你得在屋里待着。"

龙工下起了狠劲。白天他上班去了，就把肉坨坨锁在屋里，任凭他哭天喊地砸东西，惹得左邻右舍骂骂咧咧。那年龙工开始谈女朋友，女方提出来的唯一条件是不能让肉坨坨留在他身边。万般无奈，他只好去跟肉坨坨的继父商量，结果已人去楼空。村里人告诉他说，也就是去年的事，肉坨坨的继父患脑出血死了。如此一来，龙工只好忍痛把这只原本就不属于他的黑乌鸦放飞回了大自然。

自此以后，肉坨坨成了蓉山脚下的流浪人。

他把自己禁锢在山上果农的茅棚里，这个可怜人，在群山环抱的壁垒里已经习惯看不到外界的任何事物，随着时间的推移，蓉岭山上的茅棚就是他的窝，他的家，他的故乡，他的宇宙。

龙工还是于心不忍，深更半夜醒来常常泪流满面，有时甚至在梦中哭泣，妻子摇醒他并盘问他做了什么噩梦，他总是避而不说。后来他常去找肉坨坨并给他点零花钱，肉坨坨接着零花钱可就是不肯回家；再到后来，连零花钱也不肯要了。"我有钱用了。"他说。"你哪来的钱呢？"养父质疑。"我捡破烂挣的。"龙工在山上的茅棚里搂着脏兮兮的肉坨坨痛哭一场，然后回家。慢慢地，龙工不再关心肉坨坨了。

就这样，他适应着大山村野而逐渐发育成长。他在山上生活，在山上睡觉，在山上屙屎撒尿。

久而久之，肉坨坨对这方水土的熟悉程度是生存在蓉山脚下这片土地上的任何人都无法比的。大山中没有一处不被黑影人踏入过，哪里有个溶洞，哪里有个石窟，哪里有个庙宇，哪个山上有几座亭子，东塔岭有多少级阶梯，石岭山上有多少野物，甚至哪个山塘有脚鱼他都了如指掌，就连竖井巷道的最深处他也被工人带着去过几回。有次他攀爬高处的一棵树，试图把那干枯了的树枝掰下来，结果被折断了的犀利的老枝丫划破了肚皮，皮肉裂开来，鲜血染红了他半个身子，他用草药敷好伤口，照样背着柴火，像蜗牛一样爬到他那雨天漏、晴日晒的茅棚里。平日里，他还做点让自己高兴的事，比如他看见哪里电杆上的灯泡没亮，就买好灯泡，靠他的攀爬术把它装上，每每这时就会博得大家的一阵喝彩，他那奇快的爬杆速度让人惊诧不已，那动作的敏捷简直与猴子无异。有时，人们常常看见他爬上高耸入云的树，去掏鸟窝或捅马蜂窝。有人议论，像肉坨坨这样的攀爬高手要是参加国际攀岩比赛，冠军非他莫属！

黑影人多数时间过着心如止水的独居生活，一个偶然的机会给他带来了意想不到的快乐。几年前一个秋天的上午，他下山到蓉山矿的一个偏僻的榨粉厂买粉，途径石灰窑，看见黑压压的人群在陡峭的山崖下欢呼雀跃。石壁上散兵阵似的满布刚够手掌罩住的铁钉坨——那是攀岩运动的一种工具，另一种工具是拴牢在石壁顶上掉下来的一根根绳索。一溜身强体壮的小伙子已做好了准备，正面壁整装待发。黑影人忍不住挤上前去看。就在"叭"的一声枪响之后，他看见石壁下面的人们向上爬去。他们都是本县的攀岩队员，这次全县组织的攀岩比赛是为省里选送专业人才。

第一轮石壁下一溜的人能爬上去的没有几个，大部分人的身子在空中晃来荡去根本抓不稳铁钉坨，有些人的身子还在空中转着圈，如果没有保险绳系着，他们早进了阎王殿。接着又进行了第二轮、第三轮、第四轮比赛。最后的第五轮，石壁下的选手位置还有几个空着，鸣枪后在极短的时间内将整个攀岩运动推向高潮的是那个连评委都不知情的，令每一个观众都惊讶的小个子。他没系保险绳，头和脸都被自己随身带的罗帕紧紧地包裹着，他露出来的只有两只细小的眼睛。他像松鼠爬树枝那样眨眼工夫就上到了最高峰，由于动作频率太快，用的是什么姿势，抓点与登点如何配合，教练与领队一头雾水，观看的人目瞪口呆。正当人们鼓掌欢呼为他喝彩的时候，他已爬上了山崖顶，一溜烟不见了人影。"快下来领奖呀，快呀！"任凭人们叫破嗓子，终究没见人下来。

"哎呀，活见鬼了！"

"队员们一个都没少，那是哪路高仙啊！"

"弄不懂啊，领队，你得想办法把他捞回来！"

"队员们，"领队突然来了灵感大声吆喝道，"大家上山找去，活要见人、死要见尸，找着了人今中午由县里请客开大席！"

攀岩队员们抄近道箭一样地射向山顶，寻觅了好半天却连个人影都没见着，大家垂头丧气归队，不欢而散。

蓉山脚下竟有这样的奇人啊！这奇人自然是不为人知的黑影人。

又一年过去了，终究还是没有找到那个让人们激动得泪眼婆娑的攀岩高人。

原来，那次攀岩之后，这个奇人在蓉山的原野又游荡了两个月，便与一伙小流氓又或许是一伙扒拐子会上了。小流氓把黑影人从垃圾堆里捡来戴在头上的皮帽子抛到高压电杆上了，他没吼没叫悄悄地像松鼠那般敏捷地爬上去取了下来，那些小流氓觉得他本事大着呢，就赶忙递给他口香糖，掏出花生瓜子敬他，又死磨烂缠拉他到豪华酒家撮了一顿，他竟莫名其妙地与他们好上了。

从此以后，黑影人被小流氓、小扒拐子们敬着，他们都听凭黑影人调遣，黑影人拾破烂的身影晃到哪里，那帮小游民就一起跟着到哪里，黑影人成了真正意义上的垃圾王……

黑影人受审

今天是邻矿邀请矿里参加扰乱矿区治安的听证会的日子，矿里打发了一个名叫罗延贵的副矿长参会。

听证会没等他到场就开始了。从上午九点钟起，就有成群的男女代表拥挤在火马乡场矿平时用于集会或演出的宽敞的工棚里。靠北墙的是木板舞台，虽然粗糙但容量很大，这空间足有十二米宽十八米长。人们用期待的目光盯着台上那些有头有脸的人物谈笑风生。与其说是参加听证会，倒不如说是参加民事处理调解会。

靠北墙舞台的尽头搁着许多长条凳，中间是一张用黑板搭成的桌子，一把古香古色的雕有龙凤图案的板栗色木靠椅空在那儿。主持会议的人似乎还没到场就座，其他人在交头接耳地说着什么。舞台两边有文身的壮汉笔挺地站着岗，人们从那儿可以一直望到桌子后面舞台的尽头。三月份雨后天晴，淡弱的阳光从工棚的檐口射进来，也同时带来原野泥腥气味的凉风。箍紧着自己身子的是静静地在舞台下穿着单薄的民众。

突然人群中引起了一阵喧哗和骚动。一个扎长辫子的中年汉子走上台去，副场长、场长助理、场矿副矿长、保安队正副队长等人都欠欠身子。旁边的那个胖乎乎的年轻人把那象征权威的雕花椅挪向前面让来人就座。他就是人们叫顺口了的木乃伊场长。

会议由木乃伊场长主持。他先来了个开场白，接下来就是看热闹的人叽叽喳喳的议论声。那不是蓉山金矿质检部的化验员小张吗？他怎么也被抓来了？听说他替私人老板化验很有油水，他被木乃伊抓着把柄了吗？那个是谁呀？是漂亮少寡妇罗珍玉！她每日里在矿区捡矿。听人说木乃伊手下的一个工头想打她的主意，却只愿与她同居，不肯与她结婚，被她拒绝了，这算什么呀？青天白日，强抢民女呀？看来她也难逃一劫了！那个像是在哭的人又是谁呀？哦，是常常在这两个矿山转悠捡破烂的老妇人，她偷他们矿的东西了吗？大概也有古稀之年了吧，这么一大把年纪的人了说偷也偷不到什么值钱的东西了。她无儿无女孤寡一人，你木乃伊要是把她惹急了，一口气上不来你要为她办丧事！注意了，你们看，现在才被推进来的是什么人呀？还需要那么多保镖，竟还带着狼狗。哦，看懂了，那个被捆绑着的人可是垃圾王黑影人？

所有的人都盯着被捆绑着的黑影人看。狼狗时不时朝他吠几声。扭送他来这儿的人都戴着保安的红布袖套，他们还有皮靴子、皮帽子和皮手套。春节刚过，阳历二月天气还有些寒冷，黑影人除了有两件褴褛的单衣外别无其他了，他想把衣袖甩下，于是在不停地扭动着身子。保安以为他在反抗，摁了一下他的头，又引起了民众的一阵骚动。他低着头但偶尔也转动脑袋或抬头看看周围和台下黑压压的人群，妇女和小孩对他指指点点，还时不时有小孩笑出声来。

木乃伊向民众打招呼说："今天被逮着的这些人，除了个别的外，其余人主要为澄清事实。当然啦，罚点款，也是为了吸取教训！"

木乃伊让保安大队长把黑影人近半年来的犯罪事实通报一遍之后，就将身子往后面靠，头也昂了起来，极力做出一副胸有成竹、秉公办事的样子。

"你要大声地说出你的名字来，还要说出你家住在哪里。说！"场长的声音如同二月的春雷。

黑影人没说话，他只用眼睛死死地盯着木乃伊。

"说呀，你快说呀！"又是木乃伊在催促。

黑影人口干得很，舌头在口里转着，嘴巴微微地张合着，但仍没发出一丝声响。

"你一天到晚在我们矿区游荡，"木乃伊加重了语气，说，"你对我们矿区的安全已构成了威胁，犯下了那么多的罪行，你可晓得？"

黑影人的喉咙干得难受，嘴巴微抿着，像是没听见有人问他话一样，人们只看见一双小眼睛在漫不经心地转动着。

"行啊！"木乃伊气急败坏，接着数落道，"你知道你有多丑吗？白天，你吓到了我们矿里多少孩子？夜里，又有多少上下班的人被你吓得失魂落魄？你还用刮胡子刀片划伤了多少人？你偷矿上的电缆线被我们的保安抓个正着。更为严重的是，你还搜集我们矿的井下资料。你还晓得用酒把值班员灌醉，盗取钥匙，给蓉山金矿的流氓剧作家万古龙当情报间谍。黑影人你所犯下的罪孽可都承认？"

这时，要不是蓉山金矿新提拔的人事副矿长罗延贵到了的话，天知道这个可恶的场长要什么时候才能住口！

看见罗延贵过来，木乃伊侧过身去，粗略地对他说了一下情况。

罗副矿长气喘吁吁地坐下来，用餐巾纸不停地擦脑门上沁出来的大颗大颗的汗珠问道："好你个贼，你所犯下的罪行都承认了吗？"

黑影人感觉后来的这个官比木乃伊还要凶。他在迟疑了片刻之后终于用一种嘶哑的声音答话了："我叫黑影人。我天天捡破烂呀。"

"捡破烂是假，做强盗才是真！让下面的群众说是不是呀？"

"场长他们偷挖蓉山金矿的矿，"黑影人再也憋不住了，他偏着头，两眼冒火，盯着罗副矿长说，"你当官的没看到呀？"

"你这黑影人还真有你的，竟敢胡说八道！保安队长，你们先抽他一顿，然后用囚车拉到乡政府体育广场去示众，叫他尝尝苦头！"木乃伊吩咐说。

"太过分啦！"有看热闹的人愤怒道。

黑影人被保安推搡着走了。一路上，黑影人感觉到后面有很多人在看热闹。他感觉自己活不成了！"狗日的！你们要我死嘛！"黑影人一边被人推上带喇叭的拖拉机囚车，一边自言自语地说，"要是我能活着，我得多买几盒刮胡刀！"

茅屋疯女人

一路上看黑影人热闹的人们在蓉岭脚下排成了长龙。尾随大部队的三个村姑悠闲地走着，三个女人中有一位穿着时尚，她那精美的天蓝色围巾，质地厚实的棕红色羊毛裙，把腿肚、脚踝裹得很紧的纯棉白丝袜，红色的尖辣椒皮鞋，还有像贵州姑娘一样把青丝向上盘起的装束，都表明她属于蓉山一带的有钱人。其他两个衣着普通，没有佩戴金银之类的饰物。从那位富婆的口音来看，她好像不是桂阳人而是外地人。

走在前面的那个本地女人，不时地向走在中间的外地漂亮女人介绍着什么。外地女人手中牵着根红色绳子，拴着一条黑白相间的毛茸茸的漂亮的狗，狗嘴上叼着一坨红烧猪蹄。女人为减少牵它的麻烦，干脆把绳子绕在了它的脖子上，让它自由自在地同大伙散步。

"嫂子，"瘦女人说，"别磨蹭了，黑影人他们快到了。"

"你别急嘛，"漂亮女人说，"他要被罚跪大半天呢。"

"哪个有你见多识广嘛！"胖女人揶揄说，"这些年你如果不跑出去，还不是跟我一样没见识。"

　　"外面的世界很精彩，"漂亮女人说，"在我们当地，我见过一些年轻地痞，他们为吃白粉，奸淫掳掠，比起黑影人来严重多了。"

　　"他们打过你的主意？"胖女人戏言道，"你要被白粉老板看上了，可以狠捞他一把！"

　　"捞一把又怎样？"漂亮女人说，"管它白猫黑猫，抓到老鼠就是好猫，现在都这么干！"

　　漂亮女人的理直气壮，使胖女人瞠目结舌。

　　"当然啦！"漂亮女人声音低沉地说，"你们这地方还算文明的，我们家乡简直还是原始社会……"

　　"你骗人，"胖女人有点恼火了，"总说你们那里落后，你却洋派得要死！"

　　"我大学毕业后在深圳工作，"漂亮女人瞟过一眼胖女人，"要不是碰上你哥哥，要不是他告诉我你们桂阳是个八宝之地，我还没这么快就来呢！"

　　"来了又怎样？"胖女人不服气地说。

　　"介绍外商来投资呀！"漂亮女人骄傲地说。

　　胖女人看不惯漂亮女人炫耀自己的样子，要不是漂亮女人是她的嫂子，她还要继续争论。这时瘦女人突然喊道："快看，前面围着那么一大堆人在干什么呢？"

　　胖女人阴阳怪气地说："那不是走南闯北的杨贵妃姑娘在玩魔术吗？啧啧，真让人大开眼界，那天晚上她在欧阳海广场玩《伞下情侣》的魔术，跟真的一样。"

　　漂亮女人佯装没听见，漫不经心地走着。

"据说她专拐富人的宠物，"胖女人不停地说着，"卖几万块钱一只呢，有一回她卖了一只波斯猫赚了两万多，后来不知道她又从哪儿弄来了一只。"

"哎呀，"漂亮女人抬起头来紧张地喊道，"花花，你别跑呀，免得叫人家把你拐了！"

"别听她瞎编，"瘦女人对漂亮女人说，"要说拐孩子还有点可信度，说拐宠物谁信呢？"

胖女人说："说到拐孩子，你可知道前面路边茅屋里的疯婆子的遭遇吗？"

"我哪知道？"漂亮女人说，"好妹妹，你若知道她的事就说来听听嘛！"

"唉！"胖女人叹了口气然后说开了，"那时，我在大队当妇女主任，那个好漂亮的杜石榴一见到我总是郭姐郭姐地叫得好甜。"

"原来你跟疯女人早就认识呀！"

"唉，岂止是认识！"胖女人娓娓道来——

杜石榴是流峰镇烤烟大王——杜谷雨的女儿。杜谷雨种的烤烟远近闻名，获得过国家烟草专卖局的嘉奖。父亲逝世的时候，石榴只有三岁，后来与母亲相依为命。杜石榴的母亲是个勤劳善良的女人，除了揽下她丈夫的那份农活外，晚上还教杜石榴识字、画画、唱歌。二十世纪八十年代中期，杜石榴已出落得十分水灵，风姿绰约，镇上无人能及。后来她母亲患上了类风湿，成天痛得不能下床，家里的一点积蓄很快被花光。一九八四年的冬天，她们娘儿俩没有取暖的柴火和木炭，杜石榴冒着呼号的寒风外出讨煤。天气冷得要命，石榴被寒风拂过的脸蛋儿却更加红润鲜亮，二流子男人碰上她都喜欢与她开玩笑，老远就喊着"石榴熟了，可以摘了"这样肉麻的话。这样一来二去，杜石榴就堕落啦！胖女人叹了一口气，突然转了话题说："我的好嫂子，我看花花坚持不住了，你快把肉取下来。"

漂亮女人将信将疑："杜石榴堕落了，就凭你一句话呀，我不信！"

"信不信由你。"胖女人说，"我当年路过首饰店时看见有男人替她戴上金项链就晓得她学坏了，她的第一个情人是胡湘液，他是嘉禾人，有一个像样的皮货铺。第二个情人叫什么名字来着，哦，人们叫他'水坛子'，他是游戏厅的老板。再往下，还有镇上的理发师，镇上酒家的老板。此外还有年纪更大的身份更卑微的人，最后还落到了镇上高痞子和一伙吸毒小青年的手里，于是可怜的杜姑娘成了'马路情人'。那一年啊，也正是老虎机兴起的时候，她成天泡在游戏厅里，输了没钱付账就开口向男人借，你想想看，男人们都长着猫嘴巴哩！总之，她摧残了她自己。"

"看你说的啊！"漂亮女人还在较劲，"你在蒙人吧？"

胖女人提醒道："我继续说下去，怕是你听后会睡不着觉！"

"说吧，我倒要听听你还能说什么。"

漂亮女人挽着胖女人的胳膊往前走。胖女人神秘地说："那年，也就是十六年前吧，杜石榴生下一个私生女，一个小生命来到世上，而另一个生命——杜石榴的母亲却走了。那天，杜石榴的母亲根本不知道女儿为她生了一个外孙女。杜石榴自从在外面有了相好，每天除了带点什么回来，也会抽空照顾母亲和做点针线活。她外出的时候总被人指指戳戳，被人侮辱，被巡逻的人殴打，被小流氓小乞丐戏弄。渐渐地，她整个人就精神萎靡了。你看她有多可怜哪!"胖女人重重地喘着气。

"前面你说的拐孩子的事,怎么说了半天连边儿都没挨着呀?"漂亮女人问道。

"看来我不能从头讲起了!"胖女人说,"那会把嘴巴讲干的。"

"从前你也是吃过苦的人呢,"瘦女人沉不住气激将道,"嘴巴干了,前面有井呢!"

这招还真灵验,胖女人只好接着往下说。

"孩子生下来后,生活压力弄得杜石榴心里好烦,她常常笑一阵又哭一阵,她老在想孩子的父亲是谁。她说孩子是无辜的,孩子值得每一个母亲去爱,只有母亲对孩子的爱才是真实的。她还说堕落并不是她的本意,她是在寒风里寻火种,在饥饿中找面渣,上苍有情,送给她一个女儿,她爱死了那孩子,眼泪、爱抚、亲吻连连不断。那时不像现在,生活在贫困线以下的人还能吃低保,那时她没钱给孩子买奶粉,没钱给孩子买衣服,她把母亲留下来的烂被子当作裹孩子的包裹。杜石榴心情一好,就背着孩子到外面去捡破烂、捡煤渣、捡菜叶,她竟然又重新变得鲜亮起来。于是又有人来'吃石榴'了。她把从男人身上赚来的钱全花在了小石榴身上,买奶粉、买衣服、买鞋帽,倒没想过为自己买一双袜子。小石榴是她给孩子取的乳名。那小家伙确实蛮阔气,从头到脚,都是细软棉纱的,再不就是丝绸的,她抱出来让人家看到都很眼红呢!尤其是那个花边帽子,是她自己一针一针编织的,在帽子两边她还绣了两只有趣的鸽子,跟活的一样,像是要飞向天空似的。杜石榴每天最开心的时候,是给小石榴洗澡。小石榴身子粉红粉红的,那双小粉脚,比她做的那个枣红色的兜肚还要好看。"

胖女人说着说着再一次转移话题："好嫂子，你开心的日子也就要来啦！我看你也有了吧！"

"我哪有？"漂亮女人嗔怪道，"你快讲下去呀，那孩子后来怎么样了？"

"讲起来心里就难受，"胖女人接着说，"那年见到她的时候已经三个月大了，她可爱得使你禁不住想去亲上一口，她的眼睛是那么大，头发是那么黑，鼻梁是那么高，嘴巴却又是那么小！她妈妈每天同她乐呵呵地玩，成天亲她，只差没囫囵把她吞下去了。她妈妈逗她玩儿的时候，眼睛总离不开那个漂亮得让人惊讶的花边小帽子。她忍不住摸呀，亲呀，看呀，就这样每天在没完没了的快乐的晕眩中度过。"

"完了？"

"没呢。"

"这小孩后来怎样了？"

"你别急，凡是故事的精彩部分都在后头呢。"

于是胖女人舔了舔嘴唇又说开了。

"有一天，一群敲锣打鼓排成长队的矮拐人，"胖女人压低了声说，"他们自称袖珍人，来流峰镇演出，除两个正常人外，其他全是矮拐子、矮拐婆。从背面看他们那些人，体型像孩子；从侧面看，也不过是半大孩子；从正面看，百分之八十是成年人——脸上打着皱，短短的手像树皮一样粗糙。车子是集装型的，里面还有十分丑陋的孩子，也不知道是捡来的还是拐来的，他们走南闯北，去到各地杂耍，演唱。

好奇心的驱使下，杜石榴抱着小石榴来到了马戏团矮拐人的身边。那些比小石榴高不了多少的矮拐人抱着粉嘟嘟的漂亮女婴，在逗玩之余又是亲又是轻揉她的脸蛋儿，尽拣好听的话来赞美她。当然啦，小石榴也的确招人喜爱，还不到一岁，就牙牙学语了，还冲着逗她的人笑，并做出一些有趣的动作。在听到马戏团的矮拐人说他们的到来会给小石榴带来好运的那一刻，杜石榴笑得合不拢嘴。"

"那是好事呀！"漂亮女人感慨道。

"当时，杜石榴把小东西紧紧地搂在怀里。"胖女人神秘地说，"看着看着，一个圆滚滚的矮拐魔术师竟把一个丑陋的小怪物变成了一个像小石榴一样可爱的小天使。杜石榴本能地望了望贴在自己怀里的孩子，才清醒地认定小石榴被紧紧地裹在粉红色的绒衣里。她把自己那长叹声融入了人们爆发出来的雷鸣般的掌声和潮水般的欢呼声中。那天夜里，杜石榴受了风寒，身体有些不适，一回到屋里倒床上就睡着了。第二天早上杜石榴醒来时，小石榴还一动不动地在被窝里酣睡呢。她盛好潲往猪圈走，忽然听见了小石榴别样的哭泣声，像一声声无力的闷雷。她的心一下子被抽紧了。她抓狂地从猪圈跑进里屋，慌乱地掀开被子，自己的小石榴不见了！她看见的是昨天夜里马戏团先前给众人亮相的那个矮拐：额头上有个凸起的肉包，老鼠似的小眼睛，口大嘴唇厚，颧骨深深凹陷着。她吓得疯也似的跑了出去，拜天跪地，又喊又叫，引来了满屋看热闹的人。有胆大者解开了被捆绑得紧紧的小矮拐，他还隆起一个高耸的龟胸呢。小矮拐被剥光了衣服放在地上，他竟然不哭了还在爬呢。杜石榴用双手蒙住眼睛。天哪，一定是那个马戏团的魔术师用这个小妖怪换走了我的小石榴！悔不该去看戏呀，是我上辈子造了孽呀，求老天爷还我的小石榴吧，把这怪物收回去！"

后来就真的有好心人把那个小矮拐抱走了。

"太残忍了,"瘦女人愤然道,"这对她的打击太大了!"

"是呀,"漂亮女人同情地说,"杜石榴后来怎么样了?"

胖女人继续说:"杜石榴跪在那个她自己为女儿做的花边帽子跟前。那是她的小石榴留下的唯一的东西。她就那么跪着痛哭,哭累了就去吻那个帽子,她的心已经碎了。她那样子把我们一屋人都弄哭了。她不停地说着重复的话:'一定是矮拐人生下的怪物把我的小石榴换走了,啊,我的心肝宝贝,你在哪儿啊!'这凄惨的呼唤让人肝肠寸断,现在回想起来都让人心痛不已。"

"那女人的命也太苦了,"漂亮女人急了,说,"她没女儿了,还能活下去吗?你快说呀!"

"当时,她的脑海里只有矮拐马戏团和她的小石榴。"胖女人说,"她披散着头发没命地往外跑,找遍了流峰镇所有的街道、铺面、水库、山塘,只要是她认为有可能的地方都掠过她绝望的身影。她边跑边喊:有哪个看到矮拐马戏团了吗?他们是巫师,是魔鬼,老天爷你看见他们往哪里走了吗?快告诉我呀!快给我指条路呀!有人给她指点迷津,说,矮拐马戏团有车子,他们昨晚上就跑了,如果遇上大款买主,卖一个儿童比他们干一年赚的还多呢。杜石榴听到这些就再也哭不出来了。一星期下来,她头发都白了,到了第八天,镇上的人就再也没见到她的影子了。"

漂亮女人的心里沉甸甸的,她盯着走在前头的花花,越跟越紧,像是被磁铁吸着似的。

"后来就没人知道杜石榴的下落了吗?"瘦女人问道。

胖女人没有回答。瘦女人摇了摇她的胳膊,她才从沉思中回过神来，说："有人说看见她从皮货店老板那儿走出来，在交叉路口坐公交车走了；有人说看见她从中学的门前走向溪水湾的大桥；还有人说看见她手里捧着女儿小石榴的那顶花边帽，一边走一边抛向空中，口里一会儿嘀咕着：'飞呀飞呀，我女儿飞到天上去啦！'一会儿又凄惨地号啕着：'女儿呀，你等等妈妈呀，等等呀！'但是我猜测，她当时应该是从她家的鱼塘边走出去的，因为她平时最喜欢看清水塘里的鱼，只要看到有鱼儿扑腾曳尾，她就会乐得屁颠屁颠的。如果按我的想法，我宁可相信她已经从这个世界消失了。"

"你怎么诅咒人家啊？"

"我说的是事实呀。"胖女人揩着泪水说。

"哎，"漂亮女人突然停下脚步问道，"那个丑八怪被人弄哪儿去了？"

"你说的哪个丑八怪？"

"就是被矮拐马戏团留下的那个丑八怪，他是不是被人弄死了？"

"没有，那两个男人把小丑八怪丢在了通往小山包的路口，不一会儿，他们就看见一个中年妇女把那个丑八怪抱了起来，还在他的小屁股上使劲地拍了两把，听到他那哇哇的哭声，他们悬着的心才落了下来。直至看见那个村妇摇晃的身影消失了他们才离去……"

三个妇女一路上叽叽喳喳，由于她们一直被故事缠绕着，走过那间茅屋时也没有停下脚步，她们完全忘记给那茅屋里的苦难人送猪蹄的事了。看见广场上的人越来越多，漂亮女人提议道："咱们还是往回走吧！"

三个女人往回走，当快要到溪水潭路口的时候，胖女人神秘地说："那女人认得我，上回我给她送糯米粑，她情绪很激动对我大声地嚷嚷，我怕加重她的病情，只好匆匆走掉。这回呀，我悄悄把猪蹄放到窗台上的碗里，然后再叫你们看看她。"

"她好像也认识我呀，"瘦女人说，"我送她东西的时候，她怎么没嚷呢？"

"你不信？"胖女人说，"那咱们试试！"

"别浪费时间了。"漂亮女人急了，说，"好妹子，你得把那个碗洗洗再放肉。虽然她是个疯子，但我们还是尽点心吧！"

"行啊！"胖女人找到了共同话题，"别看她疯癫，她可厉害啦，有一次，别人看见她与人扭打，原来那人是个偷宝贼！"

"偷宝贼？我怎么像是在听天书？"漂亮女人质疑道，"茅屋里还有宝？"

"就是那个考取了功名的朝廷四品大官，回来安葬他母亲，临走前用三块青麻石垒了个祭坛。"胖女人说，"那祭坛后来远近闻名，这疯女人住这里后对祭坛虔诚至极，青麻石被她摸得油光锃亮，能照出人影来。也不知道什么原因，后来这三块石头竟变成了文物。疯女人下决心，只要不被人打死，谁也别想从茅屋里夺走那三块宝石！"

"这么说，除了虔诚，她一定还是个爱干净很整洁的人了？"漂亮女人说。

"她人长得漂亮极了，的确很爱干净。尤其是她的床铺，正常人还没她收拾得好呢。她叠的被子四角方正，像军营里的被子一样。"胖女人夸赞说，"这样的疯子在世上很少见，等下你们就看到了。"

胖女人轻手轻脚地将卤蹄子放进窗台上的碗里，才向里面看一眼，泪水就走了帘，过了一会儿，她举起手朝屋内指了指，示意她们看过去。

漂亮女人踮起脚尖，瘦女人侧起身子，两人屏声敛气朝窗口张望。

她们第一眼看到的是那个祭坛，即使是被从窗口射进去的一缕淡淡的阳光照着，也依然熠熠生辉。她们移动好奇的目光，看到了那张床：被子叠得工工整整，床单抹得平平展展。

当她们的目光继续往里巡睐时，她们先前激动的心情兀地掉进了昏暗的幽谷，她俩的目光同时凝固了：潮湿的墙角仰靠着一个人，两手交叉紧紧地抱住胸口，高高的鼻梁失去了光泽，一双眼睛紧闭着，下巴瘦削，两片薄薄的嘴唇结了痂，脸色蜡黄憔悴，长长的花白头发从脸上披散下来垂到胸前，身上裹着一件这儿有个洞那儿有个眼的牛仔服，皱皱巴巴的黑卡其布裤，两膝盖处破损，露出了白白的肉。她就那么一动不动地坐在发霉的角落里，好像同那个祭坛一样变成了石头，同这个冬季一样变成了冰块。

正当她们三个探着脑袋从窗口向里张望的时候，忽然从背后传来了一个男人粗犷的声音："杜石榴，是我呀！是我呀！"男人凑向窗口。三个人闪到一边，惊讶万分，这个疯女人竟然就是杜石榴！

"杜石榴！杜石榴！杜石榴！"

男人的呼唤一声高过一声，而可怜的女人犹如聋子，没有任何反应。

"看来大炮都难以将她轰醒了！"

"也许真听不见呢！"

"她眼睛也看不见吗？"

"是不是死了啊？"

围绕着这个女人是否死了的话题，三个女人你一言我一语地议论着。

这位歇斯底里地叫喊着杜石榴的男人无奈地摇摇头走了，接着又来了一个带小女孩的中年妇女。

"妈妈，我看见她啦！"小女孩稚气地嚷道。

听到这清晰、响亮、尖细的孩子的声音，杜石榴猛然颤抖了一下，睁开眼睛，用惊愕的目光久久地呆望着窗口那张鲜亮可爱的小脸蛋儿。

"好冷啊！"全身都在颤抖的杜石榴忽然叫喊起来。

漂亮女人赶忙脱下自己的羊毛大衣从窗口递进去，说："你穿上它就不会冷了！"

"穿这样体面的衣服呀，男人会把我拖走的，"她来到窗口一字一顿地说，"我只需要厚一点的烂衣服。"

"这样啊！"漂亮女人感叹道。

"今天这么多人路过，是不是又有马戏团来了？"可怜的杜石榴问道。

"不是，是处罚一个青年人。"漂亮女人说。

"他犯了什么罪呀？"

一个浸泡在水中的泥菩萨，倒还关心起别人来了！

"他违反了乡规民约。"瘦女人告诉她。

"不，是场规矿约。"胖女人纠正道。

"啊，这样啊，"疯女人突然问起漂亮女人来，"你今年几岁了？二十五岁吗？比我的小石榴大五岁呢，如果你们看见有演马戏、耍魔术的二十岁左右的姑娘且模样像我的，请行行好把她带到我这儿来吧，求你们了！"

大家立即议论开了，那个会耍魔术的杨贵妃倒长得有些像她，但人们又打消了这个想法，听说杨贵妃是个巫师，还是不要与那样的人打交道为好。

也许是因为话说得太多了有些疲倦，杜石榴又回到了原来的地方，把头低垂到膝盖上。她似乎听见窗外有人说话，她又艰难地来到窗口，探出头来，用枯瘦苍白的手指指着窗口下面那个惊奇地望着她的小女孩说："快抱好她呀，这么多人看热闹，肯定又是那矮拐马戏团来拐孩子了，你们走呀，快走开呀！"

突然，女人们听见"咚"的一声，她们赶紧把头伸进窗口去看究竟，只见杜石榴一动不动地躺在地上，她们以为她这下完了，瞧了好一会儿，她又动弹了。她的两只手向前爬，两只脚同时向后蹬，爬到放着花边帽的角落，用嘴疯狂地吻着那个小帽子，并用头重重地撞击墙壁，那最后的一声响声犹如长空闪过的闷雷。

这声闷雷，像是要把她们三个人的心都震落了似的。

"她不想活了啊！"漂亮女人说。

"啊，她肯定死啦！"瘦女人惊呼道。

"哎哟……矮拐马戏团……来了……快跑……不跑……就来不及了！"疯女人突然歇斯底里地狂喊起来。

示众处罚大会的闹剧

"我要屙尿……"黑影人抖动着身子打雷般呼喊道。

这时候他看见人群中闪开一条路来,走出了一位穿着得体、漂亮得令人们难以收回目光的姑娘。她手里拿着一样东西,就是她在欧阳海广场耍魔术时人们曾经看见过的那把雨伞。

黑影人先前黑着的脸这会儿变得更黑了。他意识到正是因为自己帮万古龙和杨姑娘勘察火马乡经济场场矿井下才在这儿受罚。她来这里干什么?难道是来救他的吗?

来人眼皮都没抬一下,径直走向正在挣扎的黑影人,毫不犹豫地撑开雨伞,把黑影人罩在雨伞里面,她隔着伞温柔地说:"屙吧!尿憋久了会得膀胱炎的!"

奇怪了,施刑人和台上其他人竟没来干预姑娘的这一举动。

过了好一会儿,姑娘才把雨伞揭开来。人们看见台前湿了好大一片,黑影人那干涩的眼里泪水涟涟。姑娘看见他身上捆绑着的绳索和藤条全都断落了——那是黑影人的看家本事,即使再多绑几圈,只要他四肢一用劲，那些玩意儿照样断。

黑影人把那泡憋了好久的尿一股脑儿地释放出来，整个身子如释重负。他被再次捆绑时，还想噘起黝黑厚实的嘴唇去吻那只刚刚帮助过他的令他浮想联翩的玉手，可立时就被施刑人残酷地挡了回去。不过，这整个过程只是那么一瞬间，姑娘一点儿也不知道。

黑影人用惆怅而伤感的目光将姑娘送下台去。

人们不禁感慨：那似乎人人都不愿意做的事她竟然做到了，这情形无论如何也算是一种美丽。

所有的观众都被这一幕感动了，有些人竟忘记了这是示众的刑台，接二连三地跑上台去抢着麦克风呼喊道：

"亲爱的姑娘我爱你——就像老鼠爱大米——"

"可爱的杨贵妃！——你的白马王子在等你——"

这时候，人们的欢呼声像林涛般涌到了从窗口伸出头来看热闹的杜石榴的耳朵里。于是她在窗口奋力地喊道："马戏团的巫师来了——小朋友——奶妈娘——快跑呀——"

杨姑娘泪水涟涟地快速走出人群的时候，茅屋里的杜石榴还在叫喊："女巫走了，快抓住她……"

"可怜的女人啊！"

"她跌进那胡同里一辈子都出不来了！"

"这姑娘长得好像她啊！"

在人们叽叽喳喳的议论声中，杨姑娘走出人群，雨伞里嘤嘤的啜泣声散落了一地。

黑影人跪在血泊中全身发抖。突然来了两个乡干部将黑影人拉起来，他们一脸的严肃，把台上的施刑者、监刑人以及保安吓得面如土色。"你们干的好事哪!"乡干部瞪着眼嚷道，"叫你们场长跟我走一趟!"

"场长他……"

"场长把事情闹大了!"乡干部恨恨地说。

黑影人跟着乡干部走了，人们默不作声地看见这台上的变化，隐隐约约地意识到：示众处罚大会就这样画上了句号。

女孩们共同的情敌

那是金秋里的一个人们能从空气里吸着湿润，浑身能感觉到凉爽的日子。在这样美妙而甜蜜的时光里，人们的骨髓里都涌动着好奇，精神上都笼罩着企盼，遐想里都堆满着憧憬。在这样的日子里，人们喜欢跑到大街上、公园和广场上去看热闹。县城的步行街很好看，几年来，即便是在酷暑和大雪纷飞的日子里，工匠们也一刻没有停止过对它的装扮。

在被夕照镀上最后一层余晖的爱晚亭的对面，蔡伦广场拐角的那幢富丽堂皇的仿古罗马式宅第的花岗石阳台上，几个气质不凡穿着时髦的姑娘在打闹嬉戏。从她们珠光宝气的服饰上，尤其是从她们白嫩的双手，可以得知她们都是有钱人家的女孩。她们将在十月底去北京参加一场婚礼，这桩婚事的大媒人是矿开发公司龙文斌老总。张秀英与龙文斌是高中同学。龙文斌读完大学来到矿开发公司做总经理不久，便成了联姻的高手。

他给张秀英介绍的这位对象可谓前途无量！

女孩们所处的那处花岗石阳台，紧连着一个挂满黄色华丽帷幔的大房间。橘黄色的香檀木把天花板装饰得富丽堂皇，四周边沿的平行板全是镂空的雕花图案，顶棚凹凸匀称的木板镶嵌着七色铜灯，将一个硕大的水晶吊灯簇拥其间。几个油光锃亮的落地衣架挂着款式新颖的秋装，两只伸着长舌的彩陶大公狼静静地蹲在门口的两侧，五十九英寸的大彩电和配套的 DVD 音响占据着整面墙。在窗户右边的红木安乐椅上，坐着刘淑芬，她是龙文斌的小姨子。她旁边站着一个神色相当骄傲的年轻人，他穿着紧身裤，毛料长披风，湿润亮泽的长头发向后梳起，满脸的得意相。但只要仔细地看一眼，也不难看出他那平静外表下的躁动与不安。

女孩们被刘淑芬邀请来做客，一个个高兴得不得了，从上午十点一直闹到下午四点，这会儿才刚刚安歇下来。她们全都坐着，有的坐在阳台上，有的坐在房间里，有的坐在皮质坐垫上，有的把自己埋进真皮沙发里，还有几个姑娘的头凑在一起，她们正在欣赏刘淑芬在旅行时收集回来的画报。刘淑芬的女儿张菊英正聚精会神地织毛衣。

在女人的阵营中，尤其是在一群天真纯情的少女阵营中，每当谈起有关男子的话题时，她们就会压低声音来交谈，即便在场的这个男人也许浑然不知或并不怎么在意。而现在，刘淑芬身边这个风度翩翩的青年男子正在向她轻声地说着什么，一副谈吐自如的绅士派头。姑娘都做好了随时接住他目光的准备，她们都想引起他的注意，但这样等了许久，她们终究没能接住他的目光。他在滔滔不绝地向刘淑芬说着体己话，看得出来，刘淑芬听得很开心，这从她不时地流露出的微笑和连连点头的举动可以得到印证。

只是当刘淑芬谈及他与她女儿的婚事时，那青年男子先是表现出一种不易捕捉到的冷漠和勉强的态度，到后来则完全撕破了身上的矜持，表现出一副不耐烦甚至是厌恶的面孔。

这位年轻人是蓉山金矿欧阳矿长的大公子欧阳良军。五年前，来到火马乡经济场场矿当经营副矿长兼经济民警队队长。

然而这位可怜的母亲，并没有看出站在她面前的这个年轻人为她女儿付出的那一点热情是敷衍。她还在绞尽脑汁地引导他去注意正在一针一线地为他编织着羊毛衫的女儿。

"哇，良军，"刘淑芬扯着他的披风下摆，嘴巴附在他的耳边悄声说，"你看哪，我女儿那低着头的模样多可爱！"

"当然。"他随便应着，眼皮都没抬一下。

"我敢担保，你肯定没见过比菊英更标致的姑娘了！"她感觉他已被自己的话吸引住了，就喋喋不休地说开来，"你想想看，还会有谁比她的皮肤更白？比她的头发更顺滑？比她天鹅一样的脖子更优美？比她的眼睛更有神？比她的身材更苗条？"

"这……你是说……"他把想说的话卡在了喉咙里。

"别吞吞吐吐不好意思嘛。"刘淑芬捏住他的手，说，"祝贺你！你可知道，娶了我女儿做老婆，是你前世修来的福气！"

"当然。"他口里答着，心里却在想别的事情。

"你怎么这样胆小？"刘淑芬怂恿道，"据说你替公司洽谈业务，一口气能把所有问题说完，口才那么好，你不觉得应该主动去与她说点什么吗？"

谁说欧阳良军胆小啦！人家敢说敢干，别人不敢干的事他想干就干，就连他当矿长的老爸也别想左右他，只要他认定的事，没人能阻挡得了。

"好姑姑，你在替谁费心呀？"欧阳良军慢条斯理地朝张菊英走过去。

他看到她那张楚楚动人的脸蛋儿，就忍不住想模仿电视里"杨过与小龙女"那种关系的称谓。他觉得这样叫她，既能感觉到一种浪漫，又能保持一定的距离，还能体味出有一种跨越辈分的亲情。

"你猜嘛。"张菊英没抬起头来。

"这是给你的'过儿'织的吗？"他戏言道。

"姑姑不懂你在说什么。"她也沉浸在小龙女的角色里。

欧阳良军托起毛衣的袖子晃了晃，说："你别以为我不知道，这上面写着名字呢。"

"哪有？你那套塞拉东式的情话还是留着对别的姑娘说去吧！"她显然有些生气了。

"这上面写着隐形字，我能认得出来，你还是如实招来吧！"他故弄玄虚地说。

"你说是谁的嘛？"她也故意卖起关子来。

他想让她亲口告诉他这毛衣是替他织的，可她就是不说，这使他感到尴尬。"是金牙刘吗？"

"你说对了！"她故意说着气话并在心里埋怨他把自己的一番好心当成了驴肝肺。

他知道她在闹别扭，但他偏不顺着她的意思来。他自认为是一个有头有脸的人物，任何时候都是女人们的主宰。但出于情面，他决定还是对自己并不情愿接受的张菊英说上几句无聊的恭维话。于是他围着她踱着步，倏地蹲下来，并觉得自己想好的这些话会马上让她开心起来。

"好姑姑，我一接到你的电话就赶过来了，这可代表我的心！"他沉吟了一下，说，"你是替哪个在织毛衣，也代表你的心吧！"

这话并没让张菊英高兴起来。她上星期特地为他量过衣服尺码，难道他忘了吗？这家伙情史丰富，她不嫌弃他已经很给他脸面了，他倒还是这样一副公子哥儿的派头，真让她倒胃口！

"你说对了！"她佯装中意他前头的隐语。

"好姑姑，"他东一榔头西一棒槌地说，"这代表着你心意的杰作，式样倒是赶上了潮流，可是你的母亲还老爱穿着过时了的服装。"

张菊英扬起漂亮的脸蛋，用疑惑的目光盯着他轻声说："你今天是专程来挖苦人的吗？"

刘淑芬看见两位年轻人在窃窃私语，心里禁不住掀起一阵快慰。她高兴地说："现的年轻人真是甜蜜啊！"

欧阳良军与张菊英明明知道是她老人家误会了他俩，但他们却不愿说出那个"不"字，不过，他还是感到有些不好意思，只好继续佯装欣赏毛衣款式，并故意大声说："你这双手真巧啊！"

娘儿俩听到这句赞赏的话，脸上荡出了笑波，但张菊英的笑实在有些勉强。

"你看过去年广交会上展销的羊毛衫吗？"身穿花绿绸缎上衣、皮肤白皙、蓄着漂亮刘海的肖诗雅小姐问张菊英，目光却盯着欧阳良军。

"是不是在广州佛山体育广场的那一次？"刘曼玲拍打着金丝绒旗袍问道，她的耳坠连同她的声音一起在屋子里晃荡。

"那里有来自世界各地的成千上万种款式的羊毛衣。"肤色红润、秀眉大眼，两片嘴唇薄如翼的欧阳柳丝搭腔道。她那银铃般清脆的声音可与百灵鸟媲美。她擅长讨论时的画龙点睛和做一团乱麻之后的总结。

"我可爱的柳丝干女儿，"刘淑芬忍不住插话，"你是说马王堆出土的那件老古董吗？那种成百上千年的尤物可是无价之宝啊！"

"老古董！老古董！"欧阳良军看着墙上的世界地图自言自语地感慨道。

他那孤傲的神态立马引起了众女孩的猜测，不知道他的话是对老古董的赞赏还是对他的准岳母的讽刺。

"马王堆出土的素纱蝉衣可是旷世珍宝，广交会上的那些货色能与它比？"刘淑芬自顾自地说。

"真是老古董！"欧阳良军在心里嘀咕道。

"唉，埃及金字塔的五扇门目前已用机器人打开了两扇，他们还将继续探险下去，你知道这是为什么吗？"欧阳良军问道。

刘淑芬对于文明的寻根来了兴致。女孩们左右顾盼，由她们诱发出来的广交会上的羊毛衫到刘淑芬陈述的马王堆出土文物，再到金字塔的探险，她们谁也不接茬，任由刘淑芬借题发挥。屋子里安静的气氛恰好适合刘淑芬点亮穿越时空隧道的火把，追忆历史。正靠在阳台护栏上望着蔡伦广场的刘淑芬的外甥女小英子这时候忽然喊道："快来看呀，那个好看的姐姐又在公园里跳舞耍魔术啦，好多人围着她呢！"

屋子里所有的姑娘都来到阳台上伸长了脖子。

"她是一个身份不明的流浪姑娘。"张菊英边织毛衣边回过头来冷冷地说。

　　女孩们中除了张菊英，大家的脸上都显露出了好奇，她们一个个张开嘴巴，目光注视前方，凝神欣赏那流浪姑娘美丽的舞姿和清纯甜美的歌喉。

　　欧阳良军与张菊英并不融洽的谈话被这突如其来的变数打断了，在刘淑芬看来无疑是一种损失，但欧阳良军却为此感到轻松，他带着一种解脱的愉悦转身来到房间的尽头，张菊英感觉出了未婚夫对她的冷淡。她知道这桩婚事岌岌可危，因为他一次又一次地出尔反尔拖延婚期。她已预感到她与他之间的这根红线迟早要断，这不由她来决定。想起自己的婚姻，她多少有些后悔。两年前她大学毕业，人家金牙刘一个堂堂的博士后拜倒在她的石榴裙下，她却芳心不动。当然这与母亲有关，母亲当初是看好欧阳良军的仕途与金钱，虽然当前，欧阳良军尚未朝仕途进发，但他实实在在是躺在金库里打滚！这个世界，刘淑芬看得太清楚了！所以，她对女儿这桩婚事从来就没有后悔过。而欧阳良军先前与张菊英约会，也曾经愉快过、激动过，但他逐渐厌烦了，他一再违拗父亲的意愿，一回又一回地将婚期推后，但这回恐怕在劫难逃了！婚期日益临近，他认为自己唯一能做的就是对她一天比一天冷淡。可以说，他是一个胸无大志的青年，并在社会中混染上了三教九流的恶习，他喜欢歌舞厅，喜欢豪华宾馆，每天只要有音乐，有迪斯科，有麻将，有美女陪伴，有粗话点缀，有大把票子挥霍，他就觉得自由自在。虽然费劲弄到了一张大学文凭，而肚子里究竟装了多少墨水，只有他自己知道。这之前，他决定摆脱他父亲的管束，跑了许多大、中城市，倒是结识了不少朋友。他母亲瞒着他父亲给了他不少的钱，他骗他的父亲说，他在外面打工，找到了自己喜欢的工作并嘱咐父亲不要牵挂他。直至后来他在外面混不下去了，才不得不打道回府。回来之后，在一些出于礼貌的人际交往中，再没有比在张菊英家中的这一次让他感到难为情的了。其原因有三：一是因为他的爱情的网撒得够广，压根儿就很难报以张菊英丰厚的爱情；二是因为在那么多受过高等教育的既温柔又文雅还羞涩的女孩们中间，他老担心自己说惯了粗话的嘴关不住风，如果突然间漏出一句"我搞死你"之类的行话来，还不叫他无地自容呀！与其这样，倒还不如尽量把嘴巴关紧些；三是因为自己有着绅士的气质、洒脱的外表，再加上身着高档服饰，这些与骄傲混合在一起，导致他在众女孩面前即便是挨刀也要保持着一份矜持。带着这么多的心理负担来赴约，还不够让他煎熬呀？

他好一会儿没说话，就那么呆呆地坐着，偶尔转动一下他那无神的眸子。当张菊英从外面阳台向他款款走来的时候，他的目光也没从对面墙上的世界地图上移开。

"过儿，你说那个流浪女孩杨贵妃曾经救过你原单位的一个什么工人剧作家，这事是真的吗？"她感到他俩的爱情已走到尽头了，故没话找话说。

"好姑姑，这可是真的。"他很随意地回答，却也不乏表面上的亲昵。

"咱们要不要去看热闹？"她放弃了拉他手的念头，轻轻地说，"如果你不想去，那就算了。"

她邀请他，里面蕴含着和解的意思，但她却信心不足。

还好啦，欧阳良军还是给了她面子，他俩缓缓地走向阳台。

"你看，"张菊英的心情放松了些，她把手轻轻地搭在他的肩膀上说，"就是那个流浪女孩救的人吗？"

"是她！"他兴奋地说。

"听说她小施魔法，伞上就有雨掉下来，是真的吗？"欧阳柳丝见张菊英与欧阳良军亲热的样子，心里有些不爽，她向欧阳良军眨巴着好看的丹凤眼，明知故问道。

"良军，"不知什么时候刘淑芬也来到了他们的身后，"有人说那姑娘像火马乡茅屋里的疯婆子，你可曾见过？"

"妈！"张菊英不想让她的未婚夫扫兴，沉下脸来，说："道听途说的东西你也信呀，人家走到这步，也不容易嘛！"

屋子里的女孩们都被他们的对话吸引了过来。

"阿姨，"刘曼玲圆溜溜的眼珠不停地转动着，忽然抬起头来望着对面阁楼的窗台，说："你看，龙总经理也在看那流浪姑娘。"

女孩们全都抬起头来，她们的确看见有个风度翩翩的男子倚在对面楼的窗台上朝蔡伦广场扎堆的人群那儿瞧。那的确是龙文斌。在公开场合下，大多数人叫他龙总，他用双手支着脸庞，像一尊雕塑似的纹丝不动，目光像是定格在那儿了。

"曼玲姐的眼力真好！"

"他怎么会在那里？"

"看他的目光多专注！"

"他已经被那姑娘迷住了！"

"你们不知道她的舞姿有多美啊！"欧阳良军赞美说。

"过儿，"张菊英想讨未婚夫的欢心，也想以此来证明她是个大度的女孩，就怂恿着说，"你有办法让流浪女孩杨贵妃来屋里热闹热闹吗？"

听了张菊英的主意，女孩们快活地拍起了手掌。

"好吧，我愿意去试试。"

欧阳良军旋风似的下楼走向广场。

"姑娘，你的舞姿美极了！"欧阳良军挤进人群当众喝彩道，"你愿意赏脸吗？"

"你是说让我跟你走吗？"杨姑娘大方地说，"可我们并不是很熟呀！"

"我想这并不重要，重要的是，我很欣赏你精湛的技艺。我愿意花钱买乐子，你既得到了赞美，又赚到了钱，为什么要说不呢？"她被他的热情和友好俘虏了。

"好吧，我愿意为你效劳！"她愉快地答应道。

杨姑娘跟着他走，她的脸蛋儿像点着了火似的绯红。她把雨伞夹在腋下，把那只波斯猫搂在怀里，将地上的纸币和硬币收起来放进精致的挎包里，随他穿过惊讶的人群。

陌生的环境之所以带给人胆怯是因为存在着许多不确定因素，即便是一个走南闯北的人也不例外。但她既然答应了人家，就得讲信用。她跟随着欧阳良军走上楼去。像有一股轻风徐徐漫过，帷幔被撩开了。她似乎不敢跨进门槛，低着头，两只水灵灵的大眼睛盯着怀里的猫咪。

张菊英带头鼓掌。"欢迎欢迎，杨贵妃姑娘！"

杨姑娘的到来犹如刮起了一股飓风，当她出现在门槛边的一刹那，所有的姑娘似乎都感觉到了有一股凉意向她们袭来，她们被这股飓风紧紧地包裹着，席卷着，她们简直有些立不稳身子了。她给她们带来的这种奇特的感觉，是因为她们或多或少想取悦欧阳良军的那种模糊的愿望被这位姑娘无情地扼杀了，她们先前的那种躁动陡然之间静如止水，一种强烈的失落感笼罩着她们中的每一个人。自从欧阳良军来到张菊英家的那一刻起，她们就产生了某种隐秘而激烈的竞争，她们中的任何一个人都被糊里糊涂地卷入其中而南北莫辨，东西不分。唯有刘淑芬还保持着一份清醒，当她看见女孩们的慌乱和众星捧月似的簇拥着她的未来女婿，她打心里就明白了八九分。于是，她抓住时机向女孩们打招呼说："我可爱的孩子们，你们玩儿去吧！"她的"逐客令"发出后，女孩们只是分散在大房间的各个地方，最远的也只是来到阳台，她们的心还一直被这个有着骑士般风度的男人牵引着。但这个流浪姑娘的到来顷刻之间就毁灭了她们中的任何一位姑娘的希望。她是那样的美。

她伫立在屋子的中央，在这些落地式帷幔和高档家私的映衬下，她显得格外鲜亮夺目。于是，在场的女孩们不得不联手对付她们共同的情敌。虽然从表面上看她们并没有暴露心迹，但她们各人却是哑巴吃汤圆——心中有数。

"你坐啊！"欧阳良军说，"我去一下洗手间就来。"

女孩们对流浪姑娘的冷淡是可想而知的了，她们表面上都装出不屑一顾的样子，但目光却一刻也没停止过对她的打量：乌黑亮泽的头发泼墨般拖至腰间，秀气的五官，十分匀称的脸蛋透出灵气，她个头高挑，身段苗条，简直就是上帝精心打造出来的一件赏心悦目的艺术极品！女孩们都在心里感叹着、忌妒着她的美，她们一言不发，面面相觑。而杨姑娘更懂得不宜喧宾夺主，她只是静静地等待着女孩们说话，偶尔也瞟大家几眼，但很快又把目光收回来，侧头看着怀里的小可爱。还是欧阳良军打破了尴尬的静谧。

"好姑姑，"他毫无顾忌地对未婚妻说，"这姑娘好漂亮，你喜欢吗？"

他对杨姑娘表达赞美，还要求自己的未婚妻回答，这当儿，张菊英觉得不能再由着她的未婚夫的性子来，那样会让所有的女孩难堪。"若论漂亮，还算不错吧！"她勉强回答了欧阳良军的问话，其间带有否定的成分，这是她经过深思熟虑的。其余的女孩都在悄声地议论着，这是女孩们对自己的脸面挂不住时的补救和掩饰。

刘淑芬为自己未来女婿对那个流浪姑娘的垂涎之举有些恼怒，她板着面孔说："过来呀，让我看看你究竟有多迷人！"

"还不快过来，"站在她身后的孙春玉赶忙附和说，"叫你呢。"

杨姑娘径直走到了刘淑芬的面前。"漂亮的洋娃娃。"欧阳良军赶紧舒缓屋子里的紧张气氛，同时也替那姑娘壮胆，他调皮地说，"别怕！哎，你怎么会认不出我呢？"

她抬起头来用无比温柔的目光望着他说："当然，你是……"

"你的记性不错嘛！"张菊英急着打断了她要往下说的话。

"真不可思议，"欧阳良军说，"那天晚上你好勇敢，你竟敢帮我们矿里的剧作家万古龙打抱不平，还亲手砍伤了你义父手下的人……"

"啊，那可是一场噩梦！"杨姑娘又回到了那个梦里。

欧阳良军与杨姑娘像在背台词。刘淑芬板着脸，无声胜有声，张菊英感觉自己在受伤害，她在心里后悔着自己先前不该为取悦他人而违心地叫流浪姑娘来凑这个热闹。

"洋娃娃，"欧阳良军用对街头女郎说话的语气说，"你知道吗？那天场矿开处罚会你可有些晕了头，你竟与垃圾王熊瞎子、矮拐子、钻山狗黑影人搅在一起！真是可笑至极！那垃圾王怎有资格与你为伍？"

"我愿意！"她回答得够干脆。

"你难道就甘愿堕落吗？他是一个被人唾弃的下等人，一个人鬼不像的癞瘫三，一个灵魂肮脏的僵尸，再说，你义父木乃伊可不是好惹的啊，他粗俗得像深山老林里的饿虎，总有一天，黑影子的臭皮囊会被他剥了去，你可千万要当心哪！"欧阳良军想借题发挥。

"黑影人虽然遭冤枉，可他非常坚强。"她自然地又想起了那天黑影人因违反场规矿约而受处罚的情景。

"哈……"他仰天长笑，说，"真是让人笑掉大牙了，你竟然替那堆黑牛粪担心着！我说啊，你这鲜花应该离他十万八千里才对……"

"你怎么那样说？"张菊英轻轻地说着，把脸扭向了一边。

当张菊英看见他对她流露出来那种爱怜的目光时，原本就不平静的心湖顷刻间就像汹涌的黄河波涛翻滚但最终还是被理智截住了思想的洪峰。

"这姑娘真是漂亮啊！"欧阳良军的目光扫过众人继续感叹说。

"可她是个流浪女！"

"可她穿得太单薄！"

从人群后面飘来的这两句不知是出于哪两位姑娘之口的话忽然给众姐妹带来了一丝光明，使她们找到了抨击流浪姑娘的方式。既然她的美貌无懈可击，那便朝她的身世猛攻。

"你流落街头好久了？"

"你没有父母吗？是被他们抛弃了吗？"

"男人见了你忍不住怎么办呢？"

"你卖艺能赚几个钱呀，还不是同男人乱搞……"

"不要闹了！"欧阳良军一声厉吼，把大家都震慑住了。

满屋子里的人面面相觑。

欧阳良军听着这群漂亮姑娘对流浪姑娘发泄出来的尖酸恶毒的怨愤，深感愧疚和无奈。

杨姑娘用直直的目光接住了叫她过来却一气不吭的刘淑芬的带刺的目光。霎时，一道红晕定格在她的脸上，她嚅动着嘴唇像有什么话要说，但终究没有说出口。她的眼睛只射出来一道怒光，她一动不动地站在原地，将刘淑芬那不饶人的目光顶了回去。她侧过头来，用一种无可奈何却又不乏温柔的眼神望着欧阳良军，那意思再明显不过了，在没拿到酬劳之前，希望他不要把她撵走。

欧阳良军心领神会，她是被他雇请来的，他自始至终都在力排非难，坚定地站在她这一边。"让人家说去吧，"他抖动了一下披风，"像你这么漂亮的姑娘，贫寒或是富贵，又有什么关系呢？"

"呀！"孙春玉用脚尖打着旋，举着手弹起响指怂恿着女孩们戏言道："丘比特的神箭呀，咱们唱呀唱起来！"

于是，满屋子就有了灌耳的歌声。

杨姑娘没明白女孩们为什么会那样，莫名其妙地望着她们大笑。她又重新抬起头来望着欧阳良军，她美得让他禁不住走近她。

"这畜生怎么跑到我身边来啦！"刘淑芬发现流浪姑娘随身带着的那只猫咪跑过来嗅她的脚，恼怒地吼叫了起来。

对于未来女婿的举止刘淑芬一直在忍耐，这会儿正找着了发泄的豁口，使出了她指桑骂槐的一贯伎俩。欧阳良军只好用温柔的目光去抚慰很可能因此而受到伤害的杨姑娘。

"可爱的咪咪，快到这边来吧！"欧阳良军蹲下身去，把猫抓过来抱在怀里。

一股暖流划过杨姑娘的心房，她赶忙将手伸过去，他把猫递给她，猫在她的怀里叫出了动听的声音。

"咪咪也跟你一样漂亮！"欧阳良军照例毫无顾忌地赞扬道。

谁也没想到，被流浪姑娘搂在胸前的猫咪奋拉下的一只脚竟成了事态转变的契机。

"啊！猫咪的脚真漂亮。"欧阳良军故意赞叹道。

"听说这是一只神猫，它会用爪子从扑克中找出来你想要的任何一张牌，它还可以占卜、算命，是这样吗？"欧阳柳丝眨巴着滴溜溜的眼睛问道。

"我也听人说，她会很多的魔术。"

"听说姑娘有一身绝活，还是远近闻名的巫师。"

刘淑芬听罢，脸上马上现出了笑容。

"哎哟！"刘淑芬害怕得罪江湖人，她立马站起来拉着流浪姑娘的手轻轻地拍打着，说，"姑娘，你有绝活，怎么不早说呀，害我瞎等！"

"你在等什么呀？"这时候姑娘见气氛融洽了些，才开口说了话。

"等你给我来一段精彩的表演呀！或者给我算算，看看我什么时候能当外婆。"刘淑芬亲切而热情地看着流浪姑娘，又看看自己的女儿和欧阳良军。

杨姑娘没有答话，低头逗她的猫咪去了。

"小姑娘，"刘淑芬几乎哀求道，"你就让你的猫咪来一段吧！"

别慌，让她们猴急！杨姑娘告诫自己。

"求你了，"刘淑芬急了，"我会给你钱的！"

她还是缄口不语，用明亮的大眼睛盯着刘淑芬。

她把刘淑芬的眼神读得太透彻了：先前，刘淑芬替女儿醋意翻滚，故意找她茬；现在为了取乐子又想把她当猴耍。与其这样，她宁可丢下这桩生意，她偏不满足她的猎奇心，她要让她看看，奚落与打击他人并不是她一个人的专利！

刘淑芬有些按捺不住了，但即便心里烧着火，脸上仍不乏笑容，说出来的话也还算合理。她又轻轻地友好地拍打着她的一只手，说："小姑娘，大妈我这一辈子很少求人，只是因……"她没继续往下说，想了想，便抓住了问题的要害，脸上重又现出些许的严肃，说："你既然不肯表演，为何要来呢？"

姑娘铁了心，她开始慢慢地朝门口走去。

但离门口越近，她的脚步越发沉重起来，好像身后有一种强大的力量吸引着她。她蓦地回过头来，把迷蒙的目光射向欧阳良军，停住了脚步。

"回来吧，"欧阳良军终于开口了，"可爱的美人儿，你就遂了我阿姨的心愿，留下来表演一个节目吧，看新鲜看稀奇是我阿姨一辈子的最爱，你能满足她的愿望吗？"

"好吧，我答应你！"她轻盈地走了回来。

女孩们看见她不慌不忙地把那个精致的小挎包从肩上取下来，拿出两副扑克牌合拢，在众人面前晃了晃，然后将猫轻轻地放到离扑克牌两米远的地方。她用手抚摸了它好一会儿，并不断念着："乖，听话。"

杨姑娘陡然站了起来，用清澈的目光扫视着围观的人，说："现在由谁来洗牌？"

"我来。"欧阳柳丝答话间来到了杨姑娘的身边。

两副牌很快就洗好了，她听从杨姑娘的指令将牌放到地上的塑料布上。

"现在大家听好了，"杨姑娘手里拿着一张有字的纸晃了晃，"求财运是红桃八；求运气是方块六；求婚姻是梅花 K；求子嗣是黑桃 A；求全家福是方块 Q……"说完她将那张纸递给了其中的一位姑娘。

"我求好运吧！"还是欧阳柳丝抢了先。大家屏声敛气，等待着这根本不可能发生的事情的到来。

杨姑娘从容地蹲了下去，她用手在猫咪背上抚了抚，说："乖，听话，施主求运气牌，你满足她的心愿吧！"

猫喵喵地叫着，它围着牌缓缓地走了一圈，鼻翼不停地收缩动着，长长的闪着金光的胡须竖了起来。眼看着它将爪子往牌堆里伸，可兀地又打住了，像是有些拿不准似的，它抬起头来看着它的主人又叫了几声，那神态不排除有向主人求助的嫌疑，大家都替它捏着一把汗。它又重复了一遍先前的动作，突然将利爪伸了进去，拖出一张牌来。

杨姑娘镇定地望着欧阳柳丝说："下面该轮到你啦！"

"轮到我？"她不解地问道，"干吗呢？"

"把你的牌翻开来看呀！"

欧阳柳丝翻牌的那只手有些颤抖，几次欲落。终于她鼓起勇气，把牌翻了过来。她对照那张纸条看了看，然后惊叹道："天啦，真的是方块六！"

满屋子的人都讶然。

"下面由谁来？"杨姑娘抬高嗓门问道。

"我来。我求什么呢？"刘曼玲搔耳抓腮地想了想说，"哦，对了，我求财运牌！"

可爱的猫咪如法炮制，不过，这次出牌速度比先前要快，快得有些让人费解。

刘曼玲翻开的牌果然是红桃八。

大家目瞪口呆，惊诧不已。

"下面再由谁来？"

没有人搭腔。她们打心眼里折服，她们似乎有几多担心，万一猫咪失手，不知道会带来什么样的后果。她们左顾右盼，害怕的心理使她们变得胆怯起来。

"大妈，"杨姑娘走近刘淑芬，向她点头微笑着，"其他人不想求就不勉强了，还是你来吧，也好遂了您老人家的心愿。"

刘淑芬迟疑了一下，眼里像是进了灰尘，不停地眨巴着，她很难决定是求还是不求。她那紧张的模样使满屋子的人感到更加紧张。

"您求全家福吧！"欧阳良军替她做主道。

"好，好，求全家福吧！"她已经没有了退路。如果反悔，还不出尽洋相丢尽丑呀！

"乖，听话，你去遂了老人家的心愿吧！"

杨姑娘突然把猫咪抱了起来，又连连抚摸着。说时迟那时快，她将猫咪往空中一抛，人们还没看清楚是怎么回事，一张牌就被猫抓了出来。

"翻牌吧！"姑娘轻轻地说。

这回，刘淑芬竟不敢伸手去摸牌，像有人在后面拉着她往后退！

"我代替我母亲，行吗？"张菊英怯怯地问道。

"行啊，你帮她翻吧！"

她猛地把牌翻开来。

"Oh——Yeah——"满屋子的欢呼声犹如咆哮的洪峰向每一个人劈头盖脸地扑过来，声浪在屋子里缭绕回旋。

正在这时候，一个妇人撩开帷幔走进屋来。

"谁的记性好呀？"那妇人一进门来，就目不转睛地盯着杨姑娘看。

"您来啦！秀英阿姨。"女孩们异口同声地喊道。

这时候，敏感的张菊英心急如焚，频频摇头指着杨姑娘喃喃道："秀英阿姨，她是个魔鬼，是个妖精，是个巫婆，你不要理她！"张菊英好像听见自己的心灵深处有个凄楚的声音在警示她："她可是你的情敌哟！"

秀英阿姨似乎没有听见，她连招呼也没打一个，眼睛滴溜溜地只在杨姑娘身上转。"这位姑娘叫什么名字？"

"杨贵妃。"姑娘朗声答道。

"杨贵妃？"秀英阿姨疑惑了，半晌才回过神来，"好熟悉好有韵味的名字啊！你这名字与你的人一样漂亮，古代有……"

"别理她，她……"张菊英摇头晃脑地吼道。

"这么着吧，既然你能到这里，我没理由不让你去做伴娘呀！"秀英阿姨握住杨姑娘的手说。

"不，她是巫婆！"张菊英歇斯底里地喊道。

"她是妖精，她不懂礼仪……"众女孩们也一迭声地附和着喊道。

"行啦，你们就别眼红了，这姑娘我选定啦！"张秀英抚摸着杨姑娘的手，说，"到时候你先去北京参加礼仪训练班，如果你愿意的话，还可以做我的干女儿……"

张菊英听罢气上心头晕倒了。

"我的女儿！我的女儿呀！"吓坏了的刘淑芬朝杨姑娘厉声喝道，"你给我滚，你这妖女……"

张秀英阿姨听得云里雾里。"你们这是怎么啦？人啊，真是好斗的生物！"她在心里说。

杨姑娘收拾好道具，挥手向张秀英道别。刘淑芬竟忘记了先前的那些担心和害怕，她要抓住这个机会，采用一下沿袭下来的老祖宗轻薄人的方式。她赶忙叫了两个姑娘抬着一根木棒站在大门前横里，形成一个假矮门，让杨姑娘弓身走过。

杨姑娘刚一出门，看见一辆120救护车来到了楼下——那是前来救护张菊英的急救车。

满屋的人不知道欧阳良军什么时候溜出去了。女孩们蜜蜂似的飞向了阳台，看见那走在流浪姑娘后面的男人正是欧阳良军。

蓉岭山上喇叭声

人们发现黑影人受到火马乡经济场场长木乃伊所谓的场规矿约制裁以后，深山里的喇叭声几乎销声匿迹了。在那之前，黑影人浑身燃烧着一股青春的火焰，最有象征性的是每天从风中传来的喇叭声。黑影人的喇叭声与民间常见的红、白喜事的喇叭声有很大的区别，他吹的喇叭自成章法，每日里早、中、晚各吹响一次：晨调听来清爽、明快、欢畅；午调听来雄浑、活跃、激扬；晚调听来柔情、凄婉、舒缓。那一串串音符在空气里跳跃，与山风融汇成一幅又一幅的织锦飘浮在云海，飘浮在山岗，飘浮在田垄。喇叭声从那幽深的峡谷蹿起，从那陡峭的山崖跌落并在那莽原般的森林里汇合，仿佛是一首流动的歌，那时，大山肚子里放炮的隆隆声、山风的呼号声和黑影人的喇叭声，构成蓉山颂歌的三重奏，而现在只剩下二重奏了，人们听不到那被风儿送过来的尖脆的很有穿透力的喇叭声已经有好长一段时间了。但黑影人依然是大山的儿子。如今野味市场活跃，他看见有好多人围猎，无论是白天还是黑夜，什么穿山甲、山鸡、野猫、岩羊、野猪、麂牯等数十种珍贵的野生动物成了枪口下的牺牲品。黑影人不明白，人们为什么要成群结队地捕杀动物，他一天看不到它们就觉得不好玩。于是，狩猎者们之间渐渐就有了讹传：深山里有鬼。大白天的，一团庞然黑物从一棵树上蹿到另一棵树上，从一个坟堆蹿到别的坟堆，这里是笑声到那里又是哭声。那厉鬼疾走如飞，已瞄准了的猎物被黑影一掠而逃。因此，每到狩猎的季节，黑影人的喇叭声就少了许多。之前有段时间更少，是因为县城里开了一家野味收购公司，他为营救山里的朋友们所花的时间和精力多了，喇叭声自然就少了。但现在，深山里喇叭声的减少，是因为别的原因，因为黑影人受刑罚的耻辱与失望还盘踞在心头，因为施刑人的鞭打还在扰乱他的灵魂，恶魔的冰履踏灭了他燃烧的激情！

那是一个阳光明媚的日子，空气纯洁轻柔，黑影人对他的喇叭的热恋又缱绻重来。从那天起，人们每日里又如从前那样可以听到他那清亮而有穿透力的喇叭声了——那是因为他看见来山里狩猎的人日渐稀少了，一高兴，便将喇叭捆在背上，从这棵树上荡到那棵树上，从这个山头奔到那个山头，从这根电线杆爬到那根电线杆，从亭子的这个飞檐跃到那个飞檐，像顽皮的小朋友恶作剧似的玩到哪里吹到哪里。每每这时，就会引来如潮的观众为他的喇叭声拍手叫绝。当人们听到那些像鸟儿样在树枝上跳来跳去的音符的时候，当节奏的颤音和清音四处传播迷住了人们和他自己的时候，他就会乐不可支，脸上绽放出笑容。

"吹呀，你要加油吹呀。"那天，他在心里对自己说。是呀，大山的黑影人，你一定要吹出好听的声音来，让风儿带到天上去，让那些神仙姐姐听了忘了睡觉，忘了吃饭；让风儿送到洞口井巷去，连接鼓风机，带到井巷深处所有的旮旮旯旯，让井下的工人们听了耳朵竖起来，增添精神的活力；让风儿带到城里去，飘荡到公园和广场上去。

黑影人专心致志地调教着他的"六孔儿子"。管束和指挥好各个手指头，他们一个赛一个地起劲跳跃着，分别快频率地扎着猛子又氽出来，快乐地巡回往复，它们一个个伸展着漂亮的腰身，就像一排士兵匍匐在地，不遗余力地比赛俯卧撑。

忽然，他用自制的望远镜从挡在自己身体前面的两棵茂密苍松的针叶缝隙中间向下望去，看见欧阳海广场有一位身着短装的姑娘，正在宽阔的人行道上铺就一块血红的塑料布。一只卷曲着油光锃亮的棕黄色毛发，小豹子一般的猫咪跟随在她的屁股后面，一把金黄色的雨伞撑开来插在护栏上，一些好看热闹、看靓女的人很快围了过去。这一情景使他像小猴子看见失散了的猴妈妈似的从树上钻了下来，视线却被重重叠叠的小树、山茅草和荆棘丛遮住。他急了，又兀地向树上纵身一跃，喇叭却掉地上了，他再一次钻到地上，将喇叭插至腰间，又纵身跃向树枝。他蜷伏在茂密的树叶中努力地探着头凝望着那个姑娘。而这令那些原先正在侧耳倾听空山鸟语般的喇叭声的人们非常失望，他们转动着身子四处寻找声源，确信那喇叭声没有了，才怏怏地移动脚步走向各自要去的地方。

跟踪泄密事

　　黄昏，一抹残阳无力地贴在连腮胡子疲倦的脸上。他接到由工友转给他的电话，说是欧阳良军约他到街上玩。他知道自己的皮夹里还剩下几个钱，便一边走一边将一只手伸进烂棉袄里摸贴心口袋，他一路哼着含糊不清的歌曲朝公共汽车站走去，可情绪还被昨天的篝火晚会拉扯着……

　　聚会是联结友谊的桥梁，聚会是宣泄心中郁愤的良药，聚会是快乐的源泉……这些，连腮胡子昨晚都体验过了。除此之外，连腮胡子一干子人还体味到了另一个层面的酸楚，那就是对昔日矿难工友的哀思。昨天夜里，他们来到火马乡经济场场矿与蓉山国营金矿的交界之地——矿难者的坟墓前。五座坟冢已塌陷了三座。连腮胡子他们全是七尺男儿，却像老年丧子的妇孺那样失声痛哭，泪水从每一个人那被凛冽的寒风吹得干涩痒痛的眼睛里流出来。他们在坟堆上插上灵旗，摆好祭品，作揖磕头，诉说着悲痛欲绝的体己话，然后席地围坐，喝酒，吃菜，碰杯声一片。他们唱着哀伤的祭祀歌，那歌声随风飘荡在蓉山的上空：

雨洒天流泪，

风号地哭声；

梦里常见工友面，

难报殉职恩……

一直折腾到北斗星困乏地闭上了眼睛，工友们才从篝火边挪走自己被拉长了的影子……

连腮胡子不知不觉地来到了蔡伦广场，刚走进步行街，就看见了龙文斌和汪福贵，他俩正对体育馆红墙上的一幅浮雕图指指点点。连腮胡子悄悄地来到他们的身后，听见龙总对汪副局长低声说道："这是当年赵子龙攻打古郡桂阳时将蛮寇围困在蓉山脚下的记事图，这幅图记载了朝廷官宦霸占侵吞蓉山金矿的全过程。战事告捷后，在翰林院主事的雕刻大师，古郡桂阳人周永林回家省亲修筑了这一巨幅浮雕图。它见证了历史长河的变迁，经过岁月风雨的侵蚀而更显坚韧。"

这时候连腮胡子听到他的身后有人在评头品足："这可是个好东西呀！艺术家把他们当时的神态定格下来，是为拯救后人的灵魂呀！"

龙文斌正在向汪副局长讲述浮雕里面的一个奇侠女子以自己的美貌打进巢营的故事，欧阳良军的话兀地灌进了他的耳朵，龙文斌不由得战栗了一下，他转过身去，看见连腮胡子正在和欧阳良军比肩而站。他顿起疑窦，地上的癞蛤蟆和天上的鹫鹰怎么能尿到同一个壶里呢？哎，那个窈窕女子不正是小姨子的女儿张菊英吗？她怎么走啦？她是在生欧阳良军的气吗？欧阳良军回头在骂谁？

"哎呀，兄弟，好男不与女斗，你就少说几句吧！"连腮胡子劝解说。

"奶奶的，还没结婚呢就想把老子套牢了，门都没有！"欧阳良军愤愤地说。

"你的嘴巴停不住啊，别让人看热闹呀！"连腮胡子有些恼怒了。

"一辆高速行驶的车，刹急了刹猛了，连人带车都会翻。"欧阳良军拍一下连腮胡子的肩膀说。

"要不要去喝酒？"连腮胡子为转移注意力突然问道。

这个提议使欧阳良军平静了下来。

"我很愿意。"欧阳良军摸摸所有的口袋，全是空空的，他摇摇头，说，"我的钱包掉在'三八'屋里了，你等着，我回去拿。"

"算啦，"连腮胡子重情重义，他拿出皮夹子神气地在欧阳良军面前晃了晃，说，"平时我总用你的钱，今天就花我的吧，别愣着啦，走呀！"

"兄弟你在哪儿发财啦？"

龙文斌把目光诧异的汪副局长晾在一边，悄悄地跟在欧阳良军和连腮胡子的背后，他们正在清点钱包里的钱。他没惊动他们。

"昨晚你们聚会，每人平摊了多少钱？"欧阳良军想起了先前连腮胡子的话来。

"我的那些朋友兜里的子儿都不响，好歹我还有个当总经理的叔叔。"他自豪地说。

连腮胡子把龙文斌是他堂叔的事实抹掉了，他觉得这样说起来爽口，也有颜面一些，让旁人听起来对他肃然起敬。他昨晚的慷慨解囊，豪气万丈，使他赢得了朋友们的赞扬。

　　"前年的那一次，要不是你拔刀相助，我早成了黄泉路上的剑客，我得知恩图报呀！"

　　"你们矿里正在搞破产，群众呼声很高，你有什么难处，我一定会帮你。"欧阳良军说，"你目前的状况不是很好，皮鞋张口喝水吃泥巴，我给你买你又死撑面子不同意。今晚的花销就免了吧。要么，还是我回'三八'那里去拿钱包。"

　　"不！"连腮胡子坚持道，"既然咱们是哥们儿，还分什么彼此嘛，走吧，找家僻静一点的地方喝酒去。"

　　"好吧，"欧阳良军说，"到橄榄绿酒家好了，那儿还有人在等我。"

　　"不，哥们儿，还是到喜再来酒家去吧，那是一个迷人的地方。"

　　"那儿有顶尖的漂亮姑娘。"

　　连腮胡子和他的朋友欧阳良军肩并肩朝喜再来酒家走去。不用说，龙文斌早已瞄上了他们，在他看来，一贫一富两个不相干的人能搅和到一起，必定有蹊跷。

　　他们转过一条街，走过一条巷，穿过S形马路，来到一个三角形花园，欧阳良军招呼连腮胡子稍等他一会儿，他去打个电话。在欧阳良军回来的时候，突然，有一阵甜美的歌声灌入他的耳朵。

　　"快点，一定是那波斯猫姑娘在卖艺唱歌！"

　　"你是说咱们快点去看还是快点走开呀？"

　　"当然是快点走开啦！"

　　"为什么呀？"

　　"只要她一见了我，马上就会像青蛇缠青藤似的缠上我！"

　　"我不信。"

"那我告诉你。"龙文斌看见欧阳良军对着连腮胡子的耳朵说着他们自认为是秘密的公开话，"今天晚上九点钟杨贵妃与我有约，她说有很重要的事要对我说。我想还是先到喜再来酒家喝酒，然后再到春夜香避暑山庄良辰阁去寻求浪漫。嘻嘻！"

龙文斌一听到杨姑娘的名字，脸蛋儿就扭曲了，他鼓凸着的金鱼眼只差没掉下来了，两腮也涨得像牙疼时口里衔满盐水那样。

他已顾不得那么多了，为了欧阳良军在路上泄露的那个秘密，他心急如焚地调动技术力量，用专车将监控设备拉到春夜香避暑山庄，包下所有的空客房，将设备安装在他所指定的房内。花两个小时的工夫，一切打理妥帖，他又悄然来到喜再来酒家继续跟踪欧阳良军和侄儿连腮胡子。

全城最著名的喜再来酒家位于蓉城东塔岭脚下，酒家的后面，茂林修竹，山花烂漫，百灵啁啾；酒家的门前，假山峥嵘，水渠回旋，莲花吐瓣；酒家的下面，是用一根根漆成金黄色的抱围粗的千年板栗木柱支成的停车场。喜再来酒家的每间房都有一个典雅的名字：正宫阁、遥望阁、醉仙阁……这是一处高档次的消费乐园，出入这里的人大多数都是体面人。

夜幕降临，由于停电，街上黑灯瞎火，那个自己发电的喜再来酒家成了灯火辉煌的孤岛。这时候有一个神情诡异的披着黑色大衣的人在酒家门前踱来踱去，他间或地抬头朝酒楼上张望。

酒店的大门开了，从里面出来了欧阳良军和连腮胡子这两个神志不清的酒鬼。他抬腕看了看表，正好七点钟，他们九点约会，只要跟踪好这两个活宝，准错不了！那两个醉汉跌跌撞撞地走到酒家前坪花园喷水池转弯的地方，这时候，他惊讶地看见欧阳良军从兜里摸出来一沓很厚的钞票塞进连腮胡子的口袋里。龙文斌为连腮胡子能够找到摇钱树而高兴，但他却弄不懂欧阳良军一时半刻哪来那么多的钱，并且对连腮胡子竟然如此的大方！他先前明明目睹他俩在共同清点钱包里为数不多的几个钱，也知道欧阳良军的钱包忘记带身上了，但他们从酒家消费后反倒囊载千金，两只落汤鸡突然变成了金凤凰。他决定来一个继续跟踪。他在他们看不见他的假山后面坐着，侧起耳朵听他俩的对话。

"被咱骗过来的经销商根本不识货，把我上回托店里老板保管的保健品当成了上品，这回咱可赚了不少，可那蠢蛋死缠烂打浪费了我太长的时间。你看，八点半钟，约会的时间马上就要到了。"

"哦，我的兄弟，你是不是说得太文雅了点，应该说是被你骗过来的那头蠢猪被你杀啦，嘿嘿，你只让我在门外站着还给我这么多，太谢谢啦！不过，我倒想知道那是什么玩意儿呀？"

"我的兄弟，我看你是醉啦！"

天空下起了毛毛雨，晃荡摇摆的两个人走一阵打闹一阵。欧阳良军推搡着连腮胡子走，他比连腮胡子要清醒得多。龙文斌在出街口转弯的小摊上买了把雨伞遮着脸，随后急忙跟了过去，他听见欧阳良军说："你回去吧，我马上就要与杨贵妃约会了。"

"以……以后只要你有……有事叫……叫我……我就会……会来。"连腮胡子朝欧阳良军摆了摆手，跟跟跄跄地离开了。

欧阳良军的醉劲也上来了，他一路蹒跚，步子走得不太稳，速度自然缓慢。

龙文斌紧紧地尾随着他，两人如同陌路人一般一前一后来到汽车站。欧阳良军蓦地发现后面有个打伞的人跟踪他，他猛地回头，后面的人不动了，他又走，那人也在走，他停下来，尾随的人也停下来，这样耗了一段时间。忽然，欧阳良军被脚下的一块香蕉皮滑了个趔趄，他的酒醒了一大半。他赶忙摸一摸腰间的匕首，还在呢，要是那家伙胆敢行劫，他决意叫那人白刀子进红刀子出，然后再投案自首。他这样想着，胆子壮大了起来。

欧阳良军警惕地往后瞧，跟踪在他后面的打伞的人不见了。真见鬼，难道是自己的幻觉，难道是看花了眼？哦，你得加快速度，早些见到那个古希腊的海伦！她的模样，她的身子，她的气息才是你最需要的，快点吧，让一个姑娘等久了，你多没面子呀。

欧阳良军加快了脚步。大约十分钟光景，他拐上了通往春夜香避暑山庄的水泥马路。

龙文斌端坐在欧阳良军隔壁房的电视机前，静静地等候着他与杨贵妃在一起的画面出现。如果欧阳良军有什么把柄落到他手里，到时候就可以当榴弹炮打或当原子弹轰炸，不过不到万不得已他是不会首先使用核武器的。他要尽快取得有效证据，到关键时刻好让欧阳良军死个明白。今儿晚上欧阳良军若与杨贵妃只是单纯地情呀爱的，那倒也没有什么，他虽然有些不甘心，但事已至此，只怨他自己节奏踏慢了半拍，要不然，哪还轮得到这个吊儿郎当的蠢货与杨姑娘发生美事呢？

龙文斌屏声敛气地注视着电视屏幕，虽然等了十来分钟，却像是等待了一个世纪。忽然传来了上楼的脚步声，一只手电照出来一片光亮，随即他看见灯光的后面出现了一个长发飘逸、脸蛋俊美的姑娘伸手敲门，那是杨贵妃。龙文斌看见这个漂亮的人儿，全身一阵战栗，心脏像要跳出来一样，但眼前突然现出一片朦胧的云烟，顷刻间他什么也看不见了。

他眯着眼睛，脑袋一阵快速地摇晃。当他把两片霜打似的眼皮睁开来的时候，他已看见欧阳良军的手搭着杨贵妃肩膀坐在床沿上了。姑娘羞涩地低着头，欧阳良军在摆弄和欣赏着她鬓角的那只蝴蝶发夹。

他们房间所在的位置紧贴着蓉山的边坡，窗口对着黛绿如玉的竹林，从玻璃窗眺望出去，可以看见在浅黑色的天空里，有一弯卧在像绒毛一样的云堆上的月牙儿。

龙文斌的心狂跳不止，他在电视屏幕上看见杨贵妃的下颚被欧阳良军的一只手轻轻托起，她那微微扬起的羞红的脸庞，她那晶亮亮的眼睛和她与他的目光偶尔相碰时的慌乱神色，让龙文斌产生了强烈的妒意。

欧阳良军是个美男子，更是捕捉姑娘们心灵的高手，即便是姑娘头脑里一闪而过的念头，他都能从对方的目光里得到判断。

龙文斌抻长脖子盯着电视屏幕上的画面，他的血液在沸腾，他要相当留神才能听得见他俩的谈话。

"啊，"欧阳良军依然在摆弄着姑娘的发夹，"我的天使，我终于熬到这一天啦！"

"不过，"姑娘依然没有抬起头来，"请你别误会，我的确有很重要的事请你帮忙。"

"请我帮忙？"欧阳良军温柔地抚摸着她的双手，说，"好吧，你请说。"

"万古龙被蓉山矿公安分局抓了，"姑娘把头抬起来正视着他闪光的眼睛，"他犯了什么罪？能告诉我吗？"

"告诉你有用吗？"他注视着她那征询的眼神，说，"哦，告诉你也无妨，他犯有几大罪状：间谍罪、扰乱公共秩序罪，煽动群众围攻破产清算组，还发动大家撕毁县公检法依法宣告破产的公告……"

"你说的扰乱公共秩序罪和间谍罪，就是那回他带我去井下采风的事了？"杨姑娘叹息一声，"这么说，我也犯了与他同样的罪行了？"

"可以这么理解。"欧阳良军肯定地说。

"不，这全是捏造出来的。他是不会承认的！"姑娘顿了顿，"我想求你帮忙，你一定能够办到的。"

"这要看你的诚意，"欧阳良军把姑娘的双手拉到胸前捂着，说，"你一开始说的话就很让我失望。"

"你说什么呢，我可听不懂。"

"听不懂吗？你约我来这里见面，仅仅是求我帮忙，而并无丁点儿男欢女爱的色彩？或者说以此来证明你不是一个浪荡的姑娘，是这样吗？"

"是的，算你明白事理。"

"不，不是这样的！"欧阳良军近乎吼叫，"你是爱我的，从我雇请你去刘淑芬家里表演节目的那天起，你就爱上了我；而我更是为你寝食难安，你看，我已经为你患上了相思病，掉了一身肉！"

"你真坏，把人家心里并不确定的东西说得跟真的一样。"姑娘用手蒙住了双眼，说，"不过，那天的确有爱魔缠绕在我的身上。"

杨姑娘浑身散发出一种不可侵犯的圣洁之感，这使欧阳良军在她面前不敢过于放肆，可是她的直白使他壮了胆，他脱口而出："那爱魔便是我呀!"他挣开了顾虑的束缚,伸出胳膊搂紧了姑娘的腰身。

龙文斌看到这个画面,牙齿磨得吱吱响,他禁不住从腰间拔出了五寸长的铁家伙。

"欧阳良军,"杨姑娘用力掰开他的双手,"万古龙为保护国家的矿产资源已吃尽了苦头,而有关我自己的过去……"杨姑娘说到她的贞洁便又把话咽了回去。

"听说他的问题很严重,"欧阳良军答非所问,"他还参与省冶金系统离退休人员的上访,密谋策划打官司等事宜,企图扰乱社会稳定,比井下传闻性质更为严重。总之,罪不可恕。"

"哪有?他是一个大好人!"杨姑娘向后移动着身子激动地说,"他义务为维护离退休人员的合法权益提供法律依据,他替他们写上诉状,做代理人出庭辩护,取得了市仲裁庭的资格认可。他主持正义的行为是合法的,是受到法律保护的,他没有罪!"

"你怎么晓得这么多?"欧阳良军惊愕地问道。

"我当然是听万古龙说的啦!"

又是万古龙,他不想听到这个名字。欧阳良军趁杨姑娘低下头的当儿,在她雪白细嫩的脖颈上深深地吻了一下。杨姑娘猛地抬起头,两颗晶莹的泪珠儿挂在脸上。

隔壁的龙文斌在电视屏幕前再一次磨响了牙齿。

"我问你,"欧阳良军的脸上那些许的严肃转瞬即逝,又微笑着说,"难道你就不为自己考虑吗?"

"我请你帮忙,正是为我自己考虑呀。"杨姑娘眨巴着一双美丽的眼睛说。

"你在说什么呢，我的天使！"欧阳良军又移动身子坐近了些，"你可不能与他走得太近，他是一个危险人物。"

"欧阳良军，"杨姑娘看着自己的脚尖，怯怯地说，"你俩都是好人。从那回你雇请我献艺，我就觉得你这人还不算坏，至少还富有同情心。该死的只是我自己，我对你竟然动了心。如今，你与万古龙都进入了我的生活圈子，而你们俩又各具特点：万古龙是冷静睿智型的，而你却是豪爽热情型的，我甚至想二者兼得。我恐怕还要在这个圈子里转上一阵子，但我必须争取早日挣脱出来。现在，我把个人的这点心思全抖出来啦，以后，你们两个大男人谁能占据我的心，我就属于谁！"

"此话当真？"

"当然啦！"

"你这心思万古龙知道吗？"

"他不晓得，先前他只知道我会等他，至于后来我心思的变化，他无从知晓。"

"我现在该怎么做才会使你满意？"

"用你的力量把万古龙救出来。"

"这……"

"不好办是吧，那我走了！"

"别，别，"欧阳良军趁机再一次搂紧了她，他一边吻她的脸颊，抚摸她的脖子，一边瓮声瓮气地说，"我答应你还不行吗？"

面对欧阳良军的乘虚而入龙文斌又痛苦了好一阵子。

"如果你真爱我，"杨姑娘羞红着脸，"你就应该尊重我的意愿，起码得让我有心理准备来接受你，这就需要时间，需要等待，你说是吧！"

"那要等到什么时候呀?"

欧阳良军不断地哼哼着,小声地呻吟着,他的头不停地往杨姑娘的怀里蹭。

懊恼的龙文斌这时候开始谩骂起来:"狗娘养的,流氓,杂碎,混球。"尚未骂完,龙文斌看见欧阳良军突然一抬头,就用他那厚实的阔嘴压了上去,任凭杨贵妃怎样挣扎也没法儿挣脱开他那疯狂的吻。

"你这是怎么啦?"欧阳良军茫然地问道,"你真的不爱我吗?是我配不上你吗?"

"不哩,"杨姑娘轻轻地捂住他的嘴柔声说道,"人类世界所有的爱情果,如果生生地把它摘了,吃起来会又苦又涩。你是读书人,道理比我懂得透,我希望你珍惜我对你的那份心思。"

"你在试探我或考验我是不是一个诚实的人,是这样吗?"欧阳良军冷静下来,说,"你心里有事就直说吧,有什么问题也尽管提,我的回答绝对是真实的,如有半句虚言,让我遭雷劈死、遭车轧死……"

欧阳良军的真诚让杨姑娘深受感动。"那好吧,"她开门见山地问道,"万古龙真的犯了那么多的罪行吗?"

"在一个单位,一个部门,是不容许有人冲击领导集团利益的。"

"难怪万古龙说,他帮助离退休人员维护他们的合法权益却被戴上了串联的黑帽子。"

"就拿离退休人员意见最多、反映最强烈的效益分享金来说吧,效益分享金是企业离退休人员分享企业成果的一种再分配形式。假如你的企业完成了规定的各项生产指标或总产值,但是企业没有效益甚至亏损,离退休人员也就没有效益分享金可言。"欧阳良军解释说。

"你怎么晓得这样清楚呀？"杨姑娘问道。

"当年我是矿劳动人事部的干事呀。"

"职工能搞空档升级，离退休人员为什么不可以呢？"

"职工是由企业发工资，而离退休人员的离休金、养老金是由国家社保发放，他们的空档进不去。"

"不可以挂到企业部分的养老金里面去吗？"

由于万古龙平时的灌输，杨姑娘也清楚这一块了。

"谁愿意寻找癞子头来剃？这年月，多一事不如少一事。"

"可那些人为自己的私欲，又怎么不嫌麻烦，反倒削尖脑袋往里钻？没有效益，职工没有升级，像你爸他们每年还拿数十万元的超产奖或所谓的目标管理奖又是怎么回事？"

"考核生产指标，是以各项目的综合数字为依据。其间，由于有大量的不可抗拒的因素存在，考核指标出台的科学性和严肃性便大大打了折扣。"

"万古龙倒没像你说得这么深奥，他好像说得简单一些，具体一些。"

"但不管怎么说，一个企业最终还是应该看实际经济效益，并不是看指标完成得怎么样。问题是当年的职工没涨工资，没拿奖金，企业依然在亏损，矿领导却拿了一大笔所谓的目标管理奖。在企业负效益的情况下奖金从何而来？按照他们的解释是减少了企业亏损，可减少企业的亏损，是每一个企业员工和领导应尽的责任，不能把修改后的指标当成领导的摇钱树。这就是问题的症结所在，也是群众的怨声所在。"

"万古龙帮老同志打官司做代理人，主要是帮他们申辩效益分享金的问题。"

"是呀，当年职工空档升级，老同志这一块被抹掉了，这实际上是省公司所制定的政策欠缺科学性。职工后来的空档工资兑现了，老同志的利益却成了问题，按当年的政策，退休人员的效益分享金应按比例与职工同步进行，可是……"

"可是什么？"杨姑娘追问道。

"海底的王八潜伏得更深。"欧阳良军剖析说，"广大职工群众所看到的只是浮出水面的东西，而隐蔽着的则是一环扣一环，环环紧扣的链条。至于利益的分配，又会根据利益链条的相互关系与力量对比权衡而定。"

"啊，这样啊！"杨姑娘发出了深深的感叹！

听到这里，龙文斌如芒刺背。你这混蛋，竟向一个外人泄露矿里的机密！按政策，超生产任务奖你矿长老爸10分，书记9.9分，副矿长们9分，副书记比副矿长少拿0.1分，我一个矿属部科级只拿0.2分。你知道吗？去年，你老爸拿走了59.4万，我才拿11.88万。一年下来，我要少拿一个普通工人10年的工资啊，你这吃里爬外的东西，怪不得你老爸要把你弄到火马乡私营企业去。

为了取悦杨姑娘，欧阳良军站起身来，得意地说："为了你，我成了一个出卖我老爸的叛徒，天地良心，我对你是真心的，我相信你一定会接受我。"

"你倒自信得可以！"她回答道。

"应该说你倒自信得可爱！"欧阳良军说着又坐到她的身边来，比先前坐得更近些。

"是否可爱，"杨姑娘用很小的声音说，"等你救出了万古龙就晓得了!"

臭娘儿们，自己已经泥菩萨过江——自身难保了，还有心思管闲事。龙文斌的心湖再一次掀起了狂澜。

"你听我说，亲爱的!"欧阳良军扑通一声跪了下去，哀求道，"让我这爱魔继续缠绕你吧，我的身子，我的血液，包括我的灵魂，全属于你，满世界我只爱你一个人，你要相信我。"

这些甜言蜜语是欧阳良军的看家本领。听到这种富有感情的告白，杨姑娘抬起头，用温柔的目光，望着他那张真挚的绅士帅脸。

"啊，"她柔声地喃喃道，"你别这样，你若得到我，我就再没有求助的希望了，而你将会失去帮助我的力量，那对于万古龙来说意味着遥遥无期的煎熬。"

欧阳良军趁杨姑娘柔情万种地诉求的当儿又在她的额头上吻了一下。

"亲爱的，不会的，绝不会。"欧阳良军眼里有了云翳一样的东西，他用手背擦着眼睛，说："你怎么自己说那种话，难道你还嫌我不够诚实吗? 我连我老爸的底都掀了，全是为了你呀，如果你还嫌不够，我可以把我所知道的全告诉你，这样行吗?"

"你老爸的那些事儿以后再说吧，"杨姑娘穷追不舍，"你得答应我，你要尽快与你老爸摊牌，让他把万古龙放了，否则，咱俩的缘分就算到头了，我将离开你们去远方流浪，也许从今以后你再也不会见到我。"

"亲爱的，"欧阳良军马上警觉起来，"你别为万古龙一条道上走到黑。天涯处处有芳草，而我就是你想要的树，可以为你遮风挡雨，可以为你撑开一片阴凉。我要使你成为这世界上最快乐的女人，要在深圳或在珠海为你购置一幢极有品位的别墅，让专门的乐队为你演奏《蓝色多瑙河》《致爱丽丝》；我要带你去周游世界，去看法国的埃菲尔铁塔，去看美国的迪士尼乐园……我想你是不会拒绝的。"

杨姑娘并没有去听欧阳良军所说的话，她还深陷在如何应对他的纠缠中。

见杨姑娘没有回应，欧阳良军发自肺腑地说："亲爱的，万古龙和连腮胡子等人在矿里罢工完全是一种自发的行为，他们到处散发传单，罗列出矿领导的官煤罪、官股罪和官矿罪。罢工运动到了第五天，眼看要形成大气候了，矿领导才不得不下令抓人。"

"你说的他们犯下的官什么什么罪是真的吗?"杨姑娘像看见了一线生机，但又有些不解地问道，"我好像在听你说天书一样。"

"官煤罪，就是利用职权调动公款以私人的名义入股地方煤矿牟取暴利。官股罪是利用公款炒股。官矿罪是利用公款搞集团公司在外地开矿，把低品位的矿卖给自己矿里，在取样化验上安插自己的人，开具出达到或超过矿里规定采购指标的化验单。站在龙头位置上的人还有干股，不投资照样分红。说白了就是相互勾结形成保护伞和坚固的堡垒。万古龙他们在破产期间自发地罢工和反贪，为的是挽回国家的损失和维护职工群众的利益，他们确实没有错。必要的时候，我会站在万古龙那一边，为了你我大义灭亲也在所不惜。"

你这畜生、流氓，你停薪留职在另一个钱凼里泡着，为了一个女人，你竟然背叛亲朋。真要到了那一天，即使你老爸出面保你，我也绝不会给你留情面。龙文斌忐忑不安，他一边盯着欧阳良军那副对杨姑娘的垂涎相，一边愤懑地自言自语。

突然之间，杨姑娘一声厉叫，欧阳良军急迫地撕开了她的上衣，姑娘赶忙双臂交叉护在胸前。

"欧阳良军，你……"

"假如你也是一个被爱欲之火裹挟着的男人，在这么一个美好的夜晚，面对一个娇美可人的女神，你会无动于衷吗?"他不假思索地问道。

"这……我……"杨姑娘无言以对，只好龟缩着身子一个劲儿地往后退。

"啊，"欧阳良军沉沉地说，"天使，其实你并不爱我! 你看我这粗鲁的行为让你受到了惊吓，我是不是该死呀……"

"不……你别自责……只是……"

一抹黯淡的光从欧阳良军的眼睛里闪过。杨姑娘为救万古龙，好像豁出去了似的，用两只胳膊搂住欧阳良军的脖子，带着含泪的微笑仰头望着他。

忽然欧阳良军听见了异响。随着"哎哟"一声叫喊欧阳良军晕死了过去。

杨姑娘先是看见一个牛高马大的丑八怪被人推进屋里来;接着看见欧阳良军的腿鲜血直流，一忽儿她也昏死了过去。

转移审讯地

由于万古龙在矿里小有名气，为了矿区的稳定和破产的顺利交接，矿公安分局还是把他给放了。

那天中午，他从暗室里出来，揉着一双惺忪的眼睛，从人行道的两根水泥电线杆中间穿过，正碰上一大群人围在一起看着什么。万古龙没往前面挤，他侧身站在一根电线杆的后面，探着头看贴在墙上的那张盖有县公安局大红印章的关于维护蓉山金矿改制期间治安稳定的通告。

万古龙读罢，心潮奔涌，抬腿欲走，却被人拦住。

"我们矿里的才子哪，"一个退休老工人严肃地问道，"你对这通告怎么看？"

"我想先听听你的看法。"万古龙用期待的目光盯着他。

"依我说呀，"那老工人说，"这是在向全矿人民示威。"

"是呀，是呀！"一个离退休老干部凑上前来愤愤地说，"这纯粹多余。国家制定的法律法规适用于社会的方方面面，没有这个通告，谁违法了，还不一样要受到制裁！"

"这第二条你们看啊，"一位退休工人用手指点着说，"'涉及自身利益的各种问题，公民可通过正常渠道反映解决。'好多的问题我们反映了好多年了，解决了吗？万古龙老弟，你是文化人，你来评评这个理，这通告是不是针对咱老百姓的？"

"法律法规是人们行为的准则，"万古龙说，"一件事物的出现，众说纷纭，莫衷一是，是因为站在不同立场，观点、认识当然不一样。假如我们站在国家、公安或矿领导的角度，这一纸通告，还是很有必要的，至少，它可以给大家敲一下警钟或提个醒什么的，如果我们是这样想，莫说是一个通告，哪怕再来十个八个通告，于咱老百姓又吃哪门子亏呢？若真论及吃亏，最吃亏的是那些法律意识淡薄的人，是那些不懂得拿起法律的武器来捍卫自身权益的人……"

"你才出来呢，就又煽动……"

万古龙转身离开，一个魁伟的男人与他擦肩而过。那是刚接过火马乡场矿矿霸木乃伊电话的矿开发公司总经理龙文斌。

万古龙真倒霉，即便他说得有理有据，被人断章取义后，也会成为谬论！

两星期后，万古龙再一次失踪，不了解情况的人谁也不知道他被抓到了火马乡经济场场矿的地下室。抓走的时间是夜里，当时他正在矿区新建的停尸房附近的马路上溜达。他喜欢清静，去那儿散步的人寥寥无几。他的眼睛突然被黑布蒙住了，随后被推上了一辆吉普车，最后被人推进了一个阴森潮湿的房间。

这是一个偌大的两层楼高的地下室。没有通风口，只有几个低矮的门供人进出。没人能想象得到在这富丽堂皇的高楼下面竟然有一个罕见的密室，这密室有三道牢不可破的铁门和三米高的石砌围墙，上面插满了尖锐犀利的玻璃碎片。

蒙在万古龙头上的黑布被解开后，他举目四望，到处都是黑乎乎的一片。蜡烛的光亮使他起先只能看见挂在墙上的一排又长又尖的像黑象牙一样的铁条和那盆口吐黑烟的煤火。借着微弱的烛光，他还看见靠里的那一头摆满了令人毛骨悚然的各种刑具和几床烂被褥及一些坛坛罐罐，再回过头来，他才看清那盆着得正旺的煤火里烧着若干根铁棒，铁棒钻进火中的那一头是刀、是叉还是钩，万古龙不得而知。接下来他便看见从里间出来几个膘肥体壮的女人。万古龙禁不住打了一个寒战。

其中的一个女人一跛一拐地来到一把黑黝黝的竹靠椅前坐下，另两名胖乎乎圆滚滚的女人，一个身着土布衣服，像屠夫一样胸前挂块黑塑料布围裙；另一个身着破烂工装，胸前挂着一个麻袋，她们正在拨弄火盆中的铁器。

万古龙抬了一下眼皮，又赶快耷拉下来。这是个什么地方啊，心脏咯噔一下，看来大难临头啦！

约莫半个时辰，低矮的木门吱呀一声打开来，接着进来了一群西装革履、头发梳得油光锃亮的家伙，护卫直挺挺地站在两旁。审讯者们一个个坐在从隔壁房间搬来的长条凳上，几张学生课桌并在一起，一个戴眼镜的家伙手中捏着纸和笔。万古龙认识的那个刀疤脸走到他的身边，带着一脸的冷漠问道："你密谋串联，幕后指使打、砸、抢，扰乱社会秩序，泄露国企机密进行间谍活动，你拒不认罪，难道你要一条道上走到黑吗？"

"你们凭什么审我？我是蓉山国营金矿的职工，哦不，是下岗职工，审讯权应归属于矿公安分局,你们哪有资格?嗯?"万古龙用压倒对方的语气回答道。

"既然如此,"刀疤脸讪笑着说,"你不想让我们审,也行。你就到地铺上享福去吧!"

万古龙呆站在原地,他全身都在颤抖着,他不知道他坐到地铺上去会发生什么事。随后,刀疤脸手一扬,三个腥臭难闻的女魔头扑了过来,万古龙不肯抬腿走,她们就把他放倒在地,像屠夫拽着猪的耳朵那样,把他拖到了那堆烂棉絮上。她们三人分工明确,一个按住他的头,另两个摁住他的肩膀,他的身子被三对冰柱一样的腿夹着。顷刻之间,万古龙全身发痒,痒得身子使劲往下缩,最后缩成了一个黑堆,蓦地,虱子、跳蚤、臭虫一齐上,它们一个个寻找到了自己新的安乐窝。而训练有素的仨女魔头则纹丝不动,难道就没有一只钻进她们的裤裆?那钻心的痒让他感觉浑身的血液都在倒流。他已痒得麻木了,肢体像是失去了知觉,头脑却还在发涨发热,他已动弹不得了,用呆滞的目光望着那盆烧得极旺的煤火,仿佛那些在炉火里的刑具马上就要抬起头朝他爬过来,爬到他的身上,咬他、钳他、刺他,然后像蚯蚓钻进泥土里那样钻进他的肉里去,他的胃一阵痉挛。

"你这死脑筋,"刀疤脸惋惜地说,"你只要招认了,到时候会有人来保你,如果死坚持,多可惜呀!"

万古龙只是摇头,他似乎已经没有答话的气力了。

"你还冥顽不灵吗?"刀疤脸粗野地说,"烫死你就像烫死一只蚂蚁那样容易,让我想想看哪种刑具适合你。"

刀疤脸佯装一脸愁苦,用手指敲打着竹椅。

　　"先用烙铁吧。"刀疤脸替他做出选择。

　　刽子手们迈着八字步来到火盆边，他们屈腰沉背神情专注地在火盆里寻找烙板。

　　万古龙被吓得一双脚后跟在地上摩擦，两只手臂一前一后地在腋下舞动，像小孩子耍赖那样不肯起来，仨女魔头形成合力把他拖到了炉火边。"啊，杨姑娘，黑影人，你们在哪里？"说罢他把头垂到了胸前。刽子手们的心是铁打的，他们不知道即将被那些刑具折磨和吞噬的生命，有着坦荡磊落的灵魂。

　　这时，两个刽子手将万古龙死命插在裤兜里的两只手拉了出来，露出了他尖细修长的手指。它们曾经写过多少剧本，感动过多少工人的心啊！

　　"可惜呀！"刀疤脸不禁低声说道。

　　万古龙的目光透过眼前的烟雾，看见血红的泛着黑点的铁块靠拢了过来，自己那妙笔生花之手就要被那块血红的家伙吻上啦！他一急，求生的本能使他吼叫起来。"把它拿开！"他一边吼着，一边努力地朝后退。他那被夹紧着的双手使劲地摇晃挣扎着。

　　他想向刀疤脸唾去一口已涌上了喉咙的唾沫，可是他的双腿被仨女魔头紧夹着，比薄翼上粘着强力胶的蜻蜓还难以动弹。

　　"我拿人钱财，替人消灾。"刀疤脸脸上的刀疤似乎拉得更长了，他问道："你到底招还是不招？"

　　"有本事叫他们来审呀，"万古龙脖子上的青筋暴起，用蔑视的目光盯着刀疤脸骂道，"你们这些强盗、狗腿子！"

　　"哈哈，骂得好，骂对了，我们就是强盗，就是狗腿子，你奈我何？

死到临头了，还倔强呢！"刀疤脸吼道，"来呀，上刑！"

一个恶棍将血红的烙铁伸向了万古龙的手背，随着嗤的一声闷响，一股焦油味冒了出来，万古龙的手背焦黑了一大块。那凄惨的嘶叫声已不像是人类的声音。

"停下！"刀疤脸说道，"万古龙先生，你就招了吧，免受皮肉之苦，怎么样？"

"我没犯法，没什么可招的。你们拿了人家多少好处？"他的话已说不顺畅了，那声音酷似大舌头的人说话。

"哈哈，你眼红了吗？"刀疤脸浪笑着说，"这个嘛，也不算多，还不够养一年的情妇呢，哈哈……"

"你们这些畜生！"

万古龙来了狠劲，抽出了被夹着的一只胳膊，同时也把另一只胳膊抽了出来。他试图将头向柱子上撞去，可他被女魔头们夹着的双腿像被绳索捆绑着一样动弹不得。于是，他前身倾斜到了地上，两眼直冒金星，一瞬间，额头上就长出来了一个大肉包。

"你想死呀，"刀疤脸仰头打着哈哈说，"没那么容易！来呀，让他先按上手印，然后再把需要他招认的加上去得啦！"

刀疤脸的这句话犹如晴天霹雳，万古龙感觉到有一个重重的物体砸在了自己的头上。后来发生了什么，他就都不记得了。

墓穴劝降

万古龙在这处黑暗的地牢中不知被囚禁了多少时日，他似乎已不再为自己的处境而忧伤，他已变得麻木了，每天不是蜷伏在那满是虱子、臭虫、跳蚤的烂棉絮堆里，就是被女魔头们强迫，以此来摧垮他的钢铁意志。他的体内不再有精气和热量，他就像一坨飞雪里的金属那样冰凉，鼻孔里没有一丝湿润。他的思绪处于游离状态：杨姑娘、黑影人、连腮胡子、蓉山洞天、苦难百姓、龙文斌……似乎每天都要回忆一遍。有时他感觉自己像一片被狂风吹落的枫叶，无依无靠，只能听到飒飒劲风呼啸而过；有时他觉得自己是一叶扁舟，遭遇海洋暗礁的一撞，或是急流的分解，绝望地钻进激流的狂浪里经历喘不过气来的坠落。

有时候他的意识就像浅滩底层渗漏的积水，从上游徐徐渗入下游，具体经过哪些弯道，哪些地方暂时受阻，他却感觉不出一个大概来。当他醒过来又睡过去，睡过去又醒来，直到最后一次醒来的时候，他听见开门的声音，比平时女魔头们给他送烂红薯、烂芋头和馊菜粑之类的食物时的响声更大一些。他侧着头，有一道从门洞里射进来的光使他睁不开眼睛。他把脑袋偏移了一下，看见一个高大的身影伴随着那道亮光朝他走来。快到近前的时候，他才看清那人身着防护服，头戴防护面罩。万古龙以为是杀手来收他归西了，他朝里挪动了一下身子，然后缓慢地支撑着坐起来，尽管全身都在发抖，却还是想看一眼那蒙面杀手究竟是谁。可他从头到脚都被裹着，看不清面孔。他呆呆地盯着这个魔鬼，俩人谁都不开口说话。

"你是谁，想杀死我吗？"万古龙终于提起胆子说话了。

"一个你认识的人。"

从防护面罩里传出来的声音使他战栗起来。

"你来这里干什么？"

"叫你上天堂登极乐。"

"是现在吗？"

"也许是，不过……"

"不过什么……"

"不过，我想与你谈谈。"

"可是我太冷了。"

万古龙揉搓着两手，身子不停地抖动，这是他感到寒冷时的习惯动作。

来人用手电筒在屋子里环照一圈，又站在了万古龙的面前。

"没有光明的日子不好熬呀！"来人瓮声瓮气道。

"你们为什么只给我黑暗？"他用惊慌而痛苦的声音说。

"你知道这是什么地方吗？"

"这是魔鬼的地窟，只要来到了这里，就没法儿辨认它是什么地方了。"

"想知道吗?"

"做梦都想,但那不过是梦。"

"还是谈正事吧!"

"咱俩还有什么正事要谈吗?"

"有,你是想活着还是想……"

"当然想活着啦!"

"还是先帮你解决一下寒冷问题吧!"

"我想离开这里,行吗?"

"你跟我来。"

来人向他伸过去戴着手套的手,这苦难人连五脏六腑都快被冻僵了。

他跟着那人来到隔壁的一间小屋,一盆很旺的炭火把屋子的四角照得有些明亮,四周半人高以上的墙壁陷入一片阴暗,两把藤条长靠椅相向而立。

"坐吧。"来人说。

他俩各落座一把椅子,盆中殷红的火舌照出了他俩面部的基本轮廓。当来人脱下头上的防护罩时,万古龙露出了惊讶的目光。

"怎么会是你?"

"怎么不可以是我呢?"

"你堂堂一个矿开发公司的总经理也干起绑票的事来了,"万古龙沉吟了一会儿说,"我对你有用吗?"

"你对我太有用了。"龙文斌严肃地说。

"何以见得?"

"因为你是个人才。"龙文斌笑着说,"凡是人才,我都喜欢。"

"你这叫喜欢人才吗?"万古龙说,"我不能理解。"

"我有三件事由你选择,如果你答应,保你吃香的喝辣的,重获自由。"

"说来听听,"万古龙说,"看我能不能接受。"

"一是帮助我策划运作六合彩公司,二是杨贵妃你得放弃,三是派你出国参与国际上新领域项目的开拓。"

这是龙文斌对一个将要死亡的人抛下的诱饵,对方一旦上钩,是用来清蒸还是红烧就全在他了。

万古龙没回答,他只是死死地盯着龙文斌那张阴森的面孔,那个常在大小会议上激昂陈词让人崇拜的龙文斌,那个闪烁着明亮目光的龙文斌。

这个介入他生活的幽灵,这个担心他与杨姑娘有染的道貌岸然的伪君子,这只为达到自己不可告人的目的而挖空心思算计别人的豺狼,使万古龙从迷糊状态中惊醒过来,他的悲惨遭遇,从参与保护矿产资源,到对国有资源流失的揭露,到收集整理龙文斌贪赃枉法的罪证,等等,差不多快消失的记忆如今又被这个坐在他对面的阴森可怕的男人重新召唤了回来。

"啊,"他哆嗦着嚷道,"你一个领导竟然打起了我的主意,太可恶了!"

龙文斌耐着性子等来的回答竟是如此,他愤怒了,腾地一下站了起来,居高临下地看着万古龙,那目光、那情形就像一只猫盯上了一只老鼠，随时准备扑过去将它抓捕撕碎。

"你干脆杀了我吧！"万古龙愤慨地说。

龙文斌把一把刀抵在了万古龙的背上。万古龙把头紧缩在两肩中央，仿佛羔羊在等待着屠夫那致命的一刀。

"你还是不肯赏脸啊！"龙文斌继续摆弄着手里的刀。

万古龙的胸口已出汗了。

"你到底是赏脸还是不赏呢？"龙文斌追问道。

绵羊与饿虎在同一个地盘，那绵羊哪还有生还的可能？万古龙已经吃尽了苦头，他知道对方提出的那些条件是想笼络他收买他。

人的忍耐力都有一个极限，就像气球被吹得太大会爆炸一样。万古龙突然狂怒起来，厉声喝问龙文斌道："你究竟要把我怎么样？"

"不会把你怎么样，只要你答应。"龙文斌沉沉地说。

"难道你要我答应你做伤天害理的事情，难道你要我答应把国营资源拱手相让给你们矿霸，难道你要我答应你去违法乱纪？难道……"万古龙将满肚怨气发泄出来。

"好啦，好啦，没有那么多难道！你就一条道上走到黑，不撞南墙不回头吗？"龙文斌再次耐着性子劝说道。

万古龙觉得再这样纠缠下去也没什么结果，于是，他只顾用火烤他的手，再不言声。

盆中的炭火逐渐小下去，万古龙的背和身子似乎感觉到了些许的凉意。

"我说万老弟，"龙文斌终于熬不住了，他竟称兄道弟起来，"你一定要放弃对杨贵妃的留恋，自从我那次在楼上看见她在蔡伦广场卖艺唱歌、跳舞，我的心就……"

"就怎样……"万古龙急躁道。

"别打断我！"龙文斌上气不接下气，"那一回，我坐在阁楼的窗台，那窗户正对着蔡伦广场的南面，我听见一阵优美的歌声，我循声寻去，便看见了那个让我的灵魂都战栗起来的美妙的人儿在蔡伦广场的喷水池旁的石板地面上，那时已近黄昏，太阳把最后一抹柔美的阳光涂在那个美丽动人的跳舞姑娘的脸上。她把头朝前探着、点着、歪着，我的心也跟着她探着、点着、歪着。那个陪伴在她身边的男人竟能悠然地在她身边转来转去，偶尔也递给她一些道具，他那副怡然自得的幸福相，使我坐立不安了。而你与她亲密的关系更是使我不能容忍。"

情绪激动的龙文斌使劲地拍了一下万古龙的肩膀。

"那个漂亮的影子啊，看来，我这一辈子是甩不开啦。"龙文斌像诵经书似的说，"每当我一想起她，就会情不自禁地兴奋起来。她的眼睛又黑又亮，在夕照的余晖里闪闪发光，她优雅的舞姿变幻着各种柔美的线条，一些金属发针在她乌黑的发辫中和着阳光闪亮。她渗出来的汗珠在额头上形成点点繁星，她那湖蓝色的衣服缀着许多亮片，就像夏夜雨后的天空一样……哎呀，对于她呢，我一时半刻也说不完，总之，她让我惊异、沉醉。我的好兄弟，从那以后，我就不能自拔了。"

龙文斌停顿了一下，继续说："其实，我对那姑娘早已知根知底，甚至还先于你和欧阳良军。当她还是襁褓中的婴儿的时候，就被那矮拐马戏团的魔鬼们狸猫换了太子。不可思议的是，她竟然逃出了他们的魔掌，在社会上混迹了多年，有社会福利院和好心人收留了她让她念书识字，还从师学草医。大概十五六岁吧，她练就的那一身精湛的医术，与她相比我是自愧不如。即便丢下这一块不说，仅就她的容貌，她的身子，她的神韵就足以让我如痴若狂。我曾经试图甩掉她那漂亮脸蛋儿对我的诱惑，潜心于开拓辉煌的事业。于是，我利用场矿事务的便利，将被木乃伊收为义女的她作为生意的诱饵。当时我已经在后悔了，但为了出人头地，我不得不那样做。在那以后，我都尽量绕着圈子避开她的身影，但全是徒劳呀！我还是被我自己打败了，我下决心要得到她。

"于是，我诬告了你，让你掉进我设计的圈套，最终拆散你们这对两情相悦的鸳鸯。但考虑到不好直接面对那姑娘，我真要做起来又感到有些犹豫了，所以一直拖至现在咱们才坦诚相见。像你这样的人才，浪费了太可惜，万老弟，作为兄长的我也是用心良苦了，希望你能理解。

"对于你在矿里的所谓罪行全是由我一手捏造出来的，如果你能配合，我就让那些罪行永远消失；如果你一跌到底，那等待你的将是一部随时可以吞噬你的冷冰冰的机器！别急，万古龙老弟，过了今夜机会不再来，你还是耐着性子听我把积郁已久的心里话说完。"

但此时的万古龙已被瞌睡缠绕，龙文斌听见了呼噜声，万古龙梦见自己与心上人正在表演《伞中情侣》的街头节目，他与杨姑娘肩并着肩，情意绵绵地在雨中漫步，他在梦呓中兴奋地呼唤道："啊，杨姑娘！"

龙文斌知道他在做梦。龙文斌本想一脚踹过去，叫万古龙尝尝忽视他讲话的严重后果，但他把伸出去的脚又缩了回来。这一举动，也许是他的良心发现，也许是他的权宜之计。龙文斌要慢慢地折磨他。而且先前趁他在休克时按下的招供指印也不能交矿公安分局，因为如果事情一旦败露，不好收场，不如暂时拖着，让他吃尽苦头，然后再慢慢收服他。

等待时间太久，龙文斌的精神之墙坍塌了，他疯狂地喊道："你快醒醒呀，你把那姑娘让出来，我会让一个美女陪伴你，让她来慰藉你失落的心，使你重新振作起来，成为我的左右臂，让咱们一同飞黄腾达吧，让这个世界为咱们喝彩吧！万古龙老弟，你听见了吗？美女马上就要来啦！"

龙文斌一边说着，一边用刀把在万古龙的肩膀上狠狠地来了一下。万古龙梦呓道："杨姑娘，咱们凑足盘缠去北京告状去！"

听到万古龙的梦话，龙文斌恼羞成怒，他用五寸长的铁家伙对准了万古龙的大腿。

一阵刺痛使万古龙从梦里醒来，如注的鲜血从大腿涌出来，他竟然没叫出声音。不一会儿，他的那只脚凝结成了一个硕大的血饽饽。

龙文斌冷笑了一声，对万古龙说："你的杨姑娘现在我手中，我劝你还是乖乖听话的好。"

"不！你胡说！我的杨姑娘哪去了？"万古龙用呆滞的目光盯着龙文斌，脸上充满愤怒。

"啊，好样的！"龙文斌把刀逼向万古龙的腰间轻轻地说，"万古龙老弟，你的心肠同样是铁做的！"

"我的杨姑娘哪去了？"他神色凛然地重复道。

"休想装疯卖傻，你要救杨姑娘倒也不难，不过，你首先得救出你自己。"龙文斌嚷嚷道。

"我的杨姑娘哪去了？"万古龙还是重复这一句话。

龙文斌已弄不懂是他的对手疯了还是他自己疯了。他自言自语地说："你的杨姑娘马上就到了，你们团聚吧，她会把你伺候得很舒服，她会给你打针，给你上药，治愈你被打穿了洞的腿，然后我会给你们准备好足够的盘缠去北京告状！"

万古龙受伤的脚麻木时段已经过去，疼痛一阵阵袭来。他虽然咬紧着牙关，但眼睛却快要眯拢来。

蒙眬中，他看见龙文斌踉踉跄跄地向门口走去，同时他听见一个微弱的声音在说："把美女带进来！"

万古龙隐约感到有一双冰凉的手向他伸来，他嗅到了一股很浓郁的香水味，那气味很快把先前的血腥味淹没了……

疯女人命运的转机

　　人世间的苦难莫过于痛失自己的亲生骨肉。蓉山矿附近那间茅屋的疯女人，二十年来思绪只停留在当年那个月黑风高的夜晚，她的女儿被矮拐马戏团的魔鬼用"狸猫"换走了的悲惨事件中，也不知道那只"狸猫"是否还活在这世上？

　　一看到陪伴她这么多年的那顶花帽子，她就像看到了自己的女儿一样。她时常把那顶小帽子捧在手中看，这样她就像看见了自己那个柔弱可爱的小人儿一般。看得久了，她便产生了幻觉，似乎看到了她那小巧红润的脸蛋儿在笑，两只活泼的小眼睛在骨碌碌地转，薄薄的小嘴唇在一抿一抿，两只胖乎乎的小手轮换着往嘴里送棒棒糖。她还常常看见自己的孩子在一天天长大，春天，小家伙趴在门槛边用小手抓屋檐下春雨溅起的白白亮亮的小水泡；夏天，她摇摇晃晃地走到门前的小水塘，用小手去捧水，把一身衣服弄得湿漉漉的然后哭着回来；秋天，她穿着雪白的连衣裙去路边摘花或在石板缝里扯小草；冬天，她和院子里的小朋友在干枯的禾田里打滚，或同小朋友看院子里的老爷爷或小哥哥、小姐姐给牛和羊喂草，看顽皮的小驹子逗着乐子尥着蹶子在妈妈肚皮下吃奶。每当疯女人盯着帽子看的时候，这些形象就会像过电影一样播放，乐得她合不拢嘴。但小帽子带来的这一切是如此短暂，画面倏地消失了，就像冬日里的山坡上被阳光照耀着的积雪那样，连同把她的那颗心也一起融化了。

一天中午，三月温柔的阳光与和煦的春风同台献艺，阳光把透明的金色薄翼铺在大地上，春风把土壤里的胚胎拽出地面，茅屋里的疯女人听见从她门前的公路上传来了一阵车子的隆隆声。她的那些怪异的行为又来了，她用双手掩住了耳朵，跪下去呆望着那顶小花帽。

可这一次，茅屋主人请来的雇工同她开了一个玩笑。雇工掀掉烂屋椽后，有一团地方忘记盖了，先前还是被一缕阳光塞满了的这小块空间，顿时被突如其来的风雨充填着。她望了一眼那透明的空间，立马龟缩着身子来到小小的窗口前嘶叫起来，那声音飞向窗外，使过路的行人都听得见："你这黑了心肝的爷，连一丁点儿同情心也没有吗？你已惩罚了我这么多年，该把女儿还我了，再不，你就让我那已经长大了的女儿在我的面前现一下身，只现一下身让我看一眼我就满足了。我晓得哭晓得笑，晓得热晓得冷，晓得痒也晓得痛，天亮天黑出太阳和下雨我都晓得，我不是牛不是狗不是猪不是羊，我是人，一个数十年住在茅屋里的人，你就一点也看不到我吗？我可怜的女儿啊，你被那帮野兽弄到哪里去了？"雨停了，雷声停了，闪电停了，疯女人的嘶叫声却一直没有停，她的声音被开过来的汽车的喇叭声淹没了。一群放学的学生把茅屋前面的那一段公路围得水泄不通。疯女人突然听到一个声音说："公安局一点儿办法也没有，就连受害人自己也提供不出一点儿现场的证据，而且最近案件太多，公安把大部分精力都投入打击地下六合彩的赌博案中去了。"

这人的话使这个不幸的女人联想到了自己的女儿，她又一次向墙角里的那只帽子扑过去。我那可怜的女儿最终还是受害了，连公安也管不了了。上苍啊，人世间的苦难不应该全让我们娘儿俩来承担哪！她把那顶帽子紧紧地搂在怀里，摇呀摇，晃呀晃，还唱起了催眠曲，引来了一拨又一拨看热闹的人。有人叹息着说："她怎么会一辈子钻在一个洞里不出来呢？"

孩子们说笑着打闹着渐渐走远了，茅屋又安静了下来。

那疯女人把小花帽放在黑色的枕头边，悄悄地踱到窗口下。那窗口刚好向着火马乡政府的露天舞台，她曾经看见过好多回刑罚场面，也为这些场面喊叫过拍手称快过，有几次她还把乡里的那些处罚会当成是抓到了拐走她女儿罪犯的公审会，她癫儿癫儿地狂笑，把屎尿都屙在了身上。一直到了第二天，给她送食物的好心人才发现并帮她清洗干净。

她把头伸出窗外，看见有一辆黑色的小轿车停在窗户下，从车窗探出的那个脑袋上，两束炯炯的目光紧紧地盯着她看。她认出了这个曾经多次把车停在窗口看她，还同她说话的男人，他是蓉山金矿开发公司的龙文斌。她想起之前有一个中年妇女告诉她，龙文斌说要把她弄到精神病医院去治疗。她还真盼望能有这样一天！

这会儿她有些清醒了。

"我的老姐啊，"龙文斌说，"你很恨矮拐马戏团的人是吧？"

"我当然恨啦！"疯女人说，"他们是魔鬼，是专偷小孩卖的骗子团伙，他们偷了我的孩子，可是他们又好像把她卖掉了，她大了一些又逃了出来。这几年倒是有个好漂亮的姑娘常常给我送来穿的，送来吃的，她的样子跟我年轻的时候一样，可是我哪敢问人家嘛，凭感觉她就是我的女儿。"

女人的表情十分凄楚。

龙文斌转移话题说："行啦，你会好起来的！"

"又没人可怜我，我好不了啦！"

"走吧，我送你去医院治疗。"

"嘻嘻，你是说真的吗？嘻嘻……"

"快出来吧，我送你去医院。"

"嘻嘻，我早晓得会有人来救我的，前面还打了雷打了闪下了雨，老天爷给我报了信，嘻嘻，我晓得那个漂亮的女孩要是找不到我了，她会趴在我窗台上哭的。好啊！好啊！她找不到我了！"

龙文斌把油门一脚踩下去，油光锃亮的小轿车载着疯女人风驰电掣地驶向前方，消失在正午的阳光里。

飙风又起

当时龙文斌将刀对准欧阳良军的脑袋改为对准他的大腿只是一瞬间的主意，他多少还是有些担心把事情搞大了不好处理，所以便打算让他吃点苦头，让他收敛自己的行为。还好，欧阳良军的大腿只是被刺了个洞，救护车连夜将他送进了省城医院。龙文斌原来的计划是雇用人去慢慢地折磨他修理他，最好让他受伤的腿溃烂感染，然后截肢，使他求生不能求死不得，可事到如今，县公安局介入吃紧，龙文斌只得重新整理思绪，他要在布满暗枪的丛林中，在波涛汹涌的大海里寻找出一条能冲出重围的路。

经医治，欧阳良军的腿并没有像龙文斌所希望的那样留下残疾。

欧阳良军出院后并没有回到他自己的单位。他爸妈为了照顾他，每天都是提前一小时下班，由矿里的车送到市里，第二天早晨八点至九点又接回矿里。欧阳良军觉得那样太麻烦，还不如像龙文斌那样干脆在矿区附近或在深山里弄一栋像样点的房子住得方便。于是出院后没多久，他就神不知鬼不觉地住进了深山老林。

欧阳良军决心要躲起来，是因为他不想接受公安的调查。他对自己的处境进行了深入的分析，得到的结论是因为女人。难道女人是妖魔，尤其是漂亮女人？在这之前，杨姑娘那形体，那气质，那肌肤，那韵味，都让他朝思暮想，但经过这次特殊事件后，他倒有了一个新的感觉。在与杨姑娘接触的全程中，他认为自己充其量只是一个悲剧的参与者，一个被打击和被嘲笑的对象，他感到了莫名的耻辱。他不想让这种事张扬出去，即使查明罪犯是蓉山金矿或是火马乡经济场矿的人，他也不愿意对簿公堂。因为这件事知道的人多了，会让他臭名远扬，对杨姑娘亦是火上浇油，他不想让别人看他们的笑话！

对于那天晚上的肇事人后来对杨姑娘怎样了，是谁救了他，避暑山庄的知情人怎能做到守口如瓶，这些都成了欧阳良军心中的迷雾。他觉得这样更好，顺其自然，不去刻意驱散它，阳光和清风一来，雾就会散去的。他这样想着的时候，心里就觉得舒畅多了，不过当他的心灵被空虚包裹着的时候，杨姑娘的形象又会来到他的身边。

在一个风和日丽的下午，欧阳良军得到确切的信息，他被打伤的相关调查已告一段落，这正是他所希望的。于是，他又扭转头来注视商业步行街拐角处那幢富丽堂皇的仿古罗马式宅第的大门了。

火马乡经济场场矿的体育广场上，聚集着黑压压一片人，沸腾声和呼哨声随风飘来。那正是四月份，他猜想是自己单位在搞什么活动。他穿着春秋装，心情愉快地来到了未婚妻张菊英家里。

张菊英和她的母亲正在家里看电视。张菊英对那次杨姑娘的到来，对她的那只波斯猫，对欧阳良军好久不打照面的事还有些耿耿于怀。但当她看见他的时候，又被他那王子般的风范和气度所强烈地感染着，在不经意中竟又向他嘘寒问暖，并慌乱得手足无措，脸蛋儿羞得像个红苹果似的，进而又娇媚放电，似乎还不满足，又到自己里屋的梳妆台前刻意修饰一番，把自己两条粗黑的辫子变成了飘逸的披发，将天蓝色的连衣裙换成了湖蓝色的超短裙，才甩开轻盈的步子出来。

张菊英此刻的情绪极度不安。她向欧阳良军抛个媚眼，随后站起来走向靠窗的长条红木椅坐下，跷起性感的曲线腿，两手环胸，用撒娇的口吻责备着欧阳良军。

"这段时间你都去什么地方了？"张菊英瘪着像她妈一样的小嘴问道。

世上没有不透风的墙，由他刮起的那股暴风难道已飘进了她的耳朵？他略怔了一下，将自己游移不定的目光急遽散开去。

"你回答我嘛，"张菊英急不可耐，"你快说呀！"

"我出差了，去衢州矿产品公司处理一起紧急业务。"

他撒谎了，但他那佯装出来的诚恳的目光使她相信了他。

"你也应该来我这里说一声呀，哪怕一个电话也行，免得人家担心嘛。"

"这次，我为火马乡场矿挽回了几百万元的损失，"欧阳良军吹开了，"场矿领导准备为我开表彰大会，我这心里……"

"好哇，好哇！"张菊英拍手叫好，"到时候也带上我！"

张菊英的欢欣给屋子里带来了愉快的气氛，她妈偶尔瞟过他们一眼，心里甭提有多高兴了。

"别把好事全让我一人摊上了。"欧阳良军心里慌了，怕到时候不能兑现，赶忙改口，说："好姑姑，我这心里总有些不踏实呀。你知道吗，人家公司给了我五十万回扣，单位还要奖励我几万块，我还需要开什么表彰会呢？明天我就去推辞。”

“过儿，”张菊英从前的幽默又回来了，“你这只披着人皮的狼哟，咱们有钱了，是不是可以考虑……”

她做梦都想尽快完婚。这么优秀的男人，要长相有长相，要票子有票子，这还有什么可犹豫的！潜伏在心里已久的情结终于到了就要解开的这一刻，她兴奋得把披散在胸前的青丝甩到了后面。

“是呀，咱们可以考虑……”欧阳良军附和着说。

“可以考虑什么嘛？”

她想把自己先前提出来的问题扔回去让欧阳良军来回答。

“可以考虑试婚呀！”欧阳良军附着她的耳朵轻轻地说。

“见鬼！”张菊英噘起了樱桃小嘴。

“现在流行这个呀！”

“你从前也不知试了多少，这回你碰上了我，没得试啦！”

“有得试，有得试。”欧阳良军信手在她的乳房上捏过一把，立马把脸贴了上去，全然没有顾及时刻都在留意着他们的刘淑芬。

“不嘛，不嘛，我不要试嘛！”她反身搂住他的脖子，两人亲吻起来。

“你听，门外那么吵，发生什么事了吗？”欧阳良军感到一阵厌恶，趁机推开张菊英说，“咱们看看去吧！”

张菊英有些生气了，有一种失落感袭上了心头。

欧阳良军背着手踱向外面走廊，他伸长脖子抬起头，说：“好姑姑，你看啊，场矿体育广场咋会有那么多的人啊？”

"我哪晓得，是你们单位发生什么事了吗？我听人说，你们场矿的矿长木乃伊前天进去了，昨天就有人秋后算账，保安把他的一个义女抓了，说是按场规矿约要处罚他的义女！"

"她违反什么场规矿约了？一点也不讲法律了吗？"

"哟，烧着你哪根筋啦？"张菊英说，"你操那份闲心干什么呀？又不是你的什么人！"

尽管场矿矿长木乃伊除了杨姑娘外还认有一个义女，但欧阳良军心里还是有些忐忑。

"被抓的人叫什么名字？"

"我哪晓得！"张菊英有些不耐烦了。

"因什么事由抓人？"

"我哪晓得！"张菊英跺了跺脚。

"现在的人哪，三分像人，七分像鬼。"张菊英的母亲刘淑芬不知什么时候悄然来到了未婚女婿和女儿的身边大发感慨，"我们担忧也没用，所有的人都由老天爷掌管着生死簿。这个，你们年轻人哪会晓得？"

"妈妈，"张菊英阻止说，"那是迷信，我们当然不信啦，你也别扯得太远嘛！"

"你说得对！"欧阳良军说，"到底是谁掀起的这场飙风？我想去看个究竟！"

尽管欧阳良军在张菊英面前装着无所谓的样子，但他还是有些担心是由杨姑娘掀起的风浪。

"你们不要去，人多的地方是非多。"刘淑芬挤到了两个年轻人的前面，目不转睛地望着前方。

　　听到刘淑芬的劝说，他俩离开阳台，来到了先前那处快乐的栖息地。欧阳良军倚在未婚妻的身边，他的目光不时射向张菊英的领口处，而张菊英却一点儿也没有觉察。欧阳良军这会儿想象着的却是杨姑娘那奶油般的肌肤，他不由得打了一个寒战。"我这是怎么啦？"他自言自语。张菊英抬起她那温柔的脸庞笑眯眯地望着他。窗外的阳光洒在张菊英的头上，她那柔顺的乌发同春天的阳光交融在一起。

　　"过儿，"张菊英突然又一次提出了那个笨拙的问题，"你如果真爱我的话，就应该尽快同我结婚，不是吗？"

　　"那当然！"欧阳良军迅速回答道。他那佯装热情的目光和那干脆利落的声调，既让姑娘感觉是真实的，同时又蒙骗着他自己的灵魂。他不得不为自己以假乱真的高超演技感到骄傲。

　　两个年轻人心心相印，是刘淑芬盼望已久的事。然而，她也担心夜长梦多：欧阳良军是场面上的人物，有着体面的家庭，她常在女儿面前怂恿说："你俩的婚事要抓紧，果子熟透了不及时摘就会掉下来。""人家的园门尽是荆棘啊，我又怎么好摘嘛！"女儿撒娇地说。"把刺挑开呀，你也这么不开窍吗？"母亲手把手地教她。

　　女儿这会儿看见母亲离开他们下厨房去了，这种气氛鼓舞着她。她是文科大学生，深知欲扬先抑是尽快完婚的重要技巧，这一点她比母亲懂。她觉得这个时机到了，她向欧阳良军抛去一个媚眼，她的柔情荡漾搔首弄姿，引得欧阳良军垂涎三尺。然而仅那么一瞬间，姑娘美丽的脸蛋就被他脸上的表情惊骇得扭曲了：一个厌恶的问号拧紧在欧阳良军的眉宇间。他这是怎么啦？

　　性情多变，是欧阳良军与生俱来的秉性。对于张菊英的那点心思，他略动脑筋便可知晓，他知道张菊英想尽早拴住他，他才不会轻而易举地就范呢，他的脑海里翻滚着的是试婚的波涛。

欧阳良军倏地将张菊英一把搂紧了。张菊英大气不敢出，她急出了一身冷汗，偏偏这个时候妈妈不在她身边！

"我们进屋去吧！"欧阳良军切切地说。

"不嘛，"张菊英躲闪着臊红的脸，异常温柔地说，"别这样，咱们下星期定个日子把婚事办了吧！"

"别急，"欧阳良军说，"咱们要快乐过好每一天，你先把门打开，咱们进屋，我不会让你失望的。"

"这……"张菊英有些动摇了。

"要不，你先把帷幔拉拢来。"

"不，我需要充足的阳光，充足的空气，同时也包括男人真心的爱慕。"

张菊英站起来跑到阳台。

欧阳良军极不情愿地跟在她的后面。

阳台正朝着火马乡经济场场矿的体育广场。张菊英看到混乱场面害怕了起来，她把身子靠拢了欧阳良军。

爱看热闹的人太多，黑压压的人云集在同一个空间，要是安全措施不到位，随时都有可能出现难以控制的骚乱或暴动的局面。

"亲爱的，"欧阳良军情绪低落地说，"我想去那儿看看！"

"不要，"张菊英惊呼道，"我看了那场面会做噩梦的。"

"那好吧，"欧阳良军甩开张菊英的手，边走边说，"你别跟着我，我还是想去看看。"

张菊英边跺着脚边跟在欧阳良军的后面。

来到场矿体育广场，欧阳良军斜靠在广场附近的一根电线杆上，张菊英依傍在他的身边。

特别吸引人们眼球的是那群一脸灰不溜秋的人，就像刚从采矿场下班出来的苦工一样，他们全都一脸的疲倦。四月傍晚的春风虽然并不彻骨寒冷，但三五成堆转悠在广场上的邋遢汉们却依然拢手缩头，有些人牙齿还打着嗑。欧阳良军似乎对这些人没有太多的在意，他的目光不断地在人群里或在广场的高台上搜索，但他寻觅的那个目标迟迟没有出现，他暗暗松了口气。而张菊英却对那些头发蓬乱的人发出来的喧闹声和追打声感到害怕，间或还有发狂似的叫喊声从那一片沸腾声中蹿起来。

"斗争会怎么还没开呀？"

"傻瓜，哪还有斗争会呀，是示众会！"

"示众会与斗争会不都一样吗？"

"哪像你说的呀，示众会是将犯错的人公示给大家看，倒他的面子出他的丑，以此教育广大群众。"

"人家犯了法应该由公安局和检察机关来惩办，一个私营性质的矿山有什么权力这样兴师动众呀？"

"家有家法，行有行规，你管得着吗？"

"难道乡镇企业就不讲法律了吗？我看那些葱头蒜脑迟早会被绳之以法，他们横行的日子不会长久！"

"你发哪门子牢骚，人家有钱，想怎么着你管得着？"

……

那边又有议论声传过来。

"让一个姑娘家示众，毁坏人家的名誉，到底是怎么回事呀？"

"那姑娘不过是跟着恋人到洞里参观了一下，又哪里违反了场规矿约嘛，他们告人家间谍罪不成，只好自己找台阶下，只是那姑娘要遭罪了！"

"这次他们还算好啦，总比罚跪要强些！"

"听说这次让那姑娘示众，是那个叫什么龙文斌的人在操纵。哼，真是人面兽心的家伙！"

"那姑娘叫什么名字？"

"好像叫杨贵妃，就是那个常在街头卖唱、跳舞、耍魔术的姑娘呀！"

……

"啊！"张菊英听后感叹道，"她是一个多么下贱的人啊！"

这声音出自一个体面姑娘的感慨，顿时，迎来了众多人鄙视的目光，而欧阳良军根本没注意到这些。张菊英没收到欧阳良军的反馈，极为生气，睐了他一眼扔出一句话来："我说话你没听到吗？"

"你说什么呢？"

"你的魂儿早被人勾走了，当然听不到了！"

"哪有！我的魂儿一直被你勾着，还胡乱猜测人家，看我怎么收拾你！"

欧阳良军借机胆大了起来，他竟不顾众目睽睽，嘻嘻哈哈与恋人逗起了乐子，跑几圈之后将她拦腰抱起来打转转。

"过儿，你别这样，放下我嘛，这么多人看我们疯多不好呀！"

张菊英口里这么说着，心里却像喝了蜜一般甜。她禁不住在他的脸上吻着。突然广场上发出一片巨大的呼喊："快看——杨贵妃来啦！"

"嘻嘻，好有趣哟！"张菊英讽刺道。

"有趣吗？"欧阳良军的脸拉开了与张菊英的嘴的距离，怔怔地看着她，"那你去试试看？"

"过儿，"张菊英撒娇地说，"你这是怎么了嘛，既然来看热闹，高兴点不行吗？"

"那好，咱们挤到前面去看吧！"

"不嘛，咱们就在这儿看。"

张菊英不想让欧阳良军近距离接触她，她担心他会干出什么傻事来。

一辆被拆了篷布用来接送井下职工上下班的敞篷车隆隆地开进了体育广场。车上用染红的麻绳间成一孔一孔的方格，每一个格子里都站着一个双手被反绑着的人。每一个人的胸前和背后都挂着牌子，包括盗矿贼、破坏分子、偷矿强盗、间谍。车里站着几位戴红袖章的保安，他们腰配马刀、手执电棒，威风凛凛。他们每一个人的脸上都带着一种自豪感和满足感。

杨姑娘站在车厢的角落，只穿着一件短装，四月的傍晚还有些许的寒冷，她蜷缩着瘦小的身子，长长的头发蓬乱地散在她的后背上，还有一绺垂在胸前。一条打着结的粗糙的麻绳，像深山的鸡血藤似的缠绕在她的身体上。

"过儿，"张菊英用手拽了一下欧阳良军的披风下摆，"杨贵妃是间谍，真可怕！"

"她可怕?"欧阳良军边走边气愤地说,"那些制造冤假错案的人才更可怕,不是吗?"

"过儿,你想怎么样?"张菊英着急地追了上去。

这时候,广场上又出现了一大群穿制服戴红袖章的保安,手中扬起电棒,把围成一团的群众赶至石灰线外,游行示众的车以极慢的速度在环形线内游走。一些看不见的矮个子不断地跳跃着、嘶叫着,一些人踩在别人的肩膀上,还有些人用点燃的导火索为自己占据地盘,燃着的烟头四处飞散,呼喊声此起彼伏,叫骂声不绝于耳,打闹追赶的人越来越多。接着,县城的人,乡下的人成群结队,像二十世纪六七十年代看公演电影似的从四面八方汇集而来……

欧阳良军那会儿还真看清了杨姑娘,她依然那么美。而与平时不同的是,由于她的双颊瘦得厉害,原本那双大眼睛显得更大了。她一副与世无争的样子,又或许她是在深深的迷惘与失望的叹息中感受生命的凄凉。他看到周围有那么多的防护者,那颗蠢蠢欲动的心顷刻间便沉到了谷底。

别人是否真的违反了场规矿约,欧阳良军不敢打包票,但他知道杨姑娘的间谍罪是强加的!

游行示众车最后在场矿早已废弃了的大礼堂门前停了下来,保安一个个地跳下车分两列站着,跟车围观的人由于气氛的紧张也停止了喧哗。在这充满肃穆的氛围中,大门嘎吱打开来,锈蚀的铰链发出魔鬼般的嘶叫。人们伸长脖颈向礼堂里面望去,整个礼堂非常阴暗,里面没有闪亮的灯光,只有一处朦胧灯光。这个礼堂倚山而建,大门打开的时候往里看,就像一处深深的隧洞。

游行示众的人已被分派到了不同的地方。杨姑娘被送到时已只剩最后一个地方了。在礼堂阴暗的角落可以听得见老鼠们的叫声。人们见那不幸的姑娘惶恐不安，好像她的一切都要被掩埋在这山洞的黑暗里，她将目光落在她的脚尖上，仿佛她的脚下是地狱的深渊。当她被保安拽下车厢时，有人听见她重复地轻声说："欧阳良军你见死不救啊！我已经看见你啦！"

看热闹的人被一个个驱散开来。人们禁不住摇头叹息，不少人红着眼圈。一个保安替她松开了绑绳，重新检查了她的口袋，连她脚上穿的那双花布鞋都被脱掉了。保安推搡着赤脚的她走向礼堂深处的水泥地板，她踮着小巧的脚尖，像走软索似的一摇一颤。

礼堂里好像有人在黑暗里来回走动。过了一会儿，那黑影慢慢来到了近前。"啊，"杨姑娘颤抖着低声说道，"这个家伙好面熟啊！"

那是龙文斌，他扬手叫送她来这儿的保安离开。

她觉得血液冲破了血管在一个劲儿地朝头上涌，她心中重新燃起了愤怒的火焰。

"你这混蛋，堂堂一个干部，怎么与地方上的恶棍搅在一起？"

"我是场矿的大股东，你们这些违反场规矿约的刁民，理当受到处罚，没判你的罪已给足了你面子！"

龙文斌色眯眯地围着她转圈。他贴近她的胸脯气喘吁吁地说："美人儿，你如果肯要我，一切都好办。"

"恶棍，"杨姑娘愤怒地盯着他，"你再敢碰我，我就告你去！"

龙文斌狞笑道："你告吧，那不过是使你的罪行再增加一条诬陷罪而已，你想想吧，是从我还是不从？"

"你把万古龙怎么样了？"杨姑娘突然问道。

"他自杀了。"龙文斌一字一顿地说。

万古龙还活着。但在龙文斌的眼里，他已是一个死人。

"你把欧阳良军怎么样了？"

"他已变成了瘫子，一个不中用的植物人。"

龙文斌刚一说完，额头上就沁出了大颗的汗珠。他想起了一个小时前，自己看见那个风度依旧的欧阳良军正挺立在他那可爱的小姨子的身边。他娘的，早知道那一刀宰了他才好啊，他在心里骂过之后，转身走进黑暗里。

一会儿，杨姑娘看见正对面的舞台帷幔缓缓拉开，里墙出现了一个洞门，门内的亮光溢了出来，那里面是一个怎样的神秘居所，她不得而知。

一会儿，龙文斌又从黑暗里走了出来。

"你究竟想怎么样？"

"做我的情妇，城里少不了你的豪华别墅；钱不是问题，你爱花多少有多少，如果你要存款，一千万够不够？希望你想清楚。"

"要是我不答应呢？"

"将你抛尸山洞，谁也别想找到你。哈哈……"

龙文斌的浪笑声越来越高，后来变成了狂叫声。这种声音扩散回响在年久失修的空旷的大礼堂里，让人毛骨悚然。

这是一处荒凉的弃地，很少有人涉足，礼堂门早已朽蚀剥落，里面黑灯瞎火，蛛网触手可及，杨姑娘感觉自己来到的是充满着阴森气息的坟墓，这里除了龙文斌这个活物不再有别的。她闭上双眼，等待着任人宰割的时刻的到来。

不，她不想让那畜生吞噬她，她是多么企盼有人来救她啊！可在这样的时刻，又会有谁来救她于水火之中呢？她想到往日的几个好友：黑影人、万古龙、连腮胡子之中，他们都被蓉山的风吹到哪里去了？

杨姑娘正闭目想着，忽然有一只冰凉的手向她伸过来，黑暗中有好几个人在推她、拽她，她被黑影们夹在中间向漆黑的大礼堂的舞台走去。她一边走，一边用蒙眬的眼睛望着玻璃窗外的天空……当她踏上舞台阶梯的时候，她的目光穿过黑暗，似乎看见了欧阳良军正在兴致勃勃地和上次她见过的那位张菊英在广场进出口处打情骂俏。

"欧阳良军快来救我——"她梦魇似的喊了出来。

"别叫他，"龙文斌用手抓着帷幔认真地说，"他已成了不中用的植物人。"

突然，杨姑娘脚下一软，瘫坐在地上。

"来呀，把她抬上来！"龙文斌喊道。

没有人注意到，在腐朽的窗子下一块黑板的背后，有一个大老板模样的人一直非常镇静地躲在那儿观看。没人知道他是什么时候混进来的。他脖子很短，块头很大，且很结实，一双手脚粗短有力，方头大脸，模样还算端正，很有精神。这个神秘人把从场矿体育广场到这礼堂里所发生的一切都看在眼里。自从被示众的人分散后，他就骑上摩托车跟踪着游行车，最后跟踪到这座废弃了的大礼堂，趁看热闹的人只注意杨姑娘一个人的时候，他用掩体把摩托车藏在了通往深山的路旁，然后不费吹灰之力地掰开了腐朽的窗页钻了进来。窗下刚好有一块黑板，他就在黑板的后面静静地观看，还时不时地脚筋暴起，攥紧拳头，强忍着愤怒在心里嘀咕："看老子怎么收拾你们！"当杨姑娘瘫软下去的一刹那，他一个箭步蹿到了那堆黑影里，用巨大的拳头将台下的两个帮凶打倒，然后像巨人提稻草人似的抱起杨姑娘，高高地举在头上，用骇人的声音骂道："狗杂毛，你们去死吧！"然后一跃出了窗口。

这一切，是如此的神速，在场的所有人都没缓过神来。

"快追呀，有人把杨姑娘劫走啦——"这不知出自何人之口的喊声使大家提起了精神。

杨姑娘醒过来了，在傍晚的黯淡光线里睁开了她那无神的眼睛，但很快又疲倦地合拢了，神态很安详，像救她的人是她的叔叔或是她的哥哥一样。

龙文斌和他的几个手下傻子似的站在那里，他们知道，礼堂后面是深山，是遍布的岩洞，在深山中寻人，与大海捞针无异。

在藏匿摩托车的地方，那个神秘人停住了脚步，他把扛在肩上的杨姑娘放下，深情地注视着她那张楚楚动人的脸。他感到有些不好意思，赶紧把灼热的目光徐徐移向一边去。然后掀开摩托车掩体，轻轻地把她扶上后座，载着她直奔深山而去。

狗熊变英雄

当杨姑娘睁开眼睛的时候，模糊地看见一个陌生男人的头顶上是一片参差不齐的黑褐色石窟，和她当年逃出矮拐马戏团团长的魔掌后躲藏山洞中的石窟一样。她又闭上了眼睛，她觉得自己又落入了另一个魔鬼的手掌。

可是当那个陌生男人把她安置在一个用电瓶灯照着像皇宫似的屋子里的时候，她又体验到了一种温暖、一种激动，是那种被人从豺狼窝里救出的死里逃生后的温暖、激动。那个陌生的男人给她端来了饮料和水果，然后就默默地离开了。她好生奇怪，那男人去哪里了？是他把她弄到了宫殿吗？她想起了从前：自己是一个流浪女，靠街头卖唱、耍魔术为生，后来，认识了万古龙。万古龙与她在火马乡经济场场矿死里逃生，搭帮黑影人进行救援；万古龙再次被矿里逮捕，之后不知去向，她约欧阳良军去避暑山庄为搭救万古龙，结果弄得欧阳良军遭人暗算，可后来他像无事人儿似的又鲜活地同那个漂亮姑娘来看她被游行示众的热闹。当她第二次看见他在台下扯长脖子看她的那一刻，她心潮澎湃得要将自己淹没，可他终究成了看客……约莫过了半个时辰，那个矮墩墩胖乎乎宽皮大脸的男人又回来了。他端来了盒饭，努着嘴叫她吃，像打哑语似的。可她却坚决不吃，心中的疑团在蹿动，她推开那两个快餐盒，用质问的语气问道："这是什么地方？你为什么要救我？"

他用不解的目光望着她。他不怪她，他整容后已变成了另外的一个人，同她友好地相处过一阵子的那个自己已经死了，他通过多年的努力和奋斗，已成了真正意义上的垃圾王。原先他住在山上果农的茅棚里，那里进出车辆不方便，一到雨天，泥泞成浆。有一次汽车去拉货，车子被陷进淤泥里半米多深，原来那烂路是一条废弃的渠道填的。加之混合着草根树叶，软塌塌的像海绵一样，车开过去没发现问题，可重车出来就叫那司机哭爹喊娘了，结果又把整车废品全部卸下来，待开到实地再重新装货。那以后，他满山遍野物色新的住处。现在的这处胜地，除了要上一个坡下一个坡以外，其余路面都宽阔畅通。溶洞口的下面刚好有个天生的石板平台，平台下面是茅草地，这是一个可容纳上千人的溶洞。如今他发达了，他也常去街上玩，像正常人那样再也不受歧视了，他上歌舞厅跳舞，去卡拉 OK 厅唱歌，去娱乐城吹萨克斯，还常去温泉宫按摩泡脚，这一切生活的享受，都是他花了二十多万元的代价整容后社会对他的回报，他已不再是从前那个让人害怕让人瞧不起的丑八怪黑影人熊瞎子了。可他就是不凑热闹买房子，他把这个溶洞当作自己的家，只把他所需要的部分装潢得像皇宫一样漂亮，依然过着隐居山林的独居生活。至于那个秘密，他会将它埋在心底，如果杨姑娘要刨根究底，在适当的时候，他也许会忍不住告诉她，但不是现在，他想在她心目中保持着他这次救她的那份神秘感和新鲜感。不知者不罪。所以，她对他的误会他不会在意。但他还是有些于心不忍，既然不能告之于她，就只好选择逃避。他眨着昏蒙蒙的眼睛撇几下嘴又匆匆走了。

她惊讶地呆坐在真皮沙发里。

他到底是个什么样的男人？她越发有些蒙了。她拿起电瓶灯追了出去，可不见了他的踪影。她手里的电瓶灯射向前方，看见的尽是黑黢黢的石墙，再照左右，是一个像矿山采矿场一样的石窟，里面堆满了废品，大多都是原铁矿和弯弯曲曲的金属条，好一个废品仓库！他是捡破烂的人吗？从前她认识的黑影人也像他一样捡破烂，他又到哪里去了？看形体这个男人酷似他，可相貌又完全不一样，她根本就不认识他，可为什么要拼命救她？她有些丈二和尚——摸不着头脑了。

脑海中的沉淀物被搅拌浮起来之后，她的情绪变得焦躁不安，她用电瓶灯再照附近，发现她的隔壁有一间同样的洞室。借着从木门缝里透出来的亮光往里看，那个男人正坐在沙发上发呆。她没惊动他，又回到了来时的房间。

过了一会儿，她还是把盒饭吃了。半个时辰后，她又站起身来去看那隔壁洞室的男人，可没见到那个男人的影子。

她独自一人在这溶洞里走来走去。在二十来米远的地方，她又看见一个又高又宽同样像采矿场的岩洞，里面分门别类地堆满了各种废品，那架势，简直是一个废品陈列馆，这要卖多少钱啊！她惊讶得全身起鸡皮疙瘩。

正当她从废品陈列馆出来，看见前方有一个亮光慢慢地游过来，就知道那一定是他回来了，她赶紧回到自己的洞室。

吱嘎一声，门被推开了。那个男人提着两个漂亮的袋子向她走来，随即示意她把袋子打开。里面有两床新购的丝棉被、一个鸳鸯戏水的绣花枕头、两套漂亮的女士春季套装。他走了出去，关上门，等她把衣服穿好，他又来到她的面前，杨姑娘的脸上火辣辣的，像有火在燃烧，她那羞涩的面容让先前心灰意冷的生命又重新有了活力。

黑影人似乎感觉到了她的羞怯，只匆匆地瞟了她一眼，又转身慢慢地往隔壁洞室走去。也许他那缓缓的脚步里装着难以启齿的矜持，也许他想等那姑娘先开口说话，或许，他还真希望她能叫他留下来陪她坐坐。可是在他迟缓步履的等待中却没有出现任何他所企盼的，哪怕只要能听到她发出一个"哎"的单音来，他那颗孤独的心就能得到慰藉。

黑影人到底没忍住，他跨过门槛把他的那个大脑袋又伸进来，说："时候已经不早了，你睡吧，把两张沙发并拢来就可以了。"

她点点头，表示接受他的关照。

黑影人走了。又过了一会儿，没有门闩的门又被推开了，还是那个大脑袋伸了进来，说："你想睡多久就睡多久，这段时间，无论是白天还是黑夜，你守着这间屋子好了。如果你觉得乏味，我明天把我房里的电视搬过来，如果还觉得乏味，你可以到溶洞里面溜达溜达。你可千万别跑出去，那帮恶狼贪恋你的美色，绝对不会轻易放过你。对于我，请你放一万个心，我发誓，我不仅不会动你半根头发，我还会尽全力保护你，请你相信我。"

她感动了，抬起头来想回答，但他已经走开了。现在又剩下她一个人，她想着那像黑影人说话的声音，她几次想去探问，但终究还是忍住了。

她仔细地打量起这间金碧辉煌的宫殿来。这是一间大约九平方米的房子，清一色的米黄色的木板铺地，一盏偌大的枝形吊灯占据着绿色塑料藤蔓装饰的顶棚的中央，沿墙是夜光彩色铜灯。茶色的玻璃条桌置于房子的中间，窄的一头放着酒柜，宽的两面各摆一张真皮沙发，乍看一眼，房子整洁大方，给人一种舒适感。只是不见厨房和其他生活用品，她猜想厨房一定有冰箱、微波炉、消毒柜，一切家用电器应有尽有。这会儿她似乎又替自己难过了，她没有故乡，没有家，是一个无固定地方居住的流浪女。看见住在深山岩洞里的野男人都能达到这样的生活水准，她又悔恨起自己的命运来了。她觉得她不应该长着这么一张脸，所有的男人看她眼睛都带钩，都让她害怕，她甚至埋怨父母把她带到这个世界上来。

正当她躺在床上，哀怨命运的不公时，觉得有一个滑溜溜的毛茸茸的软绵绵的东西滑过她的大腿。她打了一个寒战，一看，竟是那只一路跟随着她的波斯猫！她把它亲热地抱在怀里，不断地用自己的脸去磨蹭它。"啊，宝贝儿，别人都把我忘了，我也忘了你，而你却还记得我！"好像有一根看不见的杠杆，把她那泪水井盖掀开了。顿时，她泪如泉涌，哭累了，就迷迷糊糊地睡着了。

当她醒来的时候看见桌上的闹钟已经指到了八点，这时嘎吱一声门开了。

"昨夜睡得还好吗？"探进门来的大脑袋说，"你如果觉得困乏，还可以再睡会儿，别急着起床，我不会进来的，我只在门外看看你！"

这些蕴含着对她关心的话打消了她先前的顾虑。世上还是好人多，我不应该拒人于千里之外的，同是天涯沦落人，不对，应该说他是一个让人看不懂的很特别的怪人！姑娘的目光从绿色藤蔓上拉向了门口，怪人又不见了。她疾步来到门前,依然不见人,雪白的灯光把溶洞照得通明。昨天来到这里的那种幻觉又被拉了回来,她疑窦迭起,她曾看过《聊斋志异》的电影,里面有好多可爱的妖精,它们与人为伍,非常感人,难道自己也遇上了吗?她头皮一阵发麻,但她感觉到自己并没有受到伤害,而且被照顾得像大家闺秀一样,既然已走到了这一步,害怕又有何用?倒不如打起精神,看看这个时而现身时而消失的人到底会把自己怎么着?她大着胆子去寻找那个男人,刚转过一个大弯,就惊呆了,只见他光着膀子穿着裤衩在摆弄发电机,她立马停住了脚步。这时候,那男人朝那喷成了水柱的管子扑过去,用自己的衣裤把喷水的地方缠绕住。他似乎觉察到有人来了,那只肥大的手伸向了墙上的电源开关,顿时,溶洞漆黑一片,姑娘被吓得双手捂胸缩作一团。

"哎,"姑娘说话了,"是我呀,是被你救来的那个女孩呀!"

电灯又亮了。

"吓我一跳。"那男人说,"我还以为是被人发现了秘密呢。如果你想看,就进来吧!"

姑娘这会儿才感觉到他是一个真实的人,已不那么害怕了。当他来到她身边的时候,她似乎感觉到他的气息在由粗变急,她下意识地与他拉开了距离。

这洞室的地板是被硬化了的。油腻腻的地板在白炽灯的照耀下泛着刺眼的光。不大的机器在轰鸣着,铁管与胶管纵横交错。洞壁的颜色呈黑褐色,凹凸不平的顶棚像要往下垂似的,一种压抑感突然落到了姑娘的头顶。她有些待不住了。正忙着换水管的男人偶尔瞟姑娘一眼,察觉到她的不安,忙说:"你还是回房休息吧,等下我给你送早餐过去。"

她努力克制住自己的紧张，对他温柔地说："好的，我等你!"那男人看见姑娘的下颚在抖动，以为她在对他施软。他觉得姑娘误会他了，他连手都没洗，也没瞧她一眼，就独自擦过姑娘的身边走了。"好的，我等你!"依然是那句模棱两可的话，可他还在继续朝前走。她冲了上去，揽住他的胳膊。黑影人感觉到与姑娘的身子靠拢了，竟颤抖起来。她想拉他到小屋里去，可他却停下了脚步，说："你已经有心上人了，我没那个福分。"

"来吧，咱们聊聊。"原来是这个男人误会了她。

她静静地坐在柔软的丝棉被上。他们都没说话，只是默默地相望。杨姑娘的温柔与漂亮让那个男人无地自容。男生的面容虽然不难看了，但他与生俱来的自卑在痛苦地鞭打着他。姑娘似乎读懂了他，把身子移拢了些，那男人感到了莫大的安慰。

"你先前叫我来，是什么意思?"男人还钻在那个误会里没出来。

"我叫你来，"姑娘翕动着长长的睫毛，说，"是想知道你呀。"

"你想知道我什么?"男人不好意思地说，"我只是一个捡破烂的。"

"你误会我了。"姑娘说，"捡破烂也是人呀，破烂不捡，满世界都是也不行呀。"

"有你这句话我就满足了。"男人把脸扭向了一边。

"你不应该自卑的。"姑娘说，"我有个朋友也是捡破烂的，从前他住在对面的山上。我那个朋友很了不起，热心肠，肯帮忙，他人长得极丑，可心眼是天底下最好的，他对我有恩，可好长时间没见着他了，怪想他的。以后你们一定会成为好朋友的，我敢打赌。"

在那姑娘的眼神里，可以看出她对她那个朋友确实有一种真心的感激，而改头换面的他却不敢回答她那个极丑陋的人就是他自己，他没办法回应她对他的友好和感激，因为她感激的只是从前的他。

"你从前的那个朋友已经死了。"男人说漏了嘴，赶快用手封住自己那张厚实的嘴巴。

"你说什么?"姑娘的脸蛋惨白，"你是怎么知道的? 他怎么会死? 一定是你弄错了，他不会死的，他有很强的生存能力。我不允许你咒他!"

男人的眼角滚出了一滴浑浊的泪水，继而，他已哭得泣不成声了。

"你这是怎么啦，刚才是我太冲动，请你原谅我，行吗?"杨姑娘为他递上手绢说。

"我不会怪你，我感激你还来不及呢! 你是一道温暖的阳光，一滴透明的露珠，一曲鸟儿的欢歌，今生有缘认识了你，来世还要做你的朋友呢。"

"你怎么会说这么文绉绉的话?"

"电视里面学的啦!"

男人破涕为笑，那是世界上最真诚的笑。接下来他咧开阔嘴，露出有明显打磨痕迹的白牙说: "咱们得想办法把万古龙救出来，听说他被黑社会抓了，你可知道?"

"你是怎么知道万古龙的? 你怎么会来救我?"杨姑娘脱口而出。

"你还记得在欧阳海广场发生的事吗? 你在蓉城东塔的山洞里陪护了万古龙半个月，你们俩被火马乡场矿伪装的乞丐抓进了地牢，后来在黑影人的帮助下逃出了虎口，再后来你被龙文斌……"

黑影人说不下去了，他的喉咙哽咽了，他对这一切都如数家珍，这个早已吓得全身发抖的姑娘头脑一阵晕眩，这是怎么回事啊？天庭二郎神的本领也没眼前的这个男人大呢！

"这一切你怎么知道得如此清楚，你不该对我隐瞒什么，我现在已经是你的朋友了，你更是我的救命恩人！"

"你也是我的救命恩人呀！"

"怎么会呢？我并不认识你呀！"

"你可记得在火马乡体育广场我遭遇场规矿约处罚的那事？是你让我撒尿替我解围的，你不记得了吗？"

说着说着那男人忍不住向姑娘披露了自己的一切，只是差"我就是黑影人"那么一句明白话了。

这时候，姑娘才反应过来，她满脸起着鸡皮疙瘩，说："你就是从前的那个黑影人吗？"

"是呀，我就是黑影人。"

"你骗人，我不信，黑影人剥了皮我也会认得，他没你长得好看。"

"你说对了，从前的黑影人没有现在的黑影人好看，不过，你一定要相信，我就是那个脱胎换骨了的黑影人。"

说着，他起身朝隔壁房走去，随即又来到她身边，向她递过去一张盖有印戳的发票，说："你看这是我整容的手术结账单。"

姑娘目瞪口呆，望了他好久好久，又看看那张二十多万的发票，她才相信了。她撒娇似的向他拳脚相加，两个人激动地拥到了一起。

黑影人意识到自己失态了，像弹簧似的把自己反弹回来，满脸挂着泪花，说："咱们好好庆祝一下，更要振作起来，救出万古龙，帮助他揭开你们矿里破产做假的内幕，让他重新走上工作岗位，让你们俩……"

"黑影人啊，你可成了英雄啦！"

"可在我心里，还是一只狗熊。"

"胡说，你不是英雄谁还是？"

"要说是，嘿嘿，"黑影人露出了雪白的牙齿，"你看这事算不算？"

黑影人从口袋里掏出一张纸递到杨姑娘的手上，那是国家攀岩队的录取通知书。

杨姑娘一蹦老高，她在他的脸上重重地吻了一下，说："英雄啊，你是真正的英雄啊！"

黑影人像喝醉了酒似的羞红着脸，一边走一边喊道："要是我救出了万古龙，你可以叫我英雄噢——"

回音在溶洞里飞翔……

特别的生日聚会

黑影人打听万古龙的消息总算有了些眉目，最近他花了一笔钱，雇请了几个私探，打入了矿霸的内部。这消息让杨姑娘乐得好几天没合上嘴。

蓉山金矿原俱乐部有一栋围了墙的老楼房，经过改造后，上面成了水果批发部，下面的大厅，一半做了歌舞厅，一半做了酒吧。

一天晚上，歌舞厅和酒吧比以往更为热闹、嘈杂，喝酒划拳的比往常更多，骂人和讲悄悄话的也比往常多。新俱乐部、矿办公大楼，南北东西十字大道到处都是走动的人和议论的人，看那气氛像是有什么事情发生。

饮酒划拳、麻将、字牌，是年轻人在酒家的主要娱乐和消遣。但要从他们那里获得一些使人们感兴趣的信息可不是一件容易的事，只有从他们兴奋的神态去揣摩一二，看是否能得到与你的判断相吻合的东西。

那是一个像从前的职工食堂那样相当宽相当长的大厅，如果不隔开一半，那简直是个跑马场。那些挪桌子的，拖凳子的，碰酒杯的，划拳的，搓麻将的，甩扑克牌的，敲桌子的，哼小调的和吵闹的，发出的各种声音穿梭在各桌子之间，飞扬在人们的头顶上、大厅里。门窗将人们吐出的哈气、烟雾和混合着的声浪一缕缕地拽向外面。有电的时候，每一张脸孔都还能显出一些生气来，到这会儿，电灯突然熄了，咒骂声和呼哨声汇成了声浪澎湃的海洋。很多人拥向柜台，向老板娘讨要蜡烛。不一会儿，每一张桌子都摇曳着烛光。但是把酒店从这头照到那头的却是柜台上的那盏电瓶灯，平直的光线把整个大厅剖成两半。光线两边的脑袋都在东张西望，朦朦胧胧的厅堂里其余的面孔都让人看不清。

"噢，来电了！"人们齐声喊道。

厅堂里欢呼起来，沸腾起来，快乐起来。

场面虽然非常杂乱，可还是能分辨出聚集到这儿的基本人群构成。以欧阳良军为核心的一团人坐在大厅的中间，他穿着一件带洞的牛仔服，是时下最流行的那种，他架起二郎腿，竖起一根手指头，在给周围那些目瞪口呆的人讲述亚历山大的传奇故事。以黑影人为核心的一团人聚集在左墙角，他西装革履，完全是一副时下大老板的模样，他在不断地吸烟，白色的烟雾缭绕着，那里面飞翔着别人不知道的梦。以连腮胡子为核心的一团人聚集在厅堂的右墙角，他依然穿着工装，衬衣领子黑得像从煤窑里出来的人，他不断地喝着啤酒，仿佛他要把自己原本就够大的胆子喝得更大。以杨姑娘为核心的一团人聚集在厅堂的最后面，她身着黑影人送给她的那套春秋短装。大堂所有人的目光全部聚焦在她的那张光芒四射的脸上。以矿文艺宣传队副队长罗成佑为核心的一团人聚集在前台，他身着长短装，里面的衣服比外面的长，头发梳得溜顺光滑，说话像机关枪似的快和响，他们的人数最多，表现出来的神态最快活，其间有一个红鼻头的年轻人，时不时地将打火机的火苗打起老高，一双有神的眼睛大胆地到处搜索。

大堂中间的右侧还有一堆姑娘，她们在一边喝着饮料一边聊着天，还时不时地抬头张望，似乎在等待着谁的召唤。大堂里人们议论最多的话题是破产后在职职工的安置、工伤、工残鉴定和伤残补助问题，养老金的发放问题，退养职工的待遇问题，入股对象等问题。还有对跳楼自杀未遂的龙文斌的评价，绝大多数人都说他是个大慈善家、大孝子，他不应该走那条路的；小部分人却在吹胡子瞪眼睛，咒骂他是伪君子、变态狂。

在一片喧哗声里，欧阳良军突然站起来，喊道："姑娘们，现在该你们出场啦！"

"好耶，好耶！"一个身材高挑的漂亮姑娘站起来应道。

人们不知发生何事。那夜所有到场的年轻人除了知道是由各核心人物请客外，谁都不知道宴请他们的财神爷葫芦里卖的是什么药。不过，各圈子里面的人都知道自己的东道主是好人、正派人，到时候真有什么事需要大家帮忙，他们是不会袖手旁观的。

接着就有一个甜美的歌喉唱起来：

"祝你生日快乐……"

一群姑娘站起来，每个人从老板娘那儿领来一支点燃的蜡烛把杨姑娘团团围住。二十二个姑娘拿着二十二支蜡烛一齐唱起《生日歌》，向杨姑娘二十二岁的生日祝福。很快，每桌都端来了生日蛋糕和水果，这让杨姑娘惊讶得不知所措。

这是欧阳良军的杰作。他在心里想些什么，杨姑娘当然知道。但是，她对他那天同一个漂亮姑娘挤在人堆里看她的热闹，似乎还心存余怒。但那毕竟不是他能力所及的事。她更知道今晚他为她开生日庆祝晚会并不是活动的主题，他的这种渲染和造势，意在提升她的人气，今晚欧阳良军要干的事都是为了她，只要他能参与其中，场面上的事情就好办得多。她只有在心里默默地感激他。

庆祝活动气氛很浓，大家还让杨姑娘一展歌喉，雷鸣般的掌声将联欢活动推向了高潮。

大家都在感叹欧阳良军与杨姑娘郎才女貌，天造地设。只有那个以公仔身份出现的黑影人肚里包藏着的那袋苦水没法儿倒，他心里比谁都清楚，杨姑娘绝不是那种水性杨花的女子，她对万古龙的那份爱没人可比。即使是这样，但他对眼下大家对她的误会，又无能为力。

大厅外一阵噼里啪啦的鞭炮声将生日聚会画上了一个圆满的句号。

"朋友们，伙计们，"欧阳良军的声音高亢激昂，"今晚，我们为庆祝杨姑娘二十二岁的生日要玩通宵，下面的活动大家请听从召集人的安排，保证让大家玩得开心，玩得尽兴，要是还有什么个人爱好，只管对本人说，看这样要不要得？"

"要得！"大家齐声答道。

"老板娘，"连腮胡子喊道，"请你把棍子拿出来发给大家。"

上百号人的手里都捏着一根很特别的棍子，在黑暗里那只不过是一根极普通的木棒，但在亮光下，把包裹着棍子的彩色布展开来，它是一面旗子，如果都举起来，便是彩旗的海洋。

"举这些旗子到哪里去，干什么呢？"也有人提出疑问。

"别问，去了就知道了，又不是叫你干坏事。"答话的人神秘地说。

　　为了杨姑娘，上百人簇拥追逐着同一个美丽的梦，大家都觉得是一件挺新鲜的事儿，何况还有人管吃、管喝、管玩！人们兴奋地排成长龙，悄无声息地向火马乡经济场场矿进发。

与矿霸较量

　　队伍到了目的地，欧阳良军立马把人群排成方阵。夜阑人静，他估计不会有什么抵抗，但仍然要求大家严阵以待，以便随时应对岗哨或夜巡队。

　　那天晚上，一些胆大的身强体壮的年轻人爬上了火马乡经济场场矿地牢的栏杆，用嘶哑粗糙的声音叫喊着，向围墙的上空挥动着火把，晚风将那一点点的亮光吹得忽闪忽闪的，给围墙内黑褐色的石墙撒下了斑驳的暗光，吓得里面的那群狼狗汪汪直叫。

　　火把映照出了铁门内的狗群，每一只狼狗的眼睛都射出一道绿莹莹的亮光。围墙上的人敛声屏气，不敢轻易往下跳。

　　火把的亮光也同时照出第二道围墙的第二道铁门，从里面围墙发出来的狗吠声，犹如黄河的咆哮声。人们可以想象到那里面的狼狗有多少，它简直是狼狗窝，是狼狗的集结地。

　　大伙依然不敢越雷池半步。忽然听见"汪"的一声厉叫，接着就从第二道铁门的正上空飞出来一团黑色的物体，"扑通"一声落在第一道围墙内，十几条狼狗疯狂地扑了上去，撕扯着一个血淋淋的狼狗头。

人们不禁打了一个寒战，那是刽子手们在杀狗给人看，其间的寓意再明显不过，如果真要冲进去，那狗头便是大家的下场！

门外的壮汉搬来了石头放在围墙上，每两块石头之间插着一杆旗。顷刻间，第一道围墙变成了旗帜的防护林，晚风吹来，彩旗猎猎作响。这一招是想以阵势压倒对方。

两道铁门壁垒森严，依然无人敢出来接招。

情急之中，有人开始用石头砸狼狗，其他人也都仿效，墙上的石头全掷了下去，那些畜生如训练有素的军犬一样机敏灵活，除有一条狼狗的腿受伤外，其余的狼狗一阵躲闪狂奔之后都安然无恙。

有人丢下了一包像粉蒸肉似的东西，那些畜生经受不住糖衣炮弹的诱惑，像先前撕扯那只狗头一样蜂拥而上，不一会儿，畜生们摇晃起来，口吐白沫，一只接一只地倒下了。

数十个小腿粗壮，脸如炭黑的汉子从围墙上跳了下来，外面的人撬开了把门的"铁将军"，里面的人开了门闩，第一道铁门终于被攻克下来。

接着，人们又爬上了第二道围墙。

奇怪了，第二道围墙内竟没见一只狼狗。

"空城计吗?"有人疑惑道。

"狼狗被转移到里面去了！"有人提醒说。

还是有胆大的人手执木棒跳了下去，人越跳越多，把近似于篮球场一样的空间塞得水泄不通。

"不好，我们中计了！"

惊呼声刚落，第三道房门嘎吱一声打开来，一群狼狗疯狂地朝人群扑来，铁门很快被拉上了。一场人畜大战拉开了序幕……

数十条狼狗见了阎王，可受伤的人也不少，还有些人倒在血泊中。

人们以最快的速度把受伤的人连夜送进了县人民医院，其余的人继续坚持着与恶魔的较量。

可是第三道铁门非常坚固，因为是钢筋水泥结构，大伙根本无从下手，所有的人都只能望门兴叹。

连腮胡子闪过人群，气喘吁吁地跑到一根横卧在地上像屋梁似的被废弃的吊车手臂跟前惊呼道："我们就用这根孙悟空的金箍棒撞开它。"

"人多了反倒碍事，"矿宣传队副队长罗成佑提议说，"去一些人封住各路口，免得他们逃走了。"

"不用，"欧阳良军说，"那些事早已安排好了，现在最难剃的癞子头就是这道大铁门，来吧，兄弟们，把铁家伙抬起来撞！"

大家的热情重新被激发起来。那根笨重的废吊车手臂被数十双强壮的手抬起来，像风吹羽毛似的浮在每一个人的腰间，大家喊着号子，向着厚实的大铁门撞去，从火把和朦胧月色的弱光中望去，撞门的那伙前俯后仰的人像是在拔河比赛。

巨臂撞击过去，铁门发出震天的吼声。门扉凹凸不平了，它虽然依旧坚固，但那魔鬼的地牢颤抖了，似乎已能听得见它心脏的狂跳声和灵魂的嘶叫声。同时，有不明物从楼上窗口掉下来落在他们的头上。"大家注意了，他们开始反击了！"有人喊道。

除了少数人救护伤员撤退外，其余人还继续在勇猛地撞击着铁门。

场矿的恶魔居高临下，木棒、扁担、铁耙、锄头，像雨点似的往下落，下面的人不断地被抬走，又不断地补充上来。铁门发出了深深的叹息。

楼上对撞门的人的袭击突然停止了，不知是什么原因，人们只听见屋里有凄凉的叫喊声和求饶声。

盛怒之下，铁门终于倾斜了，倒下了，人们看见一个矮胖的蒙面汉在飞檐走壁，吓得那些恶魔像筛糠似的龟缩在墙角。这就奇怪了，这英雄是从地底下冒出来的吗？

人们不明里面的情况，只看得目瞪口呆。只见蒙面人扛起一根碗口粗，约四米长的松树筒，向一堵矮墙抛过去大半截，然后绕到那边墙下纵身一跃抓住了它，斜里一拉又闪电般地向上一送，那金箍棒飞向了那边有人的天井，又从半空中落下，树筒擦过墙壁撞断了天井的柱子，发出砰然的轰响。

蒙面人见场矿的恶魔像吹散的灰尘一样四散逃开去，心里窃喜。这时，蒙面人又迅速地聚集了一堆砖头瓦片，一边叫喊着"来吧，坏蛋，去死吧！"一边向下面扔家伙。

"不要打死人，我们要抓活的！"欧阳良军喊道！

上面的蒙面人还在一个劲地向下面扔家伙。当他看见被惊吓的恶人躲在掩体的下面不敢出来，竟开心得忘了有姑娘在观看，他扯出了裤裆里的小伙计朝下面撒尿，那飘着的液体像春雨似的飞扬，待落到地上时已全然听不到半点儿声响，就像无声的细雨滋润着大地一样。

矿霸们知道大难临头了，也知道拼死博斗没有好下场，但他们并没有放弃抵抗。他们见上面没有了动静，趁蒙面人撒尿的时机，赶忙朝通向楼上阳台的那架梯子跑去。可是连腮胡子已抢先爬上了扶梯，他一边爬一边扭转头来往下面看，矿霸们就跟在他的后面，他感觉到梯子在晃动，那是梯子超重的缘故。

连腮胡子欲抬腿向上跨，却发现了蒙面人正躲在阳台窗户的里面，正用一根棍子戳着梯子，他吓出了一身冷汗，他心里明白，这是蒙面人为恶人们设计的陷阱。

"他们上来了没有？"蒙面人问道。

"上来了，你想戳梯子摔死他们吗？"连腮胡子惊讶得眉毛都竖了起来说，"你是怎么进来的？"

"从通往地牢的坟山暗道上来的。"

"怎么不多带几个兄弟？"

"为安全起见，人越少越好。"

连腮胡子刚跨上阳台，蒙面人从屋里蹿了出来。他改变主意了，他要活捉这帮恶魔。他用双手扶起梯子的顶端，梯子竖了起来，恶棍们悬挂在梯子上哭爹喊娘，都愿意俯首就擒。

部分恶棍被制服了。欧阳良军把他们关进了一间小屋，派专人看守。

蒙面人继续寻找万古龙的下落，这来自内部的信息毋庸置疑，他一定就在这里。

躲在隐蔽处的其他矿霸见蒙面人走开了，像窥视着猎手离开了猛兽那样狂野地冲了出来。他们手里拿着砍刀，兵分几路奔向各出口处，可那些暗道全被封死了。

"不妙，出内奸了！"矿霸中有人惊呼道。

"要是查出来，我要砍了他！"

"他娘的，竟敢堵老子们的生路，有他的好果子吃！"

"埋怨也没用，不如利用人质，拼死一搏！"

"来人哪，把万古龙押出来！"当权矿霸厉声喝道。

接着，万古龙被人推搡着来到了为首的矿霸面前，脖子上架着一把寒光闪闪的月牙形弯刀。

万古龙的嘴被胶布贴着，他摇着头，不知是在向援救他的人还是向挤在人堆里的杨姑娘传递他的心声：不要管他，别让矿霸逃走！

杨姑娘望着架在万古龙脖子上的钢刀，双手捂住脸嘤嘤地哭泣。

"你们已被包围了，快束手就擒吧！"

"快束手就擒吧！"

欧阳良军大声喝道。大家也跟着狂喊。

"快闪开，"矿霸也不甘示弱，一个公鸭似的声音喊道，"如果你们想让万古龙活着，就马上散开！"

"你们想怎么样？"

"不想怎么样，只想你们散开。"

"要是不答应呢？"

"先宰了他，然后拼个你死我活。"

"不要！"杨姑娘冲出人群哭喊道，"把他放了，换上我吧！"

万古龙摇头的频率加快了。杨姑娘挣脱了拉扯她的人向前跑去，万古龙的脖子忽地往刀口上一撞，顿时血流如注，大家早先悬着的那颗心沉到了谷底。

欧阳良军几个箭步上去把杨姑娘拽住了。

此时，人们听见汽车的喇叭声和隆隆的引擎声。须臾，一群荷枪实弹的公安来到了第二道铁门的围墙内，拨开拥挤的人群厉声喝道："看谁敢乱来，嗯?"

矿霸被震慑住了，他们将万古龙向前一推，公安迅速给他们上了手铐。

人们兴奋地看着警车消失在黎明前的黑暗中。

欧阳良军突然醒悟过来：那是一群假公安，不然，怎么没有警车牌号呢?

欧阳良军向大家讲了几句鼓舞士气的话，最后又沉沉地说："连腮胡子，我们几个去医院看看。此外，我给每人发两百元红包，大家想怎么花都是自己的事了，看这样安排行吗?"

欧阳良军把上当的事落下了没说，他的情绪当然不怎么好，一场与矿霸交手的战果竟毁在了自己手上!

"矿霸被抓了，欧阳良军这样讲义气，我们也没什么好说的了。如果以后再碰上什么为难事，你欧阳良军只要向兄弟打声招呼就行了，大家说是不是呀?"有人引导着说。

于是，人们打打闹闹地走进了晨曦里，只有欧阳良军的心里背负着沉重的十字架……

蓉山深处的岩浆

　　蓉山金矿为申请破产，一年前，就已将组织汇集的各类翔实的材料向上级相关部门进行了申报。十个月之后，当地法院向矿里下达了民事裁定书，并且由法院组织破产清算组，在矿里召开了封闭式破产宣告大会。说是封闭式会议，是只有各部室各生产单位副科级以上的人员参加，既没有群众代表，也没有职工代表。驻矿破产清算组行使企业法人的权力后，由他们接管了矿里所有的诸如档案之类的财物。

　　清算组一班人碰上的是一桩前所未有的工作，看起来很神圣却又非常棘手。他们一要登记整理复核职工的个人资料，如出生年月、参加工作时间、工种变异及工伤情况等，进行资产评估；二要给职工进行劳动能力的鉴定，处置注销原矿里长期向国家借贷的债权债务；三要给职工办理退休、退养、买断工龄等事关大家切身利益的审批手续，进行资产重组。另外，还要将社会职能机构如学校、医院、公安等部门及相关人员移交地方管理，一次性地为所安置的人员计发安置费；在法院下达民事裁定书并终结裁定后，最后注销原破产企业，撤销破产清算组。

在破产改制工作深入到退休、退养、买断、资产重组、人员去留的实质性问题的时候，潜伏并涌动在蓉山金矿深处的岩浆说不定在明天或者后天就要破壳而出了。

在宣布破产启动后四个月的日子里，国家驻矿清算组紧锣密鼓地找矿领导谈话。

"欧阳矿长呀，"清算组吴副组长劝说道，"你已经五十四岁了，你得带头退了啊！"

"再等等吧，"欧阳矿长用起了拖拉战术，漫不经心地说，"下个月我会给你答复的。"

"这不太好吧，"吴副组长为难地说，"大家都看着你呢，你这模棱两可的话，叫我心里没个底啊！"

"这你就放心吧！"欧阳矿长说，"我下星期出趟差，回来就答复你。"

"这……"

两人的谈话陷入了僵局……

第二天，吴副组长把马书记叫来谈话，马书记倒是很爽快地答应买断，这让吴副组长感到欣慰。

第三天，吴副组长叫来了龙文斌。

"龙文斌，"吴副组长一想到任务压头，只好硬着头皮咧开嘴笑着说道，"你五十了，退养的事你看……"

"我想好久了，"龙文斌爽快地说："我还是退休吧！"

"可你离退休还差十岁呢？"吴副组长性子一急，嗓门不自觉高了起来，说，"如果其他人照样画葫芦，又咋办啊？"

"这就要看你……"这半截子话让吴副组长一惊。

"我能知道你的真实想法吗?"吴副组长用纸巾擦着汗珠试探着问道。

"如果我被划到退休的杠杠内,"龙文斌探过头去神秘兮兮地压低嗓门说,"我还有望返聘进重组后的领导班子,好为大家多服务几年。"

其实,龙文斌早在两年前就通过老同学的关系,与南通矿业股份公司的董事长成了莫逆之交。而南通矿业股份公司的董事长向国家贷款上百个亿,兼并收购了全国数十家类似于蓉山金矿这样的有潜力的矿山。老同学向他承诺说,蓉山矿破产,招商引资,只要花落南通,即可聘他为蓉山矿业股份公司的董事长。实事求是地说,龙文斌从骨子里还想多拿几年年薪制工资和目标管理奖,加上各渠道的进项,一年下来少说也有百十来万。

关闭破产工作到了最关键阶段即资金重组的时刻,清算组每一个人的面部肌肉都绷得铁紧,唯独吴副组长约见龙文斌的情形是个例外。

围绕股份结构问题的决策与讨论,犹如火山爆发前涌动的岩浆。那玩意儿是燃烧之后积聚的上万度的高温,熔煅自己,也熔煅别人,像活火山似的,肆无忌惮,走向扩张,横冲直撞,直至从抵挡不住的豁口喷涌出来。

涌动在蓉山金矿利益深处的岩浆也一样。

之前,矿里围绕着是破产还是不破的主题进行过多次研讨,矿领导层中的两大阵营早已较量过了。以欧阳矿长为首的老将派阵营主张尽快破了,并决定让南通矿业股份公司控股;而以马书记为首的少壮派阵营则提出异议,说是那样无异于让人家掠夺性开采,他们不同意破产,因为即便是瞎子也能看得见，只要坚持再熬他几年，马书记就可以兼任矿长，掌握真正的实权，那样天下便是他们的了。

如今，资金重组的这个癫子头让清算组来剃，各路人等，谁的心里也没了准。这刀一下去，会不会伤着自己，又有谁不担心呢？

一段时间以来，清算组在耐着性子剃这头，他们感觉似乎有数路神仙在抢他们手中的剃刀，在这些神仙中，他们隐隐感觉到有三大阵营在对抗。这好比站在同一起跑线上的三个长跑选手，一个稳操胜券却在原地按兵不动；一个在悠悠地跑着，徘徊观望；一个早冲到前面去了，动作非常张扬，但已然趔趔摇晃。

同时出现的三个长跑选手均来自矿内力量的三大阵营。一是达到退休年龄的领导层要按既定方针办，即坚决走外资控股的路子，那样他们可以圆了被返聘上岗的美梦；二是选择退养或买断的年轻领导，他们跃跃欲试却又有些瞻前顾后，他们相信让买断的职工尽量多入股，让其他的包括离、退休人员也入股，同时也不排斥外来股份，这条路具有绝对的优势，这样一来，同样是由自己矿控股，可由民主选举他们进董事会，即便是董事长、总经理之类的高职位也会非他们莫属；三是民间自发性的组股力量，他们走家串户，调查民意，努力为全矿人民推出公平、公正、公开竞标董事会成员的平台，用法制法规的探照灯来照亮并驱赶掌握着资产处理和人事任免权的影子。于是，他们在充满荆棘、充满坎坷、充满沟壑的路上奔跑，他们跑得气喘吁吁。

按照老百姓的说法，矿里领导欲将在资金重组中涌现出来的自由组股力量扼杀在摇篮里。这些走穴勇夫们，无法实施"一夫当关，万夫莫开"和"守口如瓶"之类的操作，他们只能以最原始最直接的方式去与资金重组力量相抗衡。于是，他们在矿区最显眼的地方张贴油印小报。尽管他们的做法有些幼稚，但他们所表达的是全矿人民的共同心声。再怎么不明白的人，也一定会知道蓉山深处的一部分岩浆还在一定范围内潜伏着，一部分潜伏着的岩浆却在一定范围内涌动着，一部分涌动着的岩浆已经喷发在地壳之外了。

蹊跷的龟缩事件

矿破产清算组艰难而又匆忙地走过夏秋冬的每一个沉甸甸的日子，终于迎来了清盘的朗朗晴日。

春日里的阳光带给人们周身的温暖，退休老工人们的心却被凛冽的寒风吹拂着。那天上午，代表们的一纸通知把原本躁动着的矿山翻了个转。

"下午两点召开全矿退休人员大会！"负责通知的人员奔走相告。

"内容是什么呀？"有些人想早知道。

"菜市场、邮电局、老干楼的墙上贴有通知，去看看吧！"

负责通知的人言简意赅，边说边走。

一个上午的时间，不知不觉在女人们编织毛衣的手指缝漏过，在闲着的男人们掰着手指的企盼中滑过。

下午两点未到，退休人员裹着棉衣哈着气从四面八方拥向矿工会楼。

矿工会楼那里似乎出现了状况，守门人不让进，说是没接到矿工会领导的通知，请大家海涵。

人们散开去，似乎都不愿意为难守门人。

一呼啦，人们又聚集在矿机关大院。

"罗延贵溜了吗?"

"怕群众的干部算什么玩意儿?"

"自己屁股里夹着屎，当然怕啦!"

"退休人员没享受到房改优惠，责任在他!"

"上班时间见不着人，门窗紧闭，踢呀踢呀!"

人们议论纷纷，喊声四起。

不一会儿，一个拄着拐杖的老工人气喘吁吁颤巍巍地来到人群里。人们看他那焦急的模样，都替他捏着一把汗：老人家要是一激动高血压、心脏病犯了，该如何是好啊!

"我在后面……后面窗户……看……看见了……罗延贵在桌子底下躲着。"老人惊愕地向大家通报说。

于是，一群人卷向了后窗。

"大家看噢，"有人扯起喉咙喊，"办公桌下真钻着个缩头乌龟哩!"

"你这个畜生啊，钻到桌子底下吃屎呀!"有人骂过一句又退出来。

"你躲得了初一，还能躲过十五吗?"又有人拨开众人朝里挤。

"快出来向大家解释!"有人高喊道。

"清算组的账为什么不公开呀?"

"国家究竟拨下来多少钱?"

"也应该让老百姓晓得呀……"

群众的愤怒使这位可笑至极的副矿长大人长时间龟缩在桌子底下动

弹维艰，此时，这位平日里盛气凌人的副矿长似乎成了瞎子、成了聋子。

"咱们应该去找书记和矿长呀！"有人提议道。

一阵狂风又刮起。

飞腾着的那股旋风卷向了书记和矿长办公室。

"狗日的，你们讲话不算数，宣传破产的时候，你们说的比唱的还好听。"有人在门前骂道。

"矿长当初不是说，他们每一个领导谁都不会走吗？还说要与大家战斗到底，真是狗屁连天呀，可听说还是溜了呢！"

"清算组安排他们去省局或省城单位工作，而工人们该退的全都退了，退养的也一个都没落下，广播连续两天播放清算组的最后通牒，叫买断工龄的年轻职工抓紧时间去签字，不同意签的，算自动放弃，并强调一切后果自负，带有一定的强制性。"

"他们一个个都调走了，又成为新单位的一员，然后再由重组后的控股方把他们再聘回来做总经理、副总经理或高级顾问。那样，既能保住工龄的连续性，将来又能拿到高额退休金，还能捞到每年数十万元甚至数百万元的年薪工资。"

"是啊，这些王八比毒蛇还毒啊！"

"为了保证他们自己能拿到目标管理的奖励年薪，宁可砍掉房改补贴。这笔账能赖得掉吗？"

"罗延贵快滚出来向群众解释呀！"

"你再不出来就踢门了！"

"踢呀，踢呀！"

"看啦，钻桌狗到底耐不住了呢!"

人们喊声飞扬，异常兴奋。

罗延贵到底还是出来了，他那张鱼肚白的脸夹在愤怒与得意掺半的面容里。

人们潮水似的涌向矿工会四楼会议室。

龙文斌副书记主持了这个临时会议。他简单地说了几句，就溜一边去了。

"罗延贵，你得向大家解释，房改补助，是你渎职，还是有意掐了?"有人质问道。

"讲呀，快讲呀!"

……

又是一阵暴雨般的咒骂声。

"好吧!"罗延贵拿起了麦克风，慢条斯理地说了起来。

副矿长半小时的讲话，包含着六层意思。一是说矿里房改补贴来源于住房公积金、工龄补贴和面积差补贴三个部分；二是说矿里的房改同当地政府的政策一致，并不享受房改待遇；三是说周边矿山有搞过房改的，既不是地方政府批的，也不是市委批的，说得再明白一点，是自己批自己，不符合政策；四是国家不负担房改资金，它取决于企业的经济效益；五是说他罗延贵已同矿里职能部门的负责人去市里请示询问了市房改领导小组，没有这方面的政策；六是说如果大家不相信，可以让退休人员的代表同他们一起去市里。

罗延贵的一席话，无意中把深藏的狐狸尾巴露了出来。这时候，他名副其实地成了一个被人唾弃、被人辱没的无头苍蝇。

第一个上台反驳他的是连腮胡子蛮牛陈明汉。

"我们几个群众代表，比罗延贵早一天到市房改办。"他没有顾忌堂叔龙文斌在场，沙哑着嗓音大声地说，"我们呈送了《关于批复蓉山金矿房改补贴的报告》，说了我们矿及相邻矿的情况。颜科长最后答复说可以考虑按周边矿的情况处理，并交代我们尽快向矿里汇报，把申请报告与制好的表一同送来。于是，我们中饭都没顾得吃，好不容易才找到罗延贵做了汇报。可第二天下午，他通知我们几个代表碰头，说根本没有这个政策，市里房改办也没有什么科长做过口头批复意见，纯属空穴来风，子虚乌有！这种状况的出现，说明什么呢？"

常年替退休人员维护合法权益的连腮胡子向大家汇报之后，其余退休人员义愤填膺地一个接一个地上了台。

"罗延贵，"有人不再称他官衔而直呼他的名字，"房改来自三方面的补贴，矿里为何故意落下面积差补贴的大头？"

"你说矿领导的利益与群众是一致的，狗屁！之前，你们存心注销蓉山金矿老企业招牌，新成立蓉山矿业有限责任公司，意在往省公司考核各下属公司拿奖励年薪制的文件上挂靠。结果你们如愿以偿了。多少年来，你们拿了上百万元或数十万元的年薪，而如今的房改优惠政策，事关全矿人民的利益，你们却漠视无睹，真是黑了心肝呀！"

"罗延贵，我问你，矿里是破产单位，为何还要拿数十万元的奖励年薪？也许你们能拿得出上级公司的红头文件来搪塞老百姓，但是大家都知道，文件是人为的，关键是指导思想，是为多数人服务还是为少数人服务的问题。据网络查询，全国破产单位领导还在享受奖励年薪制的，咱们蓉山金矿还是第一家。也许你们会说，你们是世界上第一个敢吃螃蟹的人，可你别忘了，第一个吃螃蟹的人打算牺牲的是自己，幸福的却是全人类，而你们呢，却恰恰相反，真叫全矿人民失望呀！"

"我听儿子说，他们现在买断了工龄，每人投 35000 元入股，可全矿 1300 多个股东被人变戏法似的变成了甲方，原矿里的领导加上原基层单位负责人共 20 多人变成了乙方。在性质上乙方成了主宰方，即被委托方。说得明白点，就是由甲方将每人的 35000 元钱交给乙方经营。这是谁赋予你们的权利？股份公司股东持股，人人相同，权利均等，平台一样，没经过所有股东筛选和终选，凭什么由他们内定的所谓的乙方说了算？事实上，你们在这之前怂恿职工破产，早就打好了歪把子主意，设好了圈套让大家钻。你们这些工贼是千古罪人哪！"

有人长篇大论地数落了一通之后，又有很多人上台发表意见。

"咱们是国家企业，矿领导造假破产，其目的是让自己钱袋更鼓，将这么庞大的国有资产流失，我们要联名起诉。"

"我们还是就事论事吧，咱们矿的房改补贴，不是取决于矿里的效益吗？"

"他们只执行对他们有利的政策，对老百姓的利益能躲则躲，能逃则逃。"

"我们的代表不会同你们一起去市里，这之前，市住房委员会颜科长答复我们的代表说房改补贴可按周边矿山处理，你们为何……"

大家在台上你一言我一语，有些老工人还一把眼泪一把鼻涕地哭诉着。罗副矿长被狂风暴雨淹没了，作不得半句声。

突然，一个老工人对着话筒喊道："要罗延贵答复我们，好不好呀？"

"好啊！……"

如林涛一样的怒吼声从矿工会四楼会议室窗户喷发出来的冲击波，犹如原子弹的爆炸声，震得远处和楼下的人们好半天没合上嘴。

两天后，人们在多处显眼的墙上看见贴着盖有市住房委员会办公室公章的文件。

熙来攘往的人们看完文件，纳着闷儿：房改补贴同类单位都享受了，咱们矿咋就变没了呢？

人们都像蒙了头似的不明就里。

强盗帽亮相

一天晚上，黑影人告诉杨姑娘说他晚上不回来住了，叫她不要等他。于是，她便早早地睡了。

溶洞的发电机声和外面洞室的滴水声把她从梦中惊醒，她坐起来听了听，来到外面推开隔壁的门看了看，才确定黑影人真的没回来。她有些担心，便忍不住拿了电瓶灯走出了溶洞，不知不觉竟爬到了那个能看很远的地方的大石头上。它的正对面是蓉山金矿的休闲广场，那里人群涌动的景象，那里的叫喊声，在远处昏暗的灯光下依稀可见。人群中游荡的手电光，像这深山中时隐时现的蓝绿色的磷火。凉风袭来，她打了一个寒战，下意识地箍紧了自己的身子，跌跌撞撞地往溶洞里钻，希望黑影人那个温馨的居所能给她驱散恐惧。

她一跨进这间宫殿似的洞室，先前那种恐怖的云烟便消失了，她听见的只是从虚掩的门外传进来的发电机的"突突"声和"滴答滴答"的滴水声。她转过身子抬起头来，不知道是眼花了还是真的看见了身旁有两个黑影，尖叫一声就倒在床上了。几分钟后，她大起胆子侧过身来看，包围着她的真的是两个活生生的蒙面人！她吓坏了，双手抱住头，全身颤抖得像打秋摆子似的，她再一次掉进了孤独无助的深渊。她哭泣着不敢看来人一眼。

正当她绝望的时候，忽然听见一个熟悉的声音说道："让你受惊了，是我。"

"你是谁？"她问道。

"我是——万古龙。"

她腾地蹦起来，揭开他的面纱辨认了好久，都没能认出来他是谁。

"你不是！"她被吓晕了过去。

万古龙急得团团转。一刻钟后，杨姑娘才醒过来。她目不转睛地盯着万古龙看，他已瘦得不成样子，全没了往日的神韵和风采。不过，看久了万古龙的面目轮廓，姑娘还是认出了他。

"真的是你啊，"姑娘热泪盈眶，说，"这么长时间你去哪里了？到处找不着你，我都快急死了。"

"我这不是回来了吗？"他替她擦着眼泪。

"他是谁，怎么还戴着强盗帽？"杨姑娘惊讶地问道。

"他是来帮助我们的，放心吧！"万古龙回答道。

那只通人性的波斯猫噌一下蹦到了刚坐下来的万古龙的膝盖上，他抚摸着波斯猫说："你还没有忘记我呀，我真想回到从前的日子，好与你一起玩魔术呢……"

依然蒙着面的那个比万古龙个子还要高的人拽了一下万古龙的衣角，意思是快走。

"黑影人已被公安抓了，那夜骚乱，火马乡场矿的人都在被搜捕之列，这山洞你也不能再待了，咱们赶快走吧！"

"真是这样吗？"她慌乱地问道。

"你连我也不相信了吗？快走吧！"

"可是，你是怎么出来的？快告诉我呀。"

"以后再说吧，来不及了！"

"可是，"姑娘的心怦怦直跳，上气不接下气地又问道，"他戴个强盗帽，也不肯说话，这是为什么呀？"

"别问那么多了，"万古龙急了，说，"他是哑巴，又破了相，怕吓着你。"

听到万古龙这么说她才把心放下来。

他们急忙搬开树枝掩体走出溶洞，封好洞口。深山不时回应着对面广场的呼哨声和呐喊声，可以感觉到那声音飞过他们的头顶。他们走出阴森的山林，来到宽阔的卵石山路，一辆黑色的轿车在淡淡的月色下泛着刺眼的白光。他们上车后，司机就利索地发动了引擎，车子发出隆隆的声响。

车子穿过山路，穿过水库堤坝，穿过几家养殖场，现在离他们最近的就是火马乡场矿废弃的俱乐部了。那儿显然有着很大的骚动，也不知发生了什么变故。

小车缓缓驶进了蓉山金矿，在下坡行人道上那些蓬蓬勃勃的树冠阴影里停下。姑娘隐约感到有一种恐怖袭上心头，她默默地祈祷，今晚千万别弄出什么乱子来！

万古龙突然感慨道："我的朋友，你打手势要咱们躲在这黑暗里干什么？我知道你被人害惨了，容颜变得很丑，而且还哑了，可你还能听见，眼睛也还能看见。我真想让月亮隐回去，免得我们被人看见。你约人会面难道非要在这儿吗？难道'最危险的地方最安全'真成了至理名言了？假如我们再一次落到矿霸的手里，我们拿什么去揭发他们？国家利益被侵蚀何时才是个尽头，他们何时才能被绳之以法……"

强盗帽一言不发，任凭剧作家万古龙滔滔不绝地说。不过，他时不时把别在腰间的五寸铁家伙抓在手上，像是在准备迎接一场恶战的到来。

蓉山金矿休闲广场聚集的人群陡然增多起来。万古龙他们仔细观看着。矿里往返县城的主要公路被人流、办公桌和长条凳阻塞了，所有进矿的和出矿的车子全被卡在人堆之外，人们举起的纸旗五颜六色，汇成了彩旗的海洋，不断有人站到制高点上慷慨陈词。一阵阵的顺口溜灌进万古龙的耳朵里，他有些按捺不住了，拉开车门跳了下去蹲在林荫道的黑暗里。

强盗帽接到一个神秘的电话后，就轻手轻脚地溜到万古龙背后，麻利地从背包里取出绑绳，三两下就把万古龙的双手反绑了，还用胶布粘住了他的嘴。

姑娘打不开车门，心里大呼上当，埋怨书呆子万古龙的眼睛蒙了沙。正怨恨之际，万古龙被推上了车。

"按照您的吩咐都做好了，您不来这儿押车了吗？什么？你散步已经走很远了？好，知道了，我们马上就到。"强盗帽对着手机说。

"司机开车！"强盗帽吩咐道。

车子开动了，万古龙为难了，这是他始料未及的，他从一个魔掌又跳到了另一个魔掌。想想自己反正成了一具被人移动的僵尸，也没什么后悔的，只是让自己心爱的人再一次受到牵连，心里很是难过、内疚。当时，他在不明就里的情形下稀里糊涂地就跟强盗帽走了，甚至还为自己能这么轻而易举地被人救走而深感庆幸。没想到竟是眼下的局面。

车子绕道晃晃悠悠地驶过矿区，驶过田野，驶过山峦，在那间姑娘再熟悉不过的茅屋旁边停下。

"啊，太好了，"那个黑影说，"我就知道你能把事情办好！"

黑影就是那个勾连邻矿矿霸木乃伊的矿开发公司总经理龙文斌，他蹲在黑暗里的模样像极了这旷野的幽灵。

"我要同姑娘在车里单独说话，其余人都下来欣赏这水渠里的月亮吧。"龙文斌吩咐说。

强盗帽拽着被绑着的万古龙走到一边去，司机跟在他们后面。

"这是什么地方你该知道吧？"龙文斌问姑娘。

这种阴惨的声调她已经熟悉了，姑娘战栗起来。

姑娘没有回答，她当然知道这是火马乡路旁茅屋一个疯女人长久居住的地方。

"实话对你说吧，"龙文斌说，"万古龙已出卖了你，他不可能再爱你了，你们的关系也该从此画上句号啦！命运已把我和你拴在了一起，要么你被公安抓走，要么跟着我。此外，即使你要选择牢狱之苦，我同样有办法让监狱长为你我打开幸福之门，你依然会落在我的手里。信与不信，你自己选择。再说，我之所以要把你带到这里，还有一个非常了不起的理由，我想我应该做得更好一些，更人性化一些，更让你明白，我是在拯救你，我是这个世界上最有资格爱你并得到你的男人。如果你一意孤行，后果是难以预料的。宁可玉碎、不为瓦全，这也许是你内心所想的，可即便这样，我也不会让别的男人挨你的边。你听明白了吗？"

"黑影人是被你抓的吗？"姑娘突然说话了。

"你说什么，难道你知道黑影人还活着？"龙文斌一下子紧张起来。

"我知道也不会告诉你的。"

"快告诉我吧，他现在在哪里？有人说他死在山洞里，我怎么也不会相信的。"

"你还问他干什么，他只是为我做了一些他自己认为该做的事，你竟然对他下毒手？还猫哭耗子假慈悲！"

"我这会儿也没法说清，你我的事，你是答应还是不答应？"龙文斌突然又转回原来的话题。

"我不答应，大不了一死！"

"我不会让你死的，信不信由你！"

龙文斌没再提及黑影人。姑娘也没把他捡破烂发了财整了容的事说出来。

他们在车里沉默了一会儿。姑娘把头一甩，长长的披发盖住了她的脸。龙文斌又说了一些话，那声音既悲苦又温柔，同他那傲慢的面孔极不协调。

"亲爱的，我爱你已达到了疯狂的程度，我的心犹如在烙铁上煎熬。我的心肝，你千万别往坏处想，我会尽最大努力保护你。如今，你对我的折磨已成了最严厉的酷刑。你在听我说话吗？请你别拒我于千里之外，难道你就不能施舍一点怜悯给我吗？你可知道，正是这个才使我变得凶狠和可怕。我费尽心思讨你欢心，你却把我的好心当成了驴肝肺。你别再想着万古龙或欧阳良军了，还有那个黑影人。这次欧阳良军是聚众滋事的首犯，连他老爸都救不了他；万古龙的罪孽更深重，他数罪并罚，如果真走向法庭，判他个十年八年一点也不为过，但他是个明白人，愿意与我交换，把你让出来，我替他免罪。天时地利人和嘛！我有这种能耐，这基于我有雄厚的经济基础。算了，我也不想多说我自己，看来我要失控了呀！"

龙文斌把脸埋在手里，身子不停地抖动，姑娘听见了他的抽泣声。

蓦地，他抬起头来，用凶狠的目光望着姑娘，像受伤的狮子那样咆哮着："我现在变成这样，没有气质，没有尊严，我逃避真理，我感到绝望，败坏自己的名声，这一切全都是为了你呀！"他拭去泪水又说："你好狠心呀！"

他咧嘴朝姑娘苦笑了一下，以掩饰自己的失态。

"你不宽恕我，我也没什么可说，先前我企盼你爱我，而现在我已改变主意，只要你答应我愿意让我救你，你不说爱我也无妨。我完全丧失了理智，而在你我之间的深渊，要么填平它跨越过去，要么让咱们一同往下沉！"

"你就让我沉下去吧，可恶的淫棍！"她望着他愠怒地说。

"真是可爱呀，连生气都这么可爱，要是拥有了你我这辈子也就没白活了。哈哈……"

龙文斌一侧身把她搂进怀里。

"凶手，淫棍，流氓，下三烂……"姑娘颤抖着嘴唇一阵乱骂。

"你骂得对极了，我就是淫棍。"他箍紧了她，强行吻着她的脸，说，"我一定要把你弄到手，就在这儿吧，请你务必从了我，让我真正地占有你。要么，我在今晚帮助你实现你的那个愿望，那个拥抱亲情的愿望之后，咱们就远渡重洋，去伦敦，去巴黎，去世界任何一个城市都行。我诚挚地请求你千万不要选择墓穴，你应该选择我为你准备好的皇后般的床褥！"

"不，你死了这条心吧，因为我连看你一眼都感到恶心，你这癞皮狗！"

"你这浪荡的娼妇啊……"龙文斌感到了被人唾弃的悲哀，他歇斯底里地叫喊起来。

龙文斌从车里下来，在风中伫立了一会儿，又把头伸进车窗，沉沉地说："对不起，刚才是我太激动。你暂时不从我，我不怪你，但我必须帮助你，为你实现拥抱亲情的愿望，我的这片苦心你会感激的，快出来吧！"

他一把将她拽了下来，连推带搡将她带到了茅屋的窗口下。

"老姐呀，"龙文斌把头伸进窗口喊道，"我把你想见的人绑来了，你看看吧！"

姑娘觉得自己的衣领被一只手抓住了，那是一只骨瘦如柴的手。

"嘿嘿……感谢你把她绑了来，不然她会跑掉的！"疯女人把姑娘的脸扳过来问道，"你就是我失散了好多年的那个可怜的女儿吗？"

姑娘感到一阵莫名的尴尬。这弥天大谎也撒得太不着边际了，十多年来，她时常看见这个孤苦伶仃的疯女人住在这里，自己怎么会是她的女儿？自己的身世虽然是个谜，但自己的命运也不至于会那样不济！

她想从那抓牢她的疯女人的手里挣脱出来，但那瘦骨嶙峋的手指紧紧地扭住了她的衣领，犹如一把从窗口伸出来的钳子。

那一刻，姑娘的心潮无法平静。她想到厄运再一次降临到自己的头上；想到那个出卖爱情、亵渎爱情的万古龙；想到眼前的这个矿霸恶魔，愤恨得牙床都要磨出粉末来。

"我可怜的女儿啊，你就一点也不想你的妈妈吗？我因为想你已成了废人，幸好还是送你来我这里的这位了不起的大好人帮我治病，他说他要帮我找到女儿，他还说要为我们娘儿俩买又大又漂亮的房子，让我们过上好日子。我求你了，你就嫁给他吧，他是我们娘儿俩的救命恩人哪！"

疯女人感激着，残存在她心田里的那一点点湿润从她干涩的眼角滚了出来。

杨姑娘知道自己并不是在同一个正常人说话，于是，垂下头一言不发。

"如果你不信的话，"疯女人眼里闪着微光，说，"你的胸前有三颗黑痣，总该没错吧！"

天哪！她是怎么知道的？难道我真是她的女儿吗？不，这是不可能的，说不定是那个流氓想用亲情来要挟我，骗我，我不会让他的阴谋得逞的。

"那又能证明什么呢？"姑娘终于开口说话了，"这个世界瞒天过海的人太多了，再说，胸前有三颗痣的人多的是。总之，你别费心了，他既然愿意帮你治病，你就好好儿活吧！"

"再说，"疯女人进一步说，"别人都说我们两个是一个模子刻出来的，你看，我这里还有我年轻时候的照片，它虽然发黄了，但总还看得清吧！"

疯女人放了手，杨姑娘本可以借此机会逃掉的，但出于好奇，她还是倚在窗口看她取相片。

疯女人抖抖索索地从一个布包里取出相片，连同那个花边帽子一起递了过来。

看那照片，真是一模一样！龙文斌赶忙递上早已备好的杨姑娘的照片，这是他在地牢里审讯万古龙时从他的口袋里弄到的。

姑娘惊讶得目瞪口呆，这简直就是同一个人呢！

"这……"姑娘语塞了。

"还有呢，"龙文斌又急忙递上 DNA 亲子鉴定检测报告，说，"这是北京的专门检测机构鉴定的。"

"姑娘，"龙文斌趁机说道，"你是她的女儿，已是不争的事实，你就认了吧！"

"如果真是这样，我当然会认，不过……"她欲言又止。

"不过什么？哦，是那天……那天……你晕过去了，不管怎么说，我想为你们娘儿俩做点什么，我早就觉得你们是母女，为了证明我的直觉，我的判断，就取了你的头发……"

"但是，"姑娘说，"我有个请求，能不能再做一次 DNA 亲子鉴定？"

"没问题，我明天带你去北京。"

"好。"

龙文斌为自己赢得了一线希望，他高兴地喊道："兄弟们，上车啰，咱们回去。"

龙文斌那兴奋的神经都快要爆裂了。

车子在回程的路上快速地行驶，在一个转弯的地方，司机突然一个急刹车，龙文斌身子朝前倾去，蒙面人趁机利索地反绑了他的双手。

"汪副局长，你疯了吗？你这是干什么呀……"

这突如其来的变数让龙文斌惊恐得如坠五里云雾，当他明白过来的时候，他一边奋力地挣扎着一边破口大骂起来。

"别吵!"强盗帽不再蒙面，一只手扯下那个只露出口和眼睛的强盗帽，一只手举着枪，一字一顿地说，"国家公安部盯你们很久了，你和你的那个犯罪团伙全都玩完啦，准备蹲大牢吧!"

"我可待你不薄，至少也有两千万吧，你也一样跑不掉!"

"我的钱一笔笔早都进了国库，街上的房子之所以装修得像皇宫一样，是为了混淆你的耳目，我与你搅在一起，是为了得到你的信任。现在我告诉你这些是为了让你死个明白。"

"你是卧底？王八蛋，狗娘养的……"

车子开到了县公安局，两个公安干警迎了出来。

"好了，没事了，"矿公安分局汪副局长一边替万古龙松绑，一边招呼说，"你们回去吧!"

激动异常的万古龙和莫名其妙的杨姑娘在明亮的灯光下，在飕飕的寒风里紧紧地搂在了一起。

新路殊途

长期盘踞在蓉山金矿的矿霸们的巢穴一夜之间就土崩瓦解了。在省人民政府及地方政府的关心和支持下，来自全国六家矿业集团的公司重新进行了竞标。

新公司成立了，名为湖南黄金蓉山矿业有限责任公司。人们敲锣打鼓、载歌载舞，为庆祝护矿除霸、扫黑除恶取得的胜利，为挽回矿里近十个亿的资产流失，为矿里职工赢得51%的股份，为离退休人员按时足额发放企业部分的养老金和逢年过节的福利待遇，为新公司出台的新规新政，为携干群合力构建和谐新家园、唱响时代主旋律、走大家共同富裕的道路，全矿职工及家属自发地举行联欢活动。戏班子、腰鼓队、舞龙狮纷纷登场，人们狂舞欢歌通宵达旦。

这之前，以欧阳良军为代表的肇事民众得到了公安机关的宽大处理。基于他们的案例属自发性质，又为打击摧毁黑社会势力作出了一定的贡献，给予了欧阳良军治安拘留半个月和罚款1000元的处分。至于矿里的矿霸、蛀虫、贪污腐败分子，该抓的已经抓了，该"双规"

的也"双规"了，政法机关对于他们犯罪事实的调查、取证，正在紧锣密鼓地进行。对于犯罪分子中谁谁该判死刑，谁谁该判无期徒刑，谁谁该判个十年八载，那是国家司法机关的事了。据消息传，犯罪分子离宣判的日子也许要个一年半载。

尽管人们在等待和企盼中过日子，但每一张脸上都荡漾着掩饰不住的笑容。这是剧作家万古龙在又一部剧本创作采风中捕捉到的细节。

万古龙承接了黑影人的"破烂事业"。白日里，他带着杨姑娘坐着三轮摩托车在县城、郊区、乡镇、村寨、矿区出没晃悠；夜间，他就写小说、写剧本，杨姑娘陪伴在他的身边，倒茶送水，你侬我侬，甚是快乐。

欧阳良军则因为工作表现突出，在火马乡经济场场矿的换届选举中被职工家属推选为副矿长。

一年后，他在鸡年的除夕，独自一人来到蓉山溶洞找到了万古龙和杨姑娘。

"祝贺你们有情人终成眷属。"欧阳良军喜滋滋地说。

临走的时候，欧阳良军还检讨说："我为我过去的风流深感愧疚，还请姑娘见谅！"

杨姑娘送他出洞口，分别的时候，欧阳良军把跟脚的那只波斯猫抱在怀里，侧过身去说："请你送我这只猫好吗？"

杨姑娘知道他此刻的心情，便成全了他。她一直看着他抱着那只可爱的波斯猫下了山才往回走。

下山的欧阳良军在山路上的转弯处刚好与上山的连腮胡子碰个正着，他俩说了一阵开心的话，相互拍打着肩膀告别。

一改从前陋习,当上五工区值班长的连腮胡子进到洞室刚一坐下来就说开了:"矿里工作需要你,当初下你的岗是他们的错误决定,为你的事群众呼声很高,你还是认真考虑一下吧!"

"我想了很久,"万古龙说,"我干写作这一行还行。住这洞里冬暖夏凉,也很舒适,我暂时哪儿都不去,以后再说吧。"

"你的《护矿》剧本已搬上了中央歌剧团的舞台,对你取得的成功,表示祝贺!"连腮胡子认真地说。

"我还要考虑一下。"万古龙说。

"你的意思是说矿里不会认同你?"

"正是。"

"如今,矿里领导班子大多数是新面孔,这对你有利;在新的形势下,在新的氛围里,更需要你那份执着劲儿。"

"谢谢你,我会考虑的。"

连腮胡子怕耽搁太久影响工作,就快速地向他转达了矿里昨天召开的中层干部扩大会议精神。他说一年前,国家重新审视了国营矿山破产后所有权的归属问题,出台了拯救国有资产不致流失的重大举措,即由国家收购原破产之后的所有持股职工的股份,使矿山归属权重新回归国有,现在的新公司与从前不同的是,它撇清了与离退休人员的所有关系,老同志那一块归社区管理,而社区与公司是两个不同性质的单位。社区隶属于县镇管辖,公司隶属于省冶金有色公司管辖,这样极大地调动了公司员工的积极性。他说今年1—12月份,共完成出矿量510079吨、掘进量17986米、钻探进尺46300米、竖井提升量40万吨、金银锌金属量30000吨,回收率分别达到90%和93%,

各项生产任务、指标均超额完成了全年目标。

"经营情况怎么样啊？"万古龙禁不住问道。

"今年以来，"连腮胡子神采飞扬地说，"新公司活力四射，取得了良好的经营效果。全年累计完成工业总产值 4.5 亿元，为年计划的 150%，累计实现主营业收入 13 个亿，累计实现利润 1 个亿，为年计划的 200%。"

"这是建矿以来做梦也没想到的数字啊！"万古龙感慨道，"如今的矿业发展迎来了新的辉煌，它虽然与市场因素有直接关系，但人为因素所占的比例也不少，企业能从跌倒中爬起来，真不容易啊！大家都应该保持清醒的头脑，总结过去的经验教训……"

"新公司成立后，"连腮胡子不解地问道，"我们这些上班的职工，似乎有一种与从前不一样的感觉，一切都感到陌生，甚至糊里糊涂的。这人也是太奇怪了，你说在同一个地盘，同一个环境，咋就感到晕乎乎的呢？"

"大家之所以有这种心态，"万古龙说，"是因为职工对自己的三大合法权益心里没个底。"

"有哪三大合法权益，你快告诉我呀！"连腮胡子急了。

"简要地说，职工要有知情权、参与权、改革成果分享权。"

"你能否说得具体一点，也好让我明白呀！"

万古龙平时爱看报，把一些党和国家的政策、法规都装进了自己的脑海里，尤其对于国家在改革时期出台的一些带指导性的重要理论，他还常记录在册，这种勤奋学习的习惯他已坚持好多年了。

"如果分解来说，"万古龙娓娓道来，"三大合法权益之一，是要将企业的重大事项向职工公开，如企业生产经营管理方面的重要问题，包括财务预算、决算，大额奖金使用等；涉及职工切身利益方面的问题，包括工资、奖金分配等。"

"那三大权益之二呢？"

"保障改革的参与权。"万古龙说，"这种权利主要体现在全面落实职代会的四大职权上。"

"我怎么越来越不明白啦，"连腮胡子有些急躁地说，"大点里面分小点，真让人受不了！"

"那我不说了，免得你难受。"

"行啦行啦，不明白我会更难受啊，你就别卖关子了，快说吧！"

"你可知道，公司的职代会制度是维护职工经济利益和民主权利的重要手段和法定形式。与它相关联的职工审议建议权、审议通过权、审议决定权、审议监督权，都是公司职代会代表所享有的基本权利。"

"听说我们公司要设职工董事，这很神奇耶。"

"这在企业里是个重大突破。职工董事在企业董事会中的出现，是一个新生事物，它不仅保证了职工的参与权，而且在一定程度上保证了他们的决策权。"

"我对这档子事还在持怀疑态度，是不是纸上谈兵？"

"不，"万古龙说，"相关领导强调，这项工作要通过严格的提名方式，依法推选、加强培训等措施，最终达到充分发挥职工董事在代表和反映职工意见、依法维护职工权益方面起到重要作用。"

"噢，你讲到这里，我突然想起了一个退休老工人。他跟我说他上星期从报纸上看到过，说是要让职工享受改革成果，也不知道包不包括退休人员？"连腮胡子问道。

"从字眼上来说，职工应该包括在职职工和退休职工两部分。职工共享企业改革的成果，主要要看这个单位领导的政策水平和对退休人员的关心程度。但这种共同分享，应该有所区别，国家应该制定出一种指导性的标准或比例，让实施单位有所依据。"

"过去的效益分享金是不是同类型的问题？"

"应该说是吧，但由于某些企业领导不实事求是，造成了许多遗留问题，至今还让老同志想不明白。不过，那已经是从前的事了，希望悲剧不再重演。"

"所以你更应该考虑回矿里去呀！其实呢，我是来告诉你好消息的。新公司让我来通知你，叫你做好竞选公司工会秘书和职工董事的演讲准备。"

"你让我想一想，"万古龙若有所思地说，"在这之前我也许会组织一个文化发展公司，整理桂阳昆曲，扩展桂阳古戏台，提升扁担舞、碗灯舞和桂阳花灯舞的内涵；整理民间文化、编撰桂阳民众犒劳岳家军和岳飞来桂阳征剿曹成的传奇故事；出版具有地方色彩的读物，提升街头文化的品位。还可以找老板投资或与矿里合作，共同开发工矿旅游项目。如果你有兴趣的话，到时候可作为第二职业。"

"好啊好啊！"连腮胡子兴奋道。

"至于回矿里的事，我会考虑的。"

杨姑娘笑了，笑得非常甜美。眼下，万古龙和杨姑娘不再坚持先前的一些想法，反倒多了几分现实的思考。

连腮胡子正要与万古龙夫妇告别，口袋里的手机响了起来。

电话是黑影人从北京打来的。

"喂，老弟，"手机里说，"我现在一切都好，正规训练让我进步很快，你们也要进步噢！"

"了不起了你，"连腮胡子戏言道，"你可别忘了，咱们两个都还是单身汉，我们要努力早点把婆娘搞到手，生个胖娃娃享天伦之乐……"

"我可没工夫找婆娘，"那头电话里说，"春节过后，我将参加纽约国际春季攀岩赛。教练给我打气，说我一定能拿冠军，我得加紧训练你说是吧……"

黑影人和连腮胡子东一榔头西一棒槌地胡扯了一阵，之后又聊到了木乃伊和龙文斌。连腮胡子说，说不定火马乡场矿矿长木乃伊会判个十年、二十年，其他一些帮凶、打手也少不了会判个十年、八年。但他觉得龙文斌死定了，他本身除了贪污、受贿和私吞文物诸罪以外，还有制造毒品罪等，数罪并罚，处死都不为过。连腮胡子还向黑影人说了欧阳良军的一些情况。

"算了，"连腮胡子说，"长途太贵，我要挂了，好吗？"

"不要挂！"电话里吼道。

"什么？不要挂！你知道吗？我的大款爷，你打我手机，每分钟我也要一角钱的话费。"连腮胡子急躁地说。

"让她接电话！"那头变着声调说。

"让谁接呀？"连腮胡子说，"他是谁？你说名字呀！"

"我说的她，你不知道吗？"那头电话里说，"她与你们在一起吗？怎么？你还不明白我说的是谁吗？"

"你不说名字，我哪知道，我的大款爷！"

站在旁边的杨姑娘一把抢过手机贴在耳边，柔声地说："黑影人吗？我是杨贵妃，有话你就说吧，我在听呢。"

"我……没能再……再照顾你，心里不……不好受……"那头电话的声音断断续续。

"黑影人，谢谢你，"杨姑娘深情地说，"我永远都会记着你的大恩大德，我和万古龙都感谢你，明年……明年我和他去北京看你，好吗？怎么哭了？别哭，你是世界上最坚强的男人，好了，我要挂了，你还有什么要说的吗？"

那头电话里传来了抽泣声。

杨姑娘再也听不下去了，她红着眼圈，将手机一合，背过脸走开了。

连腮胡子下山时被那对新人送出好远好远。

他俩在往回走的路上，万古龙突然问杨姑娘："从前你嫌我不够勇敢，可又有谁会比卡在储矿仓溜井斗口的经历更惊险呢？"

"你是剧作家，反正会编故事，把从前说过的再说来听听也无妨。"

"我还是说一个尸首会说话的故事吧！保证真实。"

"我不信，你骗人！"

"骗你是王八，那是发生在我们井下的故事。"

"好了啦，洗耳恭听。"

"那年夏天，蓉山的雨水比任何一年都密集、时间都长。一连十天的倾盆大雨，使蓉山金矿遇上了数十年不曾见过的洪水。原山顶的露采场开采出来的那个硕大无比的天锅，被四面山坡的流水灌满，宽阔的山顶形成了一片汪洋。你若站在其他山巅看，那种高山平湖的意境会使你叹为观止！"

"怎么会那样？"杨姑娘问道。

"由于矿霸对露采和井下矿体的进犯，他们把黑手伸向了矿体的心脏。人们竟弄不清贪婪者于何年何月从天锅底贯通了一条通往250中段斜井的狗洞。往年，250中段斜井只有一小股水流出来，那是因为天锅积水的压强尚未冲破狗洞下端的那层业已开折了的薄石。"

"问题大吗？"杨姑娘急了，"你快说呀！"

"悲剧发生了—— 一股急湍的水柱像聚拢的瀑布从250斜井往下冲，直奔 −30 中段。在不到两天的时间里，淹没了从 −30 中段到 250 中段的八个中段，深度达二百八十米。井下所有的设备全部被淹，二十多具尸首漂浮在水面，惨不忍睹。"

"你是怎么躲过那次劫难的？"杨姑娘关心地问道。

"一开始，有一个正在寻找枕木处理重车跳轨事故的汉子感到有些不对劲，他扛着枕木走出深巷，只见前方的水直涌过来，漫过他的膝盖，漫过他的腰身，他只好伏在枕木上朝前游。逆水而上，顺利到达斜井底部不是一件容易的事。他拼命推着枕木向前游，终于看见了前方的亮光。"

"他游出来了吗？"

"哪有！"万古龙说，"那汉子猛一抬头，看见一条白晃晃的巨大的水链直贯而下，瀑布一路撞击着人行道上的护栏，风水管溅起的浪花飞向两旁的石壁和顶棚又回落下来，整个斜井朦朦胧胧，当时这汉子已看不见具体景物了，他只有死死地抓住慢慢上浮的那根枕木。他感到身子不稳了，他把枕木夹在一只胳膊的腋下，用另一只手去抓护栏。有好几次，他腋下的枕木脱缰而逃，他拼死扑了上去，枕木载着他在斜井水位不断升高的漩涡里打转转。当他缓过气来想再一次伸手去抓铁护栏，一个巨大的浪花朝他的头上劈来，他再一次被打入漩涡，但求生的意念使他爆发出了巨大的潜能。"

"后来怎样了?"杨姑娘着急地问。

"他改变了先前硬拼的做法。"万古龙说，"他不再去抓护栏，改由脊背经受劈浪的肆虐，用枕木横靠着水位不断上涨的顶棚。水位将他不断升高，正当他看到一点希望的时候，同时也是他体力不支的时候，他感觉脚下与身子有什么东西在涌动、在缠绕，还有被抓被拖的感觉，他弄不懂为什么会那样。"

"那究竟是什么呀?"杨姑娘紧张极了。

"他被夹在浮尸的中间了。"

"他死了吗? 后来到底怎么了?"

"县委、县政府与矿里成立了预案抢险指挥部。他们勘察了现场，250 中段以下的两百多米斜井和被洪水淹没的各中段已然成了死穴，孙悟空也没本事进得去!"

"那样的险情很难控制啊!"杨姑娘感慨地说。

"后来，全县调动数十台水泵昼夜不停地抽，经过三天两晚的奋战，那只从前由矿霸们一手孕育成长起来的洪水猛兽终于被制服了，天锅的水倾腹而净。"

"落难的工人们怎么样了?"

"当人们站在警戒线外，欲哭无泪地睁着惊恐的眼睛来到 250 斜井口时，每一个人都僵住了：二十三具尸体浮在250斜井口。"

"太惨了啊！"杨姑娘的眼圈儿红红的。

"其中有一具横在枕木上的会说话的尸体把大家吓了个半死。"万古龙说，"那尸体突然一个侧翻身掉进了水里。不一会儿，尸首又浮了上来。"

"那是打捞尸体的人不小心碰着了他。"杨姑娘分析说。

"那时大家正在惊恐之中，谁也没动过打捞工具！"万古龙越说越玄乎了。

"难道还真有活鬼呀？"杨姑娘反诘道。

"不。"万古龙说。

"那尸体后来怎么样了？"

"尸首被人拉了上来，刚一睁开眼，又倒下了。医务人员十万火急地进行现场急救，尸首终于醒过来了。"万古龙重重地叹了一口气。

"尸首到底是谁呀？"杨姑娘打破砂锅问到底。

"你猜呀，"万古龙得意地说，"还能是谁呢？"

"难道是你吗？"杨姑娘说，"人已经到了那一步，也不清醒了，可后来的事你怎么说得像自己亲身经历过一样呢？"

"听别人说的啦，我的小可爱！"万古龙再一次得意地说。

"这些经历你从前怎么没告诉我呀？"

"人只有在高兴的时候才会说自己值得炫耀的事。"

"你以为就只是你一个人高兴呀？"

"看你说的！要是住院的岳母清醒的话，也会替我们高兴的。"

杨姑娘的脸蛋儿唰地红了，她的一双玉拳雨点似的落在万古龙身上。

万古龙一边侧身仰望着蓉山雨后天晴的壮观景致，一边甜蜜地搂着杨姑娘的细腰，双双步入溶洞。万古龙来了激情，撇下了年关所有的生活琐事，端坐桌前，开始起草年后由公司组织的竞选职工董事的演讲稿。

福有双至，不知道是在竞选后的一个星期还是两个星期，万古龙正准备上任公司工会秘书兼职工董事的时候，突然收到一纸来自北京话剧院的烫金聘书，请他去做专职创作员。"啊……咱们终于……"全身心沐浴在激动和喜庆氛围中的两人紧紧地依偎着。

沉浸在兴奋中的万古龙突然抬起头来，像想到了什么，径直朝对面墙上的挂历走去，用彩笔在正月初九那天庄重地画了一个红色的圆圈。

杨姑娘会意地笑了。

正月初九那天上午，万古龙和杨姑娘去民政局登记回来，阳光明媚，一路缱绻。

即日，他俩在黑影人的溶洞里度过了一个轻松快乐的新婚夜。